BUR
Rizzoli

Fedro

FAVOLE

Introduzione, traduzione e note
di Enzo Mandruzzato

Testo latino a fronte

BUR Rizzoli classici greci e latini

Pubblicato per

BUR Rizzoli

da Mondadori Libri S.p.A.

ISBN 978-88-17-12224-5

Titolo originale dell'opera:
Fabulae Aesopiae

Prima edizione BUR: 1979
Ventesima edizione BUR Classici greci e latini: aprile 2019

Seguici su:

Twitter: @BUR_Rizzoli www.bur.eu Facebook: /RizzoliLibri

INTRODUZIONE

PREMESSA SUL «GENERE»: LA «FAVOLA» E LA «FIABA»

La favola, «genere» paradossale. Minore, dimesso, distrattamente svalutato, ha dato poeti tra i meno sospetti e non tra i meno vocati o rappresentativi: Esopo, Fedro, Gualtiero Anglico, La Fontaine, Trilussa, Anouilh,[1] senza contare i numerosissimi grandi ospiti, da Esiodo a Pascoli; giocoso per professione,[2] fu privilegiato dai moralisti — da Orazio a Machiavelli — e coltivatissimo nelle epoche «etiche», quella ellenistico-romana e il Settecento illuminista; poesia disimpegnata e scettica, si è trasformata durante il fantastico Medio Evo in un repertorio di emblemi cupi e severi; figlia dell'esperienza inutile e del rimpianto senza lagrime, ha costituito per millenni una specie di letteratura infantile; nemica dichiarata della lirica, ne regala della più inattesa e genuina; chiamata familiarmente con un nome vago e degenere, «favola», serba una sinonimica antica non oziosa[3] e una moderna da chiarire; ma soprattutto è paradosso perché è «genere», il solo sopravvissuto alla critica idealistica e alla rivoluzione in atto aperta dal romanticismo.

[1] Sebbene le sue *Fables* (*La table ronde*, 1962) «ne sont que le plaisir d'une été»; del resto è nella tradizione.

[2] Il «riso», *geloion*, fu canonizzato. V. anche il primo prologo di Fedro (e nota).

[3] *Mythos* e *logos* (precisato poi in *apologos*); *ainos*, con maggiore accentuazione etica; *chreia*, usato nelle scuole di retorica. Nel mon-

Che cosa è, anzi che cosa fu un «genere letterario»? Una terminologia «pratica», diceva Croce, abbastanza inutile possiamo dire oggi, una Bastiglia che pretese di imprigionare o di proteggere fantasmi e che fu trionfalmente abbattuta quando i fantasmi, oltre a tutto, avevano cambiato luogo. Aristotele era stato l'innocente sistematore, alla luce del concetto di «unità» e fondandosi solo sul dato; gli aristotelici, i responsabili della canonizzazione, delle «tre» unità, dei dogmi e degli eventuali danni. Ma i generi — tragedia, epica, la sfuggente lirica nata con la musica... — non erano stati che strumenti, cioè segni noti, un lessico che permette un linguaggio. «Il difficile è dire con originalità ciò che è patrimonio comune», diceva Orazio. Ma il patrimonio comune dei grandi «generi» è perduto e quello dell'apologo rimane. La volpe e il leone, il lupo e l'agnello, continuano nella fraseologia, nella conoscenza e nella poesia: nel «genere». È questo che permette a Trilussa di rivalutare quel lupo o di aggiornare il ruolo politico della rana e della volpe oraziane,[4] a Panzini di meditare sul martirio dell'agnello che gli ha impedito di diventare un osceno caprone,[5] ad Anouilh di capovolgere il ruolo della cicala e della formica. Come sarebbe stato possibile senza la dialettica della continuità?

La grande nemica dell'apologo è stata — nel suo senso

do romano, *fabula-fabella*, *argumentum*, *imago*, *parabola*, *exemplum*. Con questo ultimo vocabolo (tradotto *Bispel* dallo Stricke nel sec. XIII) si diffuse nel mondo germanico finché in tempi umanistici prevalse *Fabel*. Del *Märchen* romantico manca nelle lingue classiche non tanto la cosa quanto la coscienza di essa; ma di questa natura erano gli *anilia*, le *aniles fabulae*, i racconti della nonna...

[4] La rana ambiziosa si accontenta d'un posticino politico, la volpe che era rimasta prigioniera nella dispensa perché aveva messo su pancia, ora (divenuta topo) ci resta benone, ecc. V. *Favole*, *passim*.

[5] Ne *I giorni del sole e del grano*.

più lato — la scuola. Tutta la poesia ha dovuto superare questa dura prova con cui viene trasmesso alle nuove generazioni il suo messaggio, ma l'apologo vi ha trovato letteralmente la sua prigione. Era già avvenuto in Grecia ai danni di Esopo quando il fenomeno si ripeté in Roma. Potrebbe esserne la sanzione ideale l'alto consiglio di Quintiliano: «Ecco allora» spiegava[6] «le favolette d'Esopo, che continuano senza interruzione le fiabe delle buone nutrici. (I ragazzi) imparino bene ad esporle, in una lingua pura, senza voli di fantasia, e poi a stenderle con uguale semplicità; in un primo momento le mettano in prosa, poi le ricompongano con altre parole e, infine, osino la parafrasi, che permette sia di scorciare che di arricchire, salvo sempre il senso voluto dal poeta...». Il quale poeta, si badi, non è Esopo. È nessuno, è l'anonimo, il libro di testo; e di fatto era Fedro, che Marziale, sia pure confidenzialmente, citava già come un classico.[7] Gli era accaduta la sventura postuma paventata da Orazio, quella di «venire preso da una balbettante vecchiezza insegnando, in quartieri fuori mano, l'abbiccì ai ragazzi...».[8] E come libro di testo ebbe, a suo dispetto, una fortuna spropositata. Utilizzata in mille modi per decine di generazioni, l'opera divenne irriconoscibile; il ritmo scomparve, stile e lessico subirono tutte le barbarie. Coerentemente, con la personalità umana e poetica, scomparve il nome; quelle rovine furono attribuite a un Esopo *graecus et ingeniosus*, che si immaginò tradotto da un «Romulus» per un figlio Tiberino, come spiegava una lettera educativa formata da frammenti fedriani. Con questa cornice, il *Romulus* fu la redazione elegante e letteraria di quell'immenso patrimonio favolistico che insegnava il latino ai professi, esemplificava la morale per tutti e for-

[6] *Oratoriae Institutiones*, I, 9, 2.

[7] V. *Testimonianze e giudizi*, II, p. 70.

[8] *Epistulae*, I, 20, 17-18.

niva grandi simboli ai «bestiari», agli artisti delle cattedrali, ai filosofi, ai predicatori, ai poeti severi.[9] L'originale dormiva, con in margine un nome povero di interesse.

Naturalmente questo riottoso libro di testo dovette subire duri tagli. E deluse spesso gli educatori di tutti i tempi. Nel Medio Evo le morali furono rifatte o adattate; un buon latinista come Tommaseo s'infuriò contro quella che credette un'esaltazione pagana dell'utilitarismo;[10] ancora oggi vengono accusate d'incongruenza. Da parte loro i ragazzi hanno sempre confermato la poca vocazione del maestro, annoiandosi.

L'Esopo vero, nel mondo greco, anche se molto più rispettato nel corpo, fu egualmente falsato nello spirito. Ne resta il documento nell'ormai acquisito e solo apparentemente innocuo corredo delle morali, che rappresenta lo sforzo di spremere un insegnamento moralistico dai paradigmi di Esopo; codice di piatta prudenza e di gretta neutralità che, sceverato dall'originale, può essere gustato solo come il contrappunto della prosa, l'accompagnamento di Sancho che sembra la saggezza di don Chisciotte mentre è costretto ad andargli dietro senza comprenderlo. Restituiti al loro cielo, i simboli di Esopo appaiono così senza storia e senza tempo che capiamo perché, nonostante il loro realismo, furono chiamati «miti»; sono la contemplazione del costume umano e delle sue manifestazioni inesauribili; gli animali sono i simboli più immediati ma non i soli e non aprioristici. Contano il quadro, i fatti, la situazione. Tutta la poesia del mondo permette il *fabula docet*, e l'Orazio della se-

[9] Anche Dante; v. fav. *133* e nota.

[10] Volendo dimenticare il significato di *utile* nella filosofia morale classica; v. il commento ai *Phaedri fab. Aesopiarum libri V*, Firenze 1830. La morale incriminata è quella della favola *60*.

conda epistola legge l'*Odissea* come un immenso apologo; ma forse nessuna opera vi si presta meno intrinsecamente del piccolo mito esopico. Librato nell'assoluto, si propone a tutte le realtà, altrettanto complesso, irrepetibile, analogo. Sono i «costumi» ma non i «buoni costumi». Mancando la definibilità, manca ancora di più il giudizio; e spesso l'apologo di sempre evade in una liricità stellare simile al cristallo, e così rinasce nei luoghi più lontani e nei tempi più disparati.[11]

Acquisito il «genere», la scuola, la tradizione «retorica», provvide a teorizzarlo. Mancando Aristotele bisognò appellarsi ai favolisti stessi. Fedro aveva parlato di «racconti immaginari» e di «utilità», cioè di insegnamento morale? Ecco la definizione di Aftonio, favolista e grammatico del quarto secolo: «L'apologo è un discorso menzognero che raffigura una verità» o, più precisa, quella di Eustazio (VI sec.): «Un discorso favoloso che da esseri irrazionali e da piante trae un'esorta-

[11] Eccone alcuni esempi:
«Un libro, in cui era scritta tutta la scienza del mondo, chiedeva aiuto, perché un topo non lo mangiasse. Il topo rise.» (*Leon Battista Alberti*)
«Piangi di gratitudine, o lumaca, pensando all'amore dei tuoi, che ti hanno dato anche la bara dal giorno della tua nascita.» (Da una raccolta di liriche giapponesi)
«Il ragno, credendo trovar requie nella buca della chiave, trova la morte.» (*Leonardo*)
«Afferma il dotto che un giorno le vostre luci più non saranno, disse la lucciola alle stelle. Le stelle tacquero.» (*R. Tagore*)
Né mancano in Esopo. Ecco l'apologo dell'infanzia che scopre le cose: «Il figlio di un contadino arrostiva delle chiocciole e perché le sentiva sibilare disse: «Brutte bestie, vi brucia la casa, e voi cantate".» (173 Chambry). (E la morale: «Il racconto vuol dire che ogni azione fuori posto è riprovevole»). O l'apologo dell'eternità delle stelle (*233*) e altri, meno lirici e più tristi (*69, 129, 279*). Per Fedro, ricordiamo quello dello specchio abbandonato (*135*).

zione per gli uomini». Fedro, il lettore vedrà con che spirito, l'aveva detto la voce soffocata e impedita della schiavitù (e la *Vita Planudea*, biografia immaginaria di Esopo, pareva ribadire)? Ecco teorizzata l'origine, l'*archè*, e perciò anche, più o meno, l'essenza: l'allegorismo, la non cultura, la semplicità. La famosa tesi vichiana dell'apologo come epopea dell'età dei «famuli», succeduta a quella degli eroi, ne è la sublimazione. Esopo era stato un sapiente, diceva la tradizione; e ogni cultura lesse una diversa sapienza e conoscenza, sempre intesa come illuminazione del «popolo». La pedagogia e la democrazia ottocentesche non furono da meno; si pensò seriamente che l'apologo fosse un modo magnifico di far capire alla gente in forma intuitiva (qualcuno citò Menenio Agrippa, consigliatore della collaborazione di classe) le più profonde verità. Se magari non apparivano tali, non pareva meno suggestiva l'idea originaria. Solo l'illuminismo aveva tentato seriamente l'apologo perfetto; G.E. Lessing, che lo credeva sempre derivato dal concetto e perciò «tutto razionale», chiedeva la perfetta fusione del quadro (*die Geschichte*) e del significato (la *moralische allgemeine Satzung*), senza «insaporire il saporito» (*das Gewürzte würzen*), e aggiunse una silloge di favole sue, ineccepibili, rigorose, illuminate, inutili. Da un'altra sponda ma analogamente Rousseau sconsigliava l'apologo agli educatori perché la «menzogna» non è mai utile. In realtà, si cominciavano a rifiutare tutti i dualismi, forma e contenuto non meno che «quadro» e significato. La fantasia stava per diventare realtà, per rivendicare se stessa. Sorgeva il *Märchen*, la «fiaba», uno dei grandi simboli del romanticismo, esattamente l'opposto dialettico della *Fabel* classica. Il quadro, la *Geschichte*, liberata da qualunque fine e da qualunque presente, s'avventurò nell'ignoto, diede senso all'assurdo, superò tutte le saggezze della prosa; non più infantile, volle essere «simile ai fanciulli». E i fanciulli la intesero prima di averne coscienza, come tutti sappiamo da allora. Solo la ragione, distruggendola, poteva rifarla apologo, così come la fantasia, superando l'apologo, poteva diventare fiaba, trasformare la volpe e il lupo classici nei personaggi dell'incomparabile *Roman de Renard*. L'apologo poté tornare finalmente alla sua senilità ideale, al suo scetticismo che pare rinascere sempre. In tempi originari, il *Pancatantra* raccomanda una morale machiavellica ed Esopo trascura gli Dei e si dimentica degli eroi. Fedro, immerso in una problematica stoico-cinica, viene a patti con la Tyche. Nel secolo del moralismo magniloquente, La Fontaine si rifugia nella *Belle Paresse*. Nel nostro, Trilussa si appaga della «strafottina» e Anouilh crede nella cinica delizia del brio. Profondamente calato nella vita, l'apologo, nella sua storia millenaria, non si è mai battuto per nessuna causa.

E gli animali, almeno loro, la costante della favola? Si vide che erano, come tutti i «segni», un *indifferens*. Non c'è nessun rapporto tra le rane di Fedro e quelle della *Batracomiomachia*, tra la formica della favola e quelle della perfetta fiaba di Amore e Psiche,[12] tra l'alloro e l'olivo di una fiaba di Callimaco, rinvenuta tra i papiri di Ossirinco,[13] e la mosca e la formica di una favola di Fedro (*73*). Piante o animali, s'intende, sono uomini (o piuttosto donne, in greco femminili anche grammaticalmente), nella stessa cornice della «contesa per il valore». La pianta apollinea, in Callimaco, rivendica la sua gioia intatta e divina e rinfaccia all'olivo il contatto impuro con la morte e il dolore. L'olivo si gloria della pietà che rende onore ai guerrieri caduti e sorregge nella se-

[12] Apuleio, *Metamorfosi*, IV, 27-VI, 24; in particolare fiabeschi sono i capitoli 10-12 del libro VI.

[13] Tra i *iamboi* dell'ed. *Les Belles Lettres* (Cohen).

poltura il capo candido dell'ava; tocchi di grazia decadentistica permettono anche di lodare l'utilità del frutto con cui si compongono gli aromi e si insaporano i cibi. «Il cuore del lauro si gonfiò di pena»; allora il rovo... — A questo punto fiaba e papiro s'interrompono; ma certo la «morale» — comunque fosse il testo perduto — cioè il senso etico, non c'è perché non importa. È chiaro che Fedro, provocato, risuscita il quadro callimacheo per contrasto. Volendo usare i suoi termini, per l'eterno contrasto della *fabula* e della *fabella*.

Con Fedro la svolta fu decisiva; facendosi romano l'apologo non mutava solo di lingua ma di civiltà, passava dal mito alla storia e alla cronaca, dall'ideale al ritratto, dall'antico al moderno. Fu ancora una volta il *vortere barbare* — il «tradurre in lingua straniera» — della tradizione romana; non merito dunque quanto necessità, compimento, storia appunto, della quale Fedro non poté neppure avere coscienza. Il merito fu nella fedeltà alla propria vocazione, nella veridicità e nell'impegno; Fedro resta il solo «martire» o meglio la sola vittima del «genere», onore che ribadisce la sua legittima, ambita appartenenza a quella «satira» che era, disse Quintiliano, «tutta romana». E che era e fu sempre figlia dell'«ira» e dell'odio.

Il suo tempo si direbbe che lo aspettasse, a giudicare da un passo di Seneca in cui il filosofo, indicando nell'apologo esopico un «lavoro vergine agli ingegni romani»,[14] raccomanda caldamente a Polibio di comporne «con la sua solita grazia» appena il dolore che l'aveva

[14] V. *Testimonianze e giudizi* I, p. 69. Che Seneca ignori Fedro può essere spiegato dalla enorme distanza del ceto, del pubblico, del *milieu* sociale in cui i due scrittori operarono, senza bisogno di fare del 43 un *terminus post quem* della nascita o della diffusione dell'opera fedriana.

colpito gli consentisse «studi più lieti» e una letteratura «un po' dilettantistica» (*solutiora*). Dilettantismo che non era l'oblio ma il riposo del sapiente, quello che Fedro adombrava nel simbolo dell'arco rallentato (*57*). Con lo stesso spirito Seneca leggeva gli allegri mimi di Publilio Siro e vi coglieva rari fiori di sapienza,[15] iniziando così quella silloge pervenuta di sentenze publiliane che saranno sempre dette «senechiane» almeno fino ad Erasmo. La massima è un genere caratteristico delle età moralistiche non meno dell'apologo, anche se la *gnome* romana non si levò mai né all'altezza né all'autonomia della *maxime* di un La Rochefoucauld e di un Vauvenargues. Ed è da credere che tentasse anche Fedro e favorisse un accostamento dei due generi paralleli; non è affatto provato che gli «epimìti» (morali posposte) esopiani fossero già definiti e fusi col testo. Ma in ogni caso è evidente che Fedro concepisce le «moralità» in modo opposto. Le sue non concludono e commentano la favola, la introducono (non a caso, soprattutto nei primi libri, sono più spesso preposte), la completano, la presentano al suo pubblico. Non meno dei prologhi e degli epiloghi, a volte vere e proprie «parabasi», sono l'intervento personale del favolista; e non solo non trascendono il quadro ma ne sottolineano la concretezza e l'allusività. L'apologo fedriano è quasi sempre, in modo più o meno scoperto, «un caso» della realtà; la morale, coerentemente, anche dove sembra sorda o rassegnata, un'invettiva. In questa particolare *gnome* riaffiora l'antico *psogos* — «l'accusa» — della tradizione giambica, la voce, sebbene censurata e ambiguamente anonima, di un Archiloco o di un Ipponatte. Il senario era lo strumento naturale sia del personalismo che del realismo. Solo l'astrazione e l'evasione erano ostentatamente esclusi.

[15] Citatissimi, con ammirazione, soprattutto nelle *Lettere a Lucilio*.

In questa cronaca umana gli animali non possono permettersi autonomie. Spesso al limite dell'epiteto, sono sempre più giudizi che simboli. Nella favola della falsa testimonianza (*18*) «il caso» concreto trasforma ovviamente il falso petitore in cane, il falso teste in lupo, la vittima in pecora; la «pagnotta», che parrebbe non realistica a un favolista frivolo, è l'immagine quotidiana e immediata che fonde l'umano e l'animalesco. La morale è già nel quadro e il *promitio*,[16] come la chiusa, sono esclamazioni diverse dell'odio soddisfatto. È chiaro che non c'è posto né per l'oziosità né per la pura liricità del quadro. La «fiaba» è impossibile, e il gratuito, sublime o no, è bandito.

Per tutto questo gli animali parlano sia tra loro che con gli uomini e la «novellina», invenzione di Fedro, l'aneddoto reale, spesso e forse sempre di esperienza diretta, non è su un altro piano. La scena di questa commedia umana, offerta a un pubblico ristretto, è angusta come sempre è quella della realtà immediata: un tribunale, un circo, un trivio, un angolo del parco imperiale del Miseno, il cuore d'una *familia* o d'una fattoria, l'interno d'una casa o, come vedremo, di un *collegium*. Chi sono quei fuchi e quelle api della favola *56*? Qualcuno capiva bene. E chi sono i cani della sciagurata ambasceria (*67*)? Quale modesta, odiata comunità? E chi sono Particulone, Fileto, «quelli che lo conoscono»? E i consigli, così pressanti, sul buon governo della *familia*, a chi si rivolgono? Fedro pensava a qualcuno, ma molti potevano farli propri. Questo è «l'universale» di Fedro. Egli era certo che gli uomini, visti da vicino, sono sempre «l'uomo».

Fedro aveva ereditato la leggenda di Esopo senza sospettare la complessa storia del «genere». Il problema dell'*arché* fu risollevato nell'età del positivismo su mate-

[16] O morale preposta alla favola (quella posposta è l'*epimitio*).

riali molto più estesi e con gli strumenti ambiziosi della linguistica e della letteratura comparate. Si proposero soluzioni egualmente suggestive e reciprocamente sospette: un'origine indiana (Wagener, Keller, Rhis-Davids, De Gubernatis...), una riconferma di quella greca (Weber, Benfey...), una sanatrice radice indoeuropea, una ancora più sanatrice poligenesi con l'inevitabile aggiornamento della storia «delle singole favole». Tesi che riflettono la problematica della scienza del tempo e facevano nascere una «questione esopica» non priva di analogie con la ben più illustre questione omerica. Ricerche che esulano troppo dai limiti di questo libro. Ma non ci sentiremmo non diciamo di concludere, ma neppure di capire, fuori dei termini dell'individualità poetica.[17]

VITA E CRONOLOGIA DI FEDRO

Vita, *bios*, la parola universale per eccellenza, non è sempre ben traducibile nelle lingue moderne. Indica cronologia e storia ma anche scelta esistenziale, impegno etico e, per il mondo, *exemplum*. Anche Fedro la usa in questo

[17] Questi i più antichi documenti dell'apologo non esopico:
— la parabola paleotestamentaria di Iothan (*Iud.* IX, 8-15);
— sei favole morali del *Mahabharata* (sec. VIII a.C.?);
— quelle congetturabili di Bidpai (un Esopo indiano, la cui leggenda è sopravvissuta all'opera, assorbita in compilazioni grandiose ma tardive: gli indiani *Pancatantra* e *Hitopadesa*, fonti dell'arabo *Kalilah* e *Dimnah*, fonte a sua volta degli innumerevoli rifacimenti occidentali;
— gli sporadici apologhi di Esiodo (*Op.*, 202-212), Archiloco (fr. 123 Lasserre) e Stesicoro (v. nota alla favola *80*);
— un pulviscolo non trascurabile di «spunti» favolistici, dall'antichità remota ma fluitante e indefinita (soprattutto, lo spunto non è la favola attuata); come non ricordare il frammentino d'intonaco miceneo nell'attuale vetrina n. 21 (2665) del Museo Nazionale di

senso nel prologo-confessione del terzo libro. Bisogna cercare di individuare la sua lontana vita in entrambe le accezioni.

I dati esterni – il ricordo di Marziale e il silenzio di Seneca – non sono tali da superare né da completare quelli interni. I quali sono: la *inscriptio* del codice principale (*Phaedri Augusti liberti li*[*ber*] *fabularum*), il ricordo personale del «divino Augusto» (*53*, 44), l'aneddoto di Tiberio (*38*) e infine l'accenno alla persecuzione di Seiano «accusatore teste e giudice» (*43*, 41-42), il grande fatto della vita del favolista e punto di partenza per qualunque ricostruzione. Sui dati precedenti si sono levati dubbi di diversa natura: si è fatto notare che a rigore il titolo di Augusto fu anche dei successori, ma resta che essi dai contemporanei erano solitamente chiamati *Caesares*; si è negata fede all'epigrafe, che però non poté essere stata suggerita dal testo mentre è confermata dallo spirito dell'opera; si è osservato – da parte di Luigi Havet – che né la divulgazione di un episodio privato dell'imperatore né il prenome confidenziale sono compatibili con una pubblicazione avvenuta mentre era in vita: ma si intuisce subito il tono di rispetto militaresco che era la sola forma di adulazione non disprezzata da

Atene, raffigurante asini lettighieri, analoghi, almeno all'aspetto, ai gatti lettighieri di Fedro (*117*)? Graffiti egiziani, spesso simili ai *grylloi* ellenistici; in più luoghi, figure animalesche di carattere sia narrativo che ideografico, simbolico e sacrale. A monte c'è il folclore: è innegabile l'onnipresenza dell'apologo, della parabola e del simbolo animalesco presso tutti i popoli e tempi – con parallelismi vaghi ma tenaci e copiosità monotona.
– le favole categoriali della grammatica e retorica tardo-classiche e bizantine: più nomi che categorie, più fantasmi che congetture. Tranne una (o soprattutto una), la cosiddetta «*fabula milesia*», idealmente connessa con la novellina fedriana: l'aneddoto in versi, popolare ed esemplare, destinato a una fortuna imponente.

Tiberio, soldato nel profondo; e di questo tono fa parte anche il *praenomen* consacrato sul campo, famigliare ai suoi uomini, come a quel Velleio che lo usa normalmente nelle sue *Historiae*. C'è anzi quasi accortezza cortigianesca in quel *maiestas ducis* che concilia la regalità con un epiteto militare avvolto di eccezionalità, evitando l'*imperator* che Tiberio non gradiva.[1] In quanto alla pretesa indiscrezione, è da credere che se tutti gli *anecdota* contemporanei sui soggiorni solitari di Tiberio fossero stati simili a quella, la fama di quel calunniatissimo imperatore sarebbe stata ben diversa per la posterità. Nessun ostacolo, per concludere, a fissare la prima produzione di Fedro, press'a poco quella contenuta nei primi due libri, al tempo tiberiano (14-37 d.C.) e a vedere in essi la causa della *calamitas* di cui ancora si duole nel terzo prologo e da cui pare non si sia mai del tutto ripreso. Cinque favole, crediamo, confermano più o meno probabilmente l'età tiberiana (*3*, *6*, *31*, *34*, *157*). Altre quattro (*68*, *89*, *111*, *151*) ci sembra che alludano abbastanza chiaramente a Caligola, anche se dubitiamo che siano state divulgate nel breve periodo del suo regno (37-41 d.C.), tenendo conto dei brutti ricordi del poeta e degli ancora più brutti esempi, come quello d'un certo autore di atellane che «per un versetto scherzoso a doppio senso»[2] fu arso vivo all'istante: i bei tempi di Tiberio erano finiti. A costo di aumentare la messe un po' famigerata delle ipotesi interne, dovremo tornarci.

Sempre da Fedro sappiamo anche il lùogo della nascita, la Tracia, o almeno possiamo dedurlo. Nel solito terzo prologo dice che se la gloria ha arriso a un Esopo che era frigio e a un Anacarsi che era scita, a maggior ragione a-

[1] *Praenomen quoque imperatoris* (scil. *Tiberius*)... *recusavit* (Svetonio, *Tib.* 26, 2).

[2] *Ambigui ioci versiculum* (Svetonio, *Cal.* 27, 4).

vrebbe benedetto lui, nato se non precisamente in Grecia, paese della cultura, almeno in un luogo non troppo lontano dalla Grecia; nato anzi, a pensarci, nella terra dei poeti primevi, Lino figlio di un Dio e Orfeo mistico e mago. È vero che pochi versi prima afferma di avere visto la luce sul monte delle Muse, il Pierio, che è in Macedonia, ma dobbiamo guardarci dal pensare a contraddizioni o ad amplificazioni retoriche. Il pensiero di Fedro è più sottile: egli sa che il monte Pierio fu consacrato alle Muse, un tempo, dai Traci, i Pìeri, portatori e rivelatori della poesia madre dei valori e dell'incivilimento umano. Lo attestava un dotto autorevole e forse ancora dimorante in Roma, Strabone: «Canto, ritmo e strumenti musicali fanno supporre che l'intera "musica" sia trace e asiatica: ma è dimostrato poi dai nomi dei luoghi in cui le Muse ebbero onore: la Pieria, l'Olimpo, la Pimplea, il Libetro erano anticamente paesi e monti traci (ora appartengono alla Macedonia); e traci, di quelli che si stabilirono in Beozia, furono a consacrare alle Muse l'Elicona, gli stessi che consacrarono la grotta delle Ninfe di Libetro. E traci sono detti coloro che si dedicarono all'antica "musica": Orfeo, Museo, Tamiri...».[3] Strabone si dice non «troppo amico dei miti», ma trovava giusto riferire questi per l'importanza dell'argomento: si trattava della «scienza del divino», del misticismo pitagorico o platonico o orientale, della «musica» «come spirito del mondo». «La musica» aggiungeva «che è nella danza, nel ritmo, nel canto, ci congiunge con Dio nella gioia e insieme nello spirito creativo. Perché? Fu detto bene che gli uomini imitano gli Dei soprattutto quando fanno il bene: meglio ancora sarebbe dire: «quando essi sono felici». Avviene questo nella letizia, nell'osservanza della festa, nella meditazione filosofica, nella comunicazione con la musica... Per

[3] *Geographica*, X, 3, 17.

questo Platone, e ancora prima i Pitagorici, chiamarono la filosofia una musica; e dicono che la struttura dell'universo è armonia, con il pensiero implicito che la forma della poesia è opera di Dio; e le Muse così sono divine, Apollo è il Musagete, tutta la poesia è inno sacro. Così alla musica attribuiscono l'edificazione morale, perché tutto ciò che è elevazione dello spirito è prossimo al regno degli Dei.» Anche Fedro era «ben poco amico dei Miti», ma quella leggenda sublime portava un bel lustro alla sua povera patria. E soprattutto quello era un mito troppo caro ai mediocri e numerosi poeti delle *fabulae*, spregiatori probabili di un poeta delle *fabellae*: senza mancare di rispetto a Pindaro e a Orazio si poteva garbatamente ridere di tanta magnificenza. Soprattutto scrivendo quella aspra parabasi poteva dargli fastidio qualunque retorica letteraria, e peggio per i greci o i greculi — erano molti e non li amava — se ci avevano la loro parte.

Per questa origine trace (e non macedone) si è anche supposto che Fedro potesse essere tra i prigionieri della repressione di Lucio Calpurnio Pisone negli anni 13-11 a.C.; ipotesi suggestiva, nella rarità quasi inimmaginabile della documentazione, come è suggestiva ogni coincidenza, e probabile quanto una qualunque delle possibilità infinite di una vita concreta e ignota. Certo Fedro fu presto portato via dalla sua terra, se da ragazzo poté studiare Ennio in una scuola romana (*75*, 33-34). Dell'affrancamento, il fatto primario della sua vita, non c'è ricordo. Fu probabilmente il primo riconoscimento di un merito culturale e intellettuale, e l'avvio ad una carriera che dovette essere bruscamente troncata, e che poté avere a che fare con l'insegnamento pubblico, da cui i liberti non erano esclusi. Ci fu ad ogni modo una condanna, più o meno infamante, inflittagli da Seiano con un processo che il poeta denuncia ingiusto e illegale. La causa vera furono i suoi versi, la rinata poesia di Esopo schiavo protestatario, la scelta, l'«amore»,[4] la vocazione della sua vita.

È più che lecito rileggere alla luce di questa promettente informazione le favole dei primi due libri. In realtà, al confronto con la libellistica del tempo, quale si indovina attraverso la storiografia più tarda e in particolare Svetonio, le favole di Fedro non sembrano, a prima vista, troppo irriverenti; e perciò si è anche supposto che quelle incriminate siano scomparse. Ma il «nero sale bionesco» della satira fedriana stava soprattutto in quello che la malignità e il pettegolezzo dell'opinione pubblica e degli ambienti vicini alla corte – più che di una vera opposizione politica – poteva leggervi; la posizione di Fedro, liberto della casa imperiale, era delicata quanto fragile. Del resto lo stesso autore protesta che le sue intenzioni non furono capite: non aveva mai fatto una satira *ad hominem*, aveva censurato il peccato e non il peccatore.[5] Se qualcuno (e chi poi se non Seiano? e si ha l'aria di farlo capire) aveva visto se stesso nel volto paradigmatico degli animali, si era denunciato da sé e senza colpa del poeta. Difesa ormai inutile ma brillante. In tempi non molto lontani dai nostri certe favole di Trilussa, formalmente ineccepibili, erano di effetto sicuro. Né Seiano aveva bisogno di osservare le forme nei riguardi di Fedro, anzi avrà preferito evitare il ridicolo di un processo pubblico per quelle favole. Gli sarà stato facile colpire il liberto, anche solo nell'ambito della *familia*, dove poteva essere incriminabile almeno secondo la lettera se non lo spirito della giustizia. Fedro ha l'aria di lagnarsi di un'accusa ingiusta che preferisce tacere, piuttosto che di una sentenza *de libellis*, per diffamazione.

Se Seiano era l'offeso, due favole chiaramente allusive

[4] Cfr. *43*, 40.

[5] Cfr. *43*, 49-50.

possono richiamarlo. Per la prima – «La corte delle scimmie», *157* – pervenuta solo attraverso parafrasi medioevali, c'è il dubbio dell'attribuzione; ma quelle pesanti incrostazioni deformano ma non annullano le linee originarie. Due promiti giustapposti tradiscono un motivo fedriano (cfr. *89*, *117*...) e un costume romano: *amicus* è il termine eufemistico – dolce e pesante per Orazio – con cui si designava il *cliens*; esopiano è anche il motivo del viaggio-prova. Il nucleo dunque rappresentò una *simia imperatoris* che restava scimmia come tutti i cortigiani e partigiani che, più per affinità che per malafede, lo riconoscevano tale. Caricatura che al tempo del quinquennio di Seiano, durante il ritiro di Tiberio a Capri, non poteva passare inosservata né era, col suo lealismo di fondo, meno pesante che tipicamente popolare. Anche ai meno amici del misterioso imperatore, Seiano poté sembrare una *simia Tiberi* senza la legittimità, le qualità, la grandezza militare non ancora dimenticata, la nascita di Tiberio; la tetra ma solida e antica virtù del vecchio imperatore guadagnava al confronto con quelle piuttosto inafferrabili del temibile *parvenu*. Anche la favola del sole e delle ranocchie (*7*) urlava nomi: in un gergo usuale e molto attestato le rane erano la povera gente né occorrevano molti studi di retorica per una «paronomasia»[6] come *Helios* (il sole) e *Aelius*, *nomen* di Seiano. Nel 23 fu minacciato un suo fidanzamento addirittura con la nuora dell'imperatore, Livia, sorella di Germanico, da poco vedova (e secondo Tacito assassina) di Druso. Proposte enormi e cautelose, stilate per iscritto nonostante la quotidiana confidenza con Tiberio, ma che trapelarono subito, anche perché la relazione era notoria quanto probabilmente appassionata, con tutte le frange

[6] O *adnominatio*, sorta di *calembour* raccomandato nei manuali di retorica (un esempio classico c'è anche in Fedro, *122* e nota).

che dovettero esserci alla base delle fosche accuse di Tacito. Mentre l'imperatore meditava la sua risposta negativa, ai più allarmisti si profilò la prospettiva di un'eventuale successione; del resto pareva destino che le continuità dinastiche avvenissero per illustri ascendenze femminili. Per i grandi della corte fu tutt'altro che un soggetto da pasquinata, ma Fedro, dalla parte delle rane, ripensò a una favola di Esopo (127) calzante e divertente. Le nozze di quel «re sole» che portava un attributo di universale politicità («ladro») e un aggettivo indicatore («vicino») erano troppo indovinate per essere casuali e troppo lampanti per essere ingenue, ma Fedro, remoto da quello splendore, non previde le conseguenze; con l'ultimo ottimismo dei frustrati, si credette ignorato sempre.

Seiano dev'essere anche la biscia d'acqua del più curato e «tipograficamente» rilevato apologo del re travicello (*3*), ma qui è più sviluppato il motivo delle rane, volgo mutevole e immaturo, secondo gli attributi tradizionali della retorica politica tardo antica, ma visto sempre dalla loro parte. Il re non può essere Tiberio, che non fu né mai parve un *roi fainéant*, ma qualunque magistratura che fu tra Giove — cioè Tiberio — e la superficie della palude. La morale non piace ai nostri tempi, ma allora non mancava di realismo e perciò di onesto coraggio: nello spessore della palude, vita e limite, dovevano consumarsi le aspirazioni e le proteste dei ranocchi, la cui libertà consisteva sostanzialmente nell'essere dimenticati, nel non essere animali politici. La stessa libertà e sicurezza che, nell'ambito della vita privata, aveva garantito l'oca (*158*) prima che le venisse l'idea di affidarsi al patronato della cicogna e mettersi in vista. Ma bisognava anche avere coscienza che neppure questo dava assoluta sicurezza. Una lotta di tori — «un'altra razza» — per il supremo potere poteva interessare la vita della comunità

(*31*). In effetti, al tempo di Tiberio, pare che la minaccia e perfino la psicosi di un ritorno alla guerra civile si presentasse più volte, anzi fu quello spettro il massimo alleato di un principato non ancora divenuto tradizionale e dinastico. Quando le legioni del Norico e della Germania insorsero, il terrore a Roma fu tale che una «*trepida civitas*» pretese l'intervento diretto dell'imperatore. In quelle rivendicazioni di terre e di demanio si risentiva la natura sociale e classistica delle recenti e terribili lotte che si erano concluse con il principato. Poco dopo, a far parlare di *civile bellum* bastò la frivola avventura del falso Agrippa. Ma nel 19 avvennero fatti ben più gravi, che investirono province anche non lontane dal paese natale di Fedro, l'Acaia, l'Asia e la Siria. Qui sorse quella oscura contesa di Germanico e di Pisone di cui poco s'interessò la capitale, a giudicare dal poco che se ne seppe; fino a che vi giunse la nuova improvvisa della morte di Germanico. Allora s'accese in Italia tutta un'insurrezione sentimentale del malcontento e della delusione popolare contro Tiberio. Intanto nella Siria, nonostante il ritorno di Pisone, vi fu divisione di animi e minaccia di guerra; la vicina Cilicia fu teatro d'un aperto scontro armato. Ma non pare dalle fonti che i provinciali se ne preoccupassero troppo, e Fedro scrivendo la sua favola può aver pensato a loro. Pessimismo non profetico: fino al lontano 69 le rane non sentiranno gli zoccoli del *diversum genus*.

Problemi delle province possono essere nascosti in una delle favole più violentemente allusive, la prima del secondo libro (*34*), dove è raffigurato il leone che, ritto sul bottino da spartire, respinge «il bandito» e incoraggia le giuste rivendicazioni di chi è ricco solo del suo *pudor*. Non è da escludere che nella sua vastità questo ironico esempio riguardi anche quei connazionali di Fedro che invocavano un alleggerimento degli oneri, tanto che si decise di sottrarre le province di Acaia e di Macedonia all'amministrazione proconsolare per affidarle a quella diretta dell'imperatore.[7] Saremmo dunque intorno all'anno 15. Si è discusso sul significato del bandito nella verisimiglianza della favola e si è anche proposto di correggere con *venator* (cacciatore), ma più si aggiunge verisimiglianza al quadro più si toglie verità all'apologo.

La fredda, epilettica ferocia di Caligola, non priva di umorismo, poteva farlo somigliare al serpe, animale complesso e misterioso. Tiberio stesso «certe volte diceva chiaro che Gaio viveva per la rovina sua e di tutti, che lui andava allevando una vipera per il popolo romano...».[8] E questa vipera, si disse allora e lo credette anche Svetonio, avvelenò il vecchio imperatore. Si pensa alla favola *68*, mutuata da Esopo, ma con una soluzione mortale e selvaggia, mancante nel modello, che denuncia quella lunga e paziente tutela come una colpa che ha avuto la sua giusta nemesi. Un'altra, quella del bove tardo e del giovenco crudele (*111*) potrebbe addirittura riportarsi al tempo di quella tutela. Nella *divina domus*, se la successione di quel figlio di Germanico era proprio inevitabile, forse era buon rimedio affiancargli chiunque purché diverso. Ciò che pensò anche l'imperatore come s'intese all'apertura del testamento col quale Tiberio figlio di Druso era fatto coerede di Gaio.[9] Non è da credere che solo l'imperatore conoscesse Caligola e che rimanesse nascosta la sua doppia vita, tra la corte e la Suburra.[10]

Altre due, se ispirate a lui, sono invece degli anni folli. Una sopravvive in una parafrasi medioevale (*151*): il

[7] Tacito, *Annali* I, 76.

[8] Svetonio, *Cal.* 11.

[9] Id., *Tib.* 76. Disposizione poi annullata dal Senato a beneficio del popolarissimo Gaio (id. *Cal.* 14, 1).

[10] Ibid., 11.

nibbio sorprende il nido dell'usignolo, e alle suppliche della madre perché le risparmi i piccoli promette pietà in cambio di un bel pezzo lirico. L'uccello canta – e pareva che «l'anima le cadesse» – ma al nibbio il canto non piace e divora i nati. Il nudo sadismo della favola ha senso se ricorda realtà memorabili: si può pensare all'uso di Caligola di far assistere i genitori al supplizio dei figli.[11] La seconda favola (*89*), in chiave grottesca, rappresenta l'altra faccia di quell'uomo singolare. Vi ricompare il leone, l'animale re, ma è un leone nuovo e bislacco in un velame di versi strani. Comincia con buoni propositi, anzi addirittura con l'intenzione di farsi vegetariano, insomma di governare con clemenza e giustizia, poi si pente, com'era prevedibile, e torna alla sua natura di divoratore, ma escogitando per salvare le apparenze un'astuzia curiosa, quella di farsi fiutare e giudicare l'alito da tutti gli animali, finendo qualunque fosse la risposta per divorarli con lo sdegno della maestà offesa. Soltanto la scimmia riuscì a sconcertarlo fino al rossore, assicurandolo che il suo alito era davvero divino, *quasi Deorum altaria*. Per il momento la scimmia fu salva. Più tardi, con l'aiuto compiacente dei medici, si saziò in forma diversa, insieme alla fame, il rancore di un re che aveva dovuto arrossire. E appunto questo sicuro effetto di allusive parole Fedro chiama «un parlare giusto», e la loro verità «buona fede» e non adulazione, che del resto avrebbe fatto perire la scimmia allo stesso modo degli altri animali meno coraggiosi. Solo così l'epimitio si fa chiaro. Ora se non sappiamo chi fosse la scimmia gloriosa, il leone ricorda molto il Caligola dei primi tempi, perfetto nella parte di monarca umano e senatorio,[12] atroce nei delitti privati, imprevedibile nell'astuzia e nella beffa, còlto infine dal delirio dell'indiamento, del quale

[11] Ibid., 27, 4.
[12] Ibid., 15 e sgg.

in Svetonio abbondano grandiosi particolari; ma il nuovo Zeus tradiva l'alito felino nel sacro odore del cinnamomo.

Caligola passò presto, non lasciando dietro di sé che vaghi capovolgimenti di programmi, un'imponente aneddotica e un misterioso vuoto nelle casse dello Stato. Eppure non fu deprecato quanto piuttosto dimenticato dalla plebe romana, che meno degli storici e forse meno di Fedro conosceva la vita della corte e giudicava la politica dello Stato con altri sentimenti e diverso buon senso dal nostro. In mezzo allo stupore e all'ironia fu levato alla signoria del mondo Claudio (41 d.C.); ma la memoria di Tiberio rimase sgradevole. Soltanto Seneca lo ricorda con rispetto e con ammirazione filosofica, rievocando proprio i giorni della fine di Germanico, del torbido pianto della folla, del pianto senza lagrime di quel padre.[13] Le grandiose conquiste balcaniche e la restaurazione dei confini e della sicurezza, vere glorie di Tiberio, verranno lentamente dimenticate; nella storiografia non molto lontana non avranno già più molto rilievo. Si arriverà a scrivere con Eutropio che Tiberio non fece guerre. Una celebrazione di Ovidio dei trionfi illirici è tra le sue poche opere perdute, e un lungo silenzio s'addenserà sulla testimonianza onesta, anche se militarescamente ingenua, di Velleio Patercolo. E Fedro, contemporaneo e moralista, come l'avrà giudicato? A rileggere la novellina del capo Miseno (*38*), non c'è dubbio che intuì direttamente, come spesso gli umili, l'animo del sovrano. Egli era per lui il *magnus dux*, giusto anche tra i suoi e per giunta dotato d'un virile umorismo. Com'era normale nella sua classe, Fedro non ebbe nostalgie repubblicaneggianti. Se parlando di Pompeo lo dice *magnus*, indizio molto indicativo nel primo secolo (rarissimo in

[13] *Ad Mar.*, I, 15, 3.

Velleio, è antonomastico in Lucano), quella «grandezza» faceva parte della festività del racconto. Il giudizio di Fedro fu quello del suddito moralista che vedeva in Tiberio insieme la virtù del romano d'un tempo e una tristezza scettica di uomo nuovo.

Seiano, causa della *calamitas* di Fedro, era stato giustiziato nel 31. In questo decennio il favolista ha certo pubblicato il libro terzo e ha continuato a scrivere e probabilmente a pubblicare sulla stessa falsariga, arricchendo il repertorio e sempre meno «traducendo» da Esopo. Ha inventato le novelline, che sparge tra gli apologhi. Crede nella sua arte e in se stesso, ma il tono delle sue parole si fa sempre più amaro e più simile a quello dei confratelli filosofi. Ha qualche soddisfazione e finalmente un amico, cioè un estimatore, Particulone: ma ha anche conosciuto gli argomenti sussiegosi dell'invidia (*83*). Ha avuto le sue crisi, se decise come Orazio di non scrivere più e come Orazio riprese con maggiore sicurezza (*94*). Conobbe l'energia quasi eroica della disillusione e si sentì, a un dato punto, un fedele cane che non può più afferrare la preda (*101*), un buon cavallo da corsa che non può più affrontare la pista (*120*). Da tempo il domani era *reliquiae*.

Non sappiamo se questa amarezza è connessa con la fantomatica *calamitas*. Ma certo con il terzo prologo, in cui ne parla per la prima volta, è cominciato un altro uomo. Prologo discusso, tormentato e travisato. È utile parafrasarlo:

«Vuoi leggere Fedro? D'accordo, ma devi lasciare gli affari: proprio tu, Eutico, che non mi ritieni più importante di un'ora della tua vita di uomo d'affari. Sono certo che parli così: "Come, per te? per trascurare gli amici e mia moglie?" Pensa come ti sbagli: per occuparti di poesia, devi cambiare la *Weltanschauung*, niente meno. Vedi, io sono nato con la poesia nel sangue: io sono trace come Orfeo, e i Traci furono i primi che consacrarono il Pierio alle Muse; io ho scelto il pallio del filosofo: eppure, nella comunità, mi ricevono con aria poco convinta. Immagina che succede a un affarista come te. Ad ogni modo, eccoti un terzo libro, e se lo leggi, ti ringrazio; se non lo leggi, sarà per i posteri, Eutico egregio.

Dimenticavo di dirti come nacquero le favole. Fu una trovata degli schiavi per dire agli altri il fatto loro: ci misero tutto il loro cuore. C'era beffa, scherzo e sottigliezza. Era uno spunto; io ne ho fatto un'arte. Ho pensato di più. Ho avuto care cose che mi hanno rovinato. E chi mi accusò? Seiano. Chi testimoniò? Seiano. Chi giudicò? Seiano. Fosse stato un altro, direi di meritarmi i guai. È chiaro: chi sospetta delle mie favole, ha la coda di paglia, anzi si scopre, stupidamente. Parlo per tutti, lo protesto! Non parlo di persone, ma della vita, del mondo. Dirai che è impegnativo. Ma Eutico, a me spetta la gloria. Non l'ebbe Esopo il frigio, Anacarsi lo scita? Io sono anche più greco di loro, sono compatriota di Lino e di Orfeo che fecero miracoli. L'invidia? e chi più la teme?

Intanto mi stai leggendo. Giudicami con cuore puro. Io chiedo questo.»

L'aporia di questo passo è nel tono e il suo problema nella sua unità. Ingannato sul tono e fermo su contraddizioni apparenti, l'Havet l'ha spezzato in due tronconi smistati in libri e momenti diversi; da questo arbitrio esegetico o almeno da questa fragile ipotesi ha dedotto un criterio paleografico che si è poi dimostrato esatto per la ricostruzione dell'intero testo fedriano dalla quale può essere escluso — e qui viene escluso — proprio questo prologo che ha suggerito, per caso, il criterio giusto.[14] Il tono, anche se il modello lontano è nei polemici prologhi di Terenzio, è quello inconfondibile della diatriba, seb-

[14] V. la *Nota sul testo*, pp. 83 e sgg.

bene non affollato di *tópoi*, sentenze ed esortazioni come quella, in chiave ironica, dell'oraziano Damasippo o quella ortodossa e scolastica dello schiavo della terza satira di Persio. Della diatriba c'è la disinvoltura e la sprezzatura, anche senza l'«affettazione» (la *parátaxis*) del cinico di rigida osservanza; c'è l'indipendenza dura, l'*autárkeia*, impensabile in una supplica vera; c'è il disprezzo per i beni del mondo, a cui Eutico dedica la vita, per la retorica e per la letteratura inutile; c'è lo stile, spezzato, parlato, improvvisato, con le sue formule e perfino i suoi passaggi tipici, come quel *nunc* del v. 33, così frequente nelle pagine di Seneca, di Persio, di Giovenale che più risentono dello stile diatribico, o quell'*inquit* impersonale (v. 4), il «dice» anonimo della gente, la voce del luogo comune sempre zittita dalla voluttuosa violenza del *parádoxon* filosofico. C'è soprattutto, al centro, questo discorso: «ho strappato dal mio cuore, fino alla radice, l'amore dell'avere, mi sono vocato a questa vita, ed è gloria che non teme sconfitte...». Dunque i valori, i *tópoi* delle diatribe tipiche, e perciò astratte e nella realtà vivente mai dette, non sono assenti, sono sottintesi. Per un attimo, nell'attimo in cui Fedro confessa una scelta esistenziale, in cui è la totalità del merito e della salvezza, l'ironia diatribica tace. Ritorna subito dopo, quando esce da sé e parla del mondo, delle cose «che dipendono da noi» e quelle che «non dipendono da noi», per usare i termini canonici di Epitteto. Nonostante il suo merito interiore (*laus*) lo si riceve con diffidenza o antipatia nel *coetus*. Ma quale *coetus*, quale comunità? Bisogna rivedere questa parola essenziale e carica di sottintesi. Si è sempre pensato a un *coetus* delle Muse o dei letterati, niente o ben poco attestato per essere addirittura antonomastico. Ma qui non si parla di questo. Si parla di «vita», di morale; e su Fedro, che se aveva scelto la via della sapienza era già «santo» secondo lo stoicismo più ortodosso, pesava un'accusa d'immoralità. Fedro era stato colpito da un processo ingiusto e illegale di cui subiva ancora gli effetti. Il *coetus* che glielo fa pesare è una comunità concreta, un ambiente sociale. È il *milieu* da cui Fedro ha sempre visto i *mores hominum*; e non si può non pensare a una conventicola, a un ambiente chiuso che fu il suo primo pubblico, il solo pubblico che avrebbe potuto capire bene la favola dei fuchi e delle api (*5 6*) e quella allusione finale.

Il *coetus* di Fedro dovette essere semplicemente un *collegium* laico. Torniamo così sul terreno del poco noto, cioè della vita vera della Roma del tempo; nessuna fonte ci ha fatto entrare nell'interno di uno dei famosi *collegia*. Informati dall'alto, sappiamo solo che pullularono in tutto l'impero e che costituirono un notevole problema. Per essi era richiesto il riconoscimento dello Stato e la illiceità di un'associazione veniva colpita da penalità eccezionalmente gravi. Occorreva una giustificazione religiosa e sociale, termini inseparabili nel mondo antico, un fine dichiarato di utilità pubblica e di culto. I più numerosi erano quelli funerari; press'a poco tutti avevano almeno nominalmente una base corporativa. A Roma abbondavano; molti erano compresi nell'ambito dell'amministrazione imperiale. C'era un'organizzazione formale: oltre la funzione ufficiale, un culto con gli addetti relativi, un'amministrazione, una sorta di statuto, cariche interne, un *patronus*, un luogo di riunione (era di rito un'*agape* mensile), una tassa d'iscrizione e un tributo fisso, che con i donativi e i lasciti formava la base economica della comunità. C'era anche la *schola*, il penetrale del *collegium*, dove si tenevano le riunioni solenni. Se l'ipotesi proposta coglie nel vero, è questa la *schola* di cui si parla, piuttosto che una «scuola» filosofica, o delle Muse e di Pean che si ottengono rifacendo il testo. Sarebbe molto naturale che Fedro, malvisto nel suo ambiente, ricordasse, con un crescendo, il merito del poeta, quello dell'anzianità e della familiarità col collegio, quello della sua vita morale. Eutico aveva il dovere di ascoltarlo.

Si è tentati di negare a questo Eutico l'esistenza e a vedere in lui l'incarnazione del generico *tu* della diatriba, l'eterno interlocutore senza volto. Il nome stesso (il «fortunato», il *fortunae filius*) fa pensare a una di quelle «paronomasie» di cui abbondano esempi in tutta la letteratura satirica romana. Evanescente personaggio, questo Eutico, un potente che si può insultare, il dedicatario di un libro che desidera leggere e che forse non leggerà, un protettore che si tratta con filosofica alterezza. Neppure un filosofo cinico si rivolgerebbe così a un patrono da cui dipendono cose a cui tiene molto. Ma l'esistenza di Eutico è provata dall'epilogo, non amovibile, dello stesso libro. Non vi compare il nome ma compare la supplica, autentica e inequivocabile, che non può essere rivolta se non a un Eutico reale.

Perché la facciata del prologo potesse rimanere tale, occorreva una particolare convenzione nei rapporti pubblici tra il patrono e il liberto: l'accettazione del ruolo del poeta filosofo, con il suo linguaggio e il suo stile, la sua *libera lingua*. Ma forse la distanza fu diminuita non solo dal potere fittizio, ma anche da una debolezza effettiva di Eutico. Se un «forse» è qualcosa di più di un silenzio, è da pensare che Eutico fosse patrono della comunità, e onorato della carica (non era del resto, questo è certo, un liberto?) e occorreva che le sue *vices* e il suo *gyrus*, qualunque natura e portata avessero, fossero così recenti da renderlo più umile, più «ospite» di una comunità di cui il favolista, «nato si può dire nella *schola*», era veterano? Ad ogni modo Fedro rende onore alla carica e ai meriti suoi (*honori et meritis*, parole di prammatica, che ricorrono in un'epigrafe attestante una situazione analoga), ma non alle sue qualità di attivo e probabilmente agiato uomo d'affari. Ciò rientrava nel gioco. Ma poteva esserci un'adulazione sotterranea abbastanza sottile: se Eutico era stato eletto, come accadeva, per il suo credito finanziario, non era privo di finezza dirgli che, in quell'ambiente, l'attività dell'uomo d'affari non era quella che più si apprezzava e si voleva da lui; i «meriti» erano altri e maggiori. Così la diatriba, sfiorando i limiti dell'impertinenza, otteneva di farsi accattivante.

Non è la «superbia di Diogene», ma c'è l'orgoglio grande che può ispirare l'ingiustizia patita. La rivendicazione d'un torto ha addirittura messo in ombra la coscienza suscettibile del poeta. Fedro non è mai stato così modesto o piuttosto così indifferente al suo valore di scrittore. Indifferente fino a scherzare sulla gloria e sulla notorietà (*sollemnis gloria*) che ancora non aveva avuto e su quel terzo libro di versi che giaceva sul tavolo di Eutico con mediocri possibilità di essere anche solo letto. Giacché intendere alla lettera l'iperbole di quei versi e di ogni loro parola è veramente grave; così grave che il poeta non l'avrebbe creduto possibile. Ma neppure credeva possibile un pubblico così lontano e così diverso da quel mondo angusto e compiuto in cui si svolgeva il dramma della sua vita.

LA NUOVA «FILOSOFIA»

«Filosofia, filosofo, sapienza, *sophós*, *ratio*, *doctus vir*», le parole più solenni del suo tempo, Fedro o non le usa affatto o le usa in tono giocoso, come voleva il suo ruolo. Ma un contemporaneo non rimaneva ingannato. Sentiva la tematica, capiva le allusioni, stava al gioco, si divertiva e apprezzava. «Gli scherzi di quel maledetto Fedro», diceva Marziale, cogliendo i sottintesi che gli erano congeniali. Altri coglieva quelli più filosofici. Dobbiamo prima di tutto ricordare che il *philosophus* – come il *philosophe*, anzi molto meno — non aveva affatto le responsabilità puramente intellettuali che gli si chiedono oggi o almeno gli sono state chieste in tutte le epoche della grande metafisica. Allora la metafisica era tramontata, in Grecia da secoli e in Roma non era veramente sorta. Ma proprio al tempo di Fedro, durante il lungo tramonto, drammatico e rassegnato, della massima *polis* del mondo — quello che diciamo con termini non romani il passaggio dalla Repubblica all'Impero — si radicava nella capitale e si universalizzava un ideale nuovo: la sapienza, la « filosofia », il regno dell'uomo sulla terra.

I contemporanei, come sempre nelle epoche di trapasso, soffrivano di nostalgia e parlavano di decadenza. Era un « discorso sulla bocca di tutti », ci informa lo pseudo-Longino.[1] Tutti chi? Il mondo dello pseudo-Longino, i letterati, i « retori ». Le scuole di eloquenza prosperavano, ma sospirando l'eloquenza vera, d'altri tempi, non coltivata « nella penombra » delle aule ma balenante dall'urto delle passioni e delle idee sulle *agorài*. Ciò alimentava una nostalgia politica così impossibile e innocente che l'autorità non pensò mai di toccarla. Il *Dialogo sugli oratori*, attribuibile a Tacito giovane, ne è un esempio un po' tardivo ma insigne; la libertà tendeva a farsi un argomento letterario. Anche Fedro, in materia, ebbe a dire la sua (*3*), e intuiva che la libertà era ormai un concetto aristocratico. Nostalgie letterarie ne aveva ancora meno. Chi si pose invece seriamente il problema della decadenza fu lo storico Velleio Patercolo, che meditò a lungo sulle grandi fioriture letterarie d'altri tempi e sulla scomparsa del genio nel suo, improvvisa come lo spegnersi d'un lume. Non trovava altra spiegazione che questa, profonda ed estrinseca: « la natura vuole che dove non sia possibile il progresso vi sia il ritorno ». Am-

[1] *De sublimi genere dicendi*, XLIV, 2.

metteva tranquillamente, nello stesso passo,[2] che «solo la rivalità alimenta lo spirito creativo», ma non pensava neppure lontanamente ad attribuire le colpe al nuovo ordine, all'Impero e a Tiberio. Da parte sua l'imperatore, non meno di Augusto, condivideva nostalgie e continuava legami profondi col vecchio mondo. Per tutti, l'Impero era una necessità. Si direbbe che proprio Tiberio, con la sua personalità chiusa, fattiva e disadorna, che Concetto Marchesi paragonò a quella di Stalin e uno storico liberale a quella di Carlo V, la sua umanità nell'ombra[3] e la sua solitudine poco compresa, perfino con i suoi gusti e le sue manie, fosse l'esponente tipico dell'età tiberiana.

Tra queste c'era l'erudizione antiquaria; ed erano i tempi di Igino e di Verrio. Il piccolo, il raro e l'evasivo alimentavano la letteratura di questa età opaca e scolastica: Valerio Massimo raccoglieva «esempi» morali per l'esercitazione oratoria, Curzio Rufo raccontava la storia del remoto Alessandro, il traduttore Germanico e il poeta Manilio si occupavano di astronomia o meglio di religione astrale. Si capisce perché lo stile letterario si fondasse sulla *brevitas* e l'antico precetto oraziano diventasse così dominante che Fedro ne fa quasi un sinonimo della poesia (*33*, 12-13). Ma non senza rari effetti, in quella sfuggente modestia. Lo stesso stile incomparabile di Seneca germogliò da questo terreno severo e magro.

L'autore del *Satyricon* parlava ancora di «passività del nostro tempo», *praesens desidia*, ma dimenticava se stesso. L'eloquenza spiegata si ritrovò, teorizzata da Quintiliano; anzi, tutto era divenuto eloquenza. La libertà politica non fu più tra i beni perduti e unica nostal-

[2] *Historiae*, I, 17. La questione è svolta nei capitoli 16 e 17.

[3] Molti segreti di Tiberio traspaiono dalle fonti; per esempio perfino Svetonio lascia trasparire un dramma sentimentale forse di massima rilevanza psicologica. (*Tib.* 7).

gia restò quella astratta delle età primitive, vagheggiata dagli scrittori stoicizzanti. Tutto il passato letterario verrà riacquisito. Una sola cosa forse non ricomparirà più, il gratuito, la lirica pura. Non tornò Catullo e nessuno lo notò. Marziale non si accorgeva di assomigliargli, anzi voleva assomigliargli nel peggio; solo Federico Schlegel avvertirà quella affinità rinnegata come il simbolo del deserto lirico che s'apriva per quelle civiltà mature. Sarà il 1798.[4] Per noi può essere una data questo giudizio che rivela la nascita d'una critica finora ignota e la rinascita, non già della poesia, ma della poesia non giustificata.

Allora, l'età della grande prosa cominciava con l'incontro dell'eloquenza, della filosofia e della letteratura. Le parole, o alcune parole comuni, cambiarono significato, spostarono il loro fuoco. Tra le molte anche *doctus*, il vocabolo normale della conoscenza ed eccezionale della poesia — dei poeti «giovinetti» come li diceva Cicerone, uomo della *polis*, — e di Catullo per eccellenza: sapienza di miti, di fantasia e di preziose parole che ancora qualcuno confonde con l'erudizione. L'istruzione basilare, la *doctrina*, fu ben diversa e il suo fine non era la bellezza ma la «felicità», la *vita beata*, conquista che richiedeva, per la sua universalità e sicurezza, un impegno e perfino una specie di rabbia o di disperazione. I *docti viri* furono ora Diogene o Seneca o Epitteto, tutti quelli che elessero per maestro Socrate. E, per Fedro, come vedremo, proprio Esopo.

E il «parlare bene» prese altro senso. La ruvida formula dell'arcaico Catone — *vir bonus dicendi peritus* — si colmò dei nuovi contenuti e conciliò tutte le esigenze. È interessante come ne fece la difesa proprio un grande nostalgico e spregiatore del presente, cioè della gioventù, Seneca padre del filosofo. I nuovi tempi, diceva, immer-

[4] «Frammenti» di *Athenaeum*.

si nel «lusso» — noi diremmo nel consumismo — non potevano capire: «Siete fuori strada, giovanotti egregi, se credete che sia solo un detto di Catone e non invece un oracolo. Che cosa è un oracolo? La volontà divina annunciata da bocca umana. E la divinità ha mai potuto trovare sacerdote più santo di Marco Catone, per mezzo del quale non dare un insegnamento all'umanità, ma lanciarle un'accusa?» Così continua, col tono e perfino le forme della diàtriba.[5] La nuova gioventù, ripetendo nelle scuole le belle sentenze del tempo antico, le profanava, perché non scaturivano dal cuore e dalla vita. Eppure non c'era nulla di più nuovo di questo vegliardo che si esaltava del passato e ne raccoglieva i frantumi. La stessa idealizzazione di Catone — Socrate minore — era carica d'avvenire; e passerà, simbolo della libertà filosofica delle anime, direttamente dalla pagina laica di Lucano — a dispetto della Patristica — a quella religiosa di Dante.[6]

Tutto il mondo si faceva sacerdotale. Prima che l'oriente ebraico e asiano portasse la forza incalcolabile della passione trascendente, il mondo occidentale andò sempre più cercando l'assoluto e la certezza in quella che si chiamava la «libertà». Libertà individuale, il luogo inevitabilmente recuperabile dell'Io puro: la guida, l'*hegemonicón*, a tutto superiore e da nulla intaccabile. L'Io senza passioni e senza sentimenti, affrancato da quello che un cristiano stoicizzante, Petrarca, chiamerà — ripetendo un verso pitagorico di Virgilio — il *quadriceps monstrum*,

[5] *ite nunc*... (*Controversiae* I, 9). Ma tutto il capitolo è prezioso.

[6] Nel famoso primo canto del Purgatorio. Glorificazione dovuta all'autorità di Virgilio e di Lucano, i massimi celebratori dell'Impero. E certo Catone fu, attraverso Lucano, *exemplum* di una libertà che Dante dilatò — splendidamente «equivocando» — in senso cristiano e spirituale. Glorificazione tanto più notevole in quanto S. Agostino condanna e sminuisce, con argomenti abbastanza avvocateschi, quell'esemplare suicidio «pagano» (*De civ. Dei*, I, 23).

«il terrore e il desiderio, il dolore e la gioia». L'anima era questo. Essa poteva venire spenta ma non condizionata. Si identificava con la volontà, la libertà e la felicità individuali e partecipava della ragione universale, il Logos. A rigore, questa era la posizione stoica, e lo stoicismo non era la sola filosofia del mondo occidentale nell'età dei primi imperatori: ma certo era quella che più o meno chiaramente affascinava le coscienze e costituiva almeno di fatto ciò che più si avvicinava all'ideale filosofico del mondo. La Stoà del resto non si chiudeva in un complesso dogmatico. La sua grandezza era nella sua laica indefinitezza. Ne derivò un sincretismo che oggi può essere, molto astrattamente, vituperato, ma che ne costituì la forza. Seneca era sempre pronto a cedere la parola a Epicuro; si sa di quante sentenze còlte nel «giardino» abbondino i suoi puntuali «viatici» a Lucilio. Non c'è nulla della passione di Cicerone, uomo antico, contro il pericolo dell'individualismo epicureo. Ma potrebbe essere tipica la sua avversione per il raffinatissimo Mecenate e il suo silenzio nei riguardi di un poeta certamente da lui letto e imitato, Orazio; perché non solo la poesia non faceva più testo, ma in fondo neppure la mera dottrina. È essenziale che sentenze, propositi e commozioni non valessero: la vera scienza era la «vita». Epitteto dirà che non conta essere esegeti dell'opera di Crisippo, conta somigliargli. Seneca trova da imparare attraverso tutti gli *exempla* della vita. Fu concepito il «santo» stoico, il più laico «santo» di cui si abbia ricordo, slegato da qualunque metafisica, da qualunque teologia e da qualunque trascendenza. È vero che esisteva una complessa filosofia stoica con le relative classiche articolazioni, e quell'antico «santo» non fu mai, pare, *atheós*, ma non da questo fulcro muoveva la sua scelta e la sua avventura. L'atto iniziale era assolutamente etico; da un punto di vista psicologico, si poteva trovarne spesso l'*humus* nell'orgoglio, nella tristezza, nella disperazione. Nulla di francescano: l'esclusione del sentimento e della fantasia impedivano ogni meravigliosa indulgenza verso se stessi. Non era lecito «somigliare ai fanciulli», e una paternità di Dio fantastica, ardente e segreta, sarebbe sembrata peggio che blasfemica. Con il Dio immanente, che era anche «presso di noi e dentro di noi», non c'era dialogo perché non c'era nulla di ignoto o di impreveduto. La debolezza principale della dottrina stoica, come la sua forza, era nella stessa essenza; fare di un uomo un Dio non è rendergli un grande servizio. Significa dargli la solitudine, e quella dello stoico era solenne e assoluta. Non c'era preghiera, perché non si può pregare quella che era una legge impersonale, né pietà, perché il dolore non era il male. Dolore senza aureola; anche se la sua paradossale esistenza aveva ispirato pagine commosse e grandi, come alcune del terzo libro delle *Tusculanae* e molte di Seneca, non doveva essere argomento di quella alleanza umana che pure si giudicava «secondo natura». Il modo di superarlo era calarsi in esso come in un'arena, per usare un'immagine che gli stoici mutueranno ai cristiani. Epitteto scriveva: «Se ti capita di vedere uno che piange di dolore, perché ha perduto un figlio o rovinato i suoi beni, fa' attenzione, non lasciarti prendere dalla fantasia: non è male il suo, esso è fuori di lui... Ad ogni modo, finché si tratta di parole, sii senz'altro al suo fianco. Ma fa' attenzione, non piangere anche dentro di te.»[7] Non è inumanità, è solo coerenza. In certo senso nessuno fu umano come lo stoico, che poneva l'uomo – e non l'uomo astratto – al centro di tutte le cose. Ma dall'uomo pretese troppo, lo pretese *perfectus*. Soltanto questa «compiutezza» lo avrebbe fatto insieme virtuoso e «felice», letteralmente divino (forse solo il Cristianesimo, fin dall'origine, chiese all'uomo di essere «perfetto come

[7] *Encheiridion* 16.

il Padre »); lo avrebbe fatto « re », più inviolabile di qualunque re (« a meno che il catarro non lo faccia soffrire » disse l'Orazio delle *Epistulae*, ma con umiltà più che con ironia); lo avrebbe fatto il solo « sano » fra i « pazzi », il solo libero tra gli schiavi, il solo signore in mezzo al « volgo ». Un capovolgimento di valori che si poteva compendiare in poche proposizioni, i famosi « paradossi ». Era un puro ideale, ma in questo trovava la sua forza. Gli insuccessi, anzi il suo eterno insuccesso, non lo scoraggiava. Vere utopie sono quelle soggettive, intellettualistiche e provvisorie. Quelle che animano la vita, cioè certi particolari periodi storici che ne prendono il nome, sembrano instancabili; l'irraggiungibilità è il loro orizzonte e il loro domani. Come nessun cristiano crede alla propria santità, nessun filosofo si sentiva *perfectus*. Doveva essere molto comune la posizione di quell'Ermotimo di cui parla Luciano, che se non aveva ancora raggiunto il paradiso promesso dalla filosofia, dopo un'intera vita spesa sul cammino « erto e faticoso » della virtù, non esitava a incolparne la propria insufficienza: « io sarei felicissimo » diceva « se fossi sulla cima. Ma, o Licino mio, io sono ancora al principio ».

Il trionfo di questo ideale è provato dal fatto che non ebbe rivali. Come il Cristianesimo per molti secoli della storia europea, la « filosofia » non conobbe se non l'eresia o il vuoto. Altri « lumi », come la scienza pura, non si vedevano. I valori classici, la vita civile, quelli che oggi diciamo i valori sociali, erano assorbiti da quei valori energicamente individuali. Tipica, in questo senso, l'identificazione sostanziale che si faceva della *virtus* arcaica, civile e guerriera, con la *areté* nuova. In Cicerone era stato un confronto polemico, una contrapposizione nazionalistica tra i principi filosofici monopolizzati dai greci e i valori del *mos maiorum*; ma già con le odi « romane » di Orazio, nutrite insieme di spirito nazionale e di stoicismo, l'identificazione è avvenuta; in Giovenale sarà ormai inconsapevole. Pareva davvero che nel nome della «filosofia» avvenisse l'unificazione spirituale del mondo. L'eclettismo praticistico smussava le distanze dialettiche. A leggere Luciano, lo scrittore più reattivo a questa problematica, pare proprio che l'importante non fosse tanto essere platonici o accademici, cinici o stoici (o perfino epicurei) quanto essere buoni o cattivi «filosofi». E spietato come è con un personaggio come il Peregrino-Proteo, non sa nascondere il suo rispetto per un Nigrino o un Ermotimo o un Menippo. Ma l'abbiamo detto, la misura della verità era data dal risultato morale, dal *bios*. Quella età colta e raffinata ha l'occhio inteso soprattutto alla creazione di se stessi, al disegno esemplare d'una vita. Vi calava lo spirito agonistico ed eroico del vecchio mondo. L'*autárkeia* era una nuova prova di grandezza eroica. Perfino la predicazione egualitaria e pauperistica, mossa sul terreno dei molti fermenti sociali soprattutto dai cinici, si risolveva in questa «prova» dell'individuo. La grande nemica, la Tyche, il «Caso», il non-io, la non ragione, il male, non era solo «ciò che non dipende da noi», secondo la canonica espressione di Epitteto; era anche la «fatica» purificatrice dei nuovi «figli di Eracle», di colui che fu assunto per la virtù, dopo il martirio, al cielo.

Non si pensi che il «filosofo» fosse impopolare. La figura del cinico, il più estremista, coerente e inquietante dei filosofi, con la sua inconfondibile divisa — il mantello corto, il bastone del pellegrino, la bisaccia, la barba, simboleggianti rispettivamente la milizia, la *Wanderung*, l'autosufficienza e l'austerità — era, nel paesaggio umano della città antica, non meno essenziale del frate mendicante nel tardo medioevo. Né teneva la sua fiaccola sotto il moggio: come il solito Peregrino lucianeo, era presente in tutte le *agorài* e predicava da tutte le tribune e in tutte le grandi ricorrenze pubbliche. Non aveva che il suo messaggio e la suà eloquenza, ma se erano di buona lega il successo era grande, paragonabile a quello di certi *guru* della società indiana. Il predicatore della povertà eroica, dell'indifferenza al piacere e ai beni del mondo, del trionfo del Logos su tutte le passioni, veniva circondato dalle prepotenti attenzioni materne con cui il popolo di tutti i tempi esprime ai suoi beniamini la sua oscura e idealistica gratitudine. Quando Peregrino finì in prigione, le autorità videro con imbarazzo un andirivieni di cristiani che venivano a confortarlo e a portargli ogni ben di Dio. Alla morte del cinico Demonatte, che pure aveva lasciato detto di voler essere sepolto da perfetto «cane» come era vissuto, «nel fetore», tutta la città seguì il feretro, portato a braccia dai confratelli più meritevoli. La stessa autorità li rispettava, notevolmente indulgente verso le loro diàtribe sanguinose, limitandosi a espulsioni di regola provvisorie. Quel «buono imperatore» che rispose alle ingiurie e alle calunnie pubbliche di Peregrino facendogli sapere per mezzo dei magistrati che la sua presenza non era più necessaria a Roma, non fece che rispettare fino in fondo il primo diritto del predicatore morale, la libera parola: la preziosa *parrhesía*. È da credere che coscienze come quelle di un Seneca o di un Marco Aurelio potessero anche provare vera e onesta invidia per quei chierici vaganti della filosofia. La famosa frase che Plutarco attribuisce ad Alessandro quando visitò Diogene fu o raccolta o inventata per la sua esemplarità.[8] Così si era venuta formando la prima democrazia universale dell'Occidente, la prima *res publica* delle anime.

Ne nacque, in un'epoca dalla squisita cura per la pa-

[8] «Però davvero», disse, «se non fossi Alessandro, vorrei essere un Diogene». *Alex.* 14 (671 Ziegler) (citata da molti altri autori).

rola scritta, una imponente letteratura orale. È una grave lacuna non conoscerla, ma non è difficile indovinarla. Molta parte della letteratura dei primi tre secoli dell'impero la riflette e la presuppone. È l'*humus* della satira, da Orazio a Giovenale, e della trattatistica morale; affiora impensatamente in autori specialistici. Spesso la letteratura dotta vi attinge, esattamente come certe invettive di Dante e di Dino Compagni ripetono moduli tipici dell'omelia medioevale. Come questa, la diàtriba non temeva di ripetersi. Non solo i princìpi venivano ribaditi all'infinito, ma anche certi motivi e formule insistenti (i *tópoi*) si erano fatti linguaggio acquisito. All'arte non è lecito ripetersi, alla vita sì, e solo per questo ci sembrano freddi e monotoni: il motivo dell'avaro infelice e del tiranno angosciato, del povero libero e sicuro, della regalità del sapiente, della follia del volgo profano e altri più o meno insistenti. C'erano moduli formali che siamo in grado d'immaginare: stile aggressivo, carico d'interrogativi inquisitori, frase breve e incalzante, immagini sorprendenti, simboli intuitivi ma canonici, (il «re» — cioè la regina — dello sciame, il «toro», ecc.), formule tipiche e passaggi caratteristici, gesti (*actus*) e trovate, sempre nuove per un pubblico nuovo, che furono la delizia di quelle scuole di retorica di cui Seneca padre ci dà un'immagine così viva. Occorre immaginare la vita intensa, multicolore, insieme paesana e internazionale, ricca di ore libere e di ozio, avida di messaggi, di dialogo e di incontri, che si ripeteva ogni giorno in quei capolavori di urbanistica umana che furono le città antiche sulle dolci rive del Mediterraneo. È facile figurarci il mondo pullulante di Petronio e di Apuleio come sfondo delle perfette solitudini o delle terribili speranze degli spiriti. Ed era difficile ignorarsi.

A Fedro, anche se l'età «socratica» era relativamente nuova e mescolata di antico, non mancava il pubblico giusto; al quale volle presentarsi se non come un maestro, il «toro» o l'«ape»,[1] almeno come aspirante alla saggezza. Il genere stesso veniva definito in buona fede come quello dell'etica e Fedro non si stancava di rilevarne la profondità, la sapienza riposta e a volte quasi esoterica,[2] l'antiletteratura. Era questo un elemento importante e caratteristico dei moralisti soprattutto romani (basti ricordare qui l'apertura in coliambi di Persio e quella di Giovenale): «vati» non si voleva essere, e neppure poeti laureati e tanto meno mitologi in ritardo. Fedro fa di questi ultimi una caricatura abbastanza brillante ma non priva di equità (*83*) e altrove ostenta di preferire senz'altro l'esempio saporito dell'esperienza a quelli sempre disponibili del repertorio retorico (*53*). Coerentemente e spontaneamente, l'*inventor* stesso del genere si è trasformato in un perfetto filosofo vagante. L'apparenza bonaria e a volte dimessa di quell'Esopo schiavo non deve ingannare e non stona; celava sotto la cenere la brage dell'ironia, dell'imperturbabilità, della sfida; e anche la realistica avvedutezza dello schiavo, del Davo della satira, che non può rivolgersi al cosiddetto signore senza chiedere formalmente la parola e mettersi in grado di farsi ascoltare. Ma poi ha regolarmente la

[1] Ecco un esame di coscienza del filosofo cinico: «... se censuri gli altri nascondendo una focaccia sotto il braccio ti dirò: perché piuttosto non te ne vai in un angoletto a mangiarti quel che hai rubato? Che c'è fra te e i fatti degli altri? Chi sei? Sei il toro o la regina delle api? Mostrami i segni del comando come quelli che la natura dà alla regina dell'alveare. Se fossi un fuco e reclamassi il regno delle api, non pensi che i tuoi concittadini ti rovescerebbero come le api fanno coi fuchi?» (Epitteto, *Diat.* XXII, 98-100).

[2] V. le favole *33*, *42*, *78* e altre.

meglio e finisce (perfino con una padrona stupida) per avere l'ultima parola (*116*). Preziosa parola, anche quando pareva una facile battuta o un consiglio del buon senso; il suo valore era prima di tutto nell'attestare la «presenza» del saggio, la semplice esistenza di una «vita» di saggio. I grandi princìpi, le sentenze luminose erano rare e implicite e appena avvertibili, cioè avvertite dagli spiriti maturi, còlte dall'udito puro (*purgatae aures*) dell'iniziato. L'essere tenuti in poco conto sarà stata una prova dura, ma era la prima per il sapiente. «Io me la rido zitto zitto di chi mi compatisce», scrive Epitteto. La sapienza, come l'amore e la fede, sapeva essere un grande segreto e conosceva l'ebbrezza dell'incognito. Ma il bene deve essere comunicato; il saggio è onnipresente, con «più occhi di Argo», perché a nessuno come a lui riguardano i fatti di tutti.[3] Anche le apparizioni di Esopo sono repentine, non meno che opportune e infallibili. La prontezza delle battute e delle reazioni attestava la perenne veglia dell'allievo di Diogene e dimostrava il trionfo della ragione non più solo nel preparato terreno della conoscenza, ma in quello promiscuo e mal praticabile della realtà quotidiana. Un piccolo esempio, la reazione di Esopo alla sassata del teppista (*48*). Ma l'imperturbabile è, soprattutto, un amico di ogni uomo, il solo che non sia mai complice. È umile, come chi sa dimenticare se stesso; è umano fino a calarsi nella realtà inamovibile di un dolore affine vietandosi l'alibi delle lagrime, della compassione e delle parole che fanno onore: è questo il significato dello spietato apologo dello schiavo evaso (*119*).

I grandi princìpi, necessari e attesi, sono messi in bocca ai due maestri, Socrate e Diogene, o particolarmente rilevati dalla eccezionalità del quadro e dalla loro stessa rarità: non si ripetono i punti che fermano idealmente la

[3] Epitteto, *Diat.* III, 22, 103.

complicata commedia delle bestie che parlano. Socrate, a cui il favolista fa una professione di devozione tanto improvvisa quanto appassionata e perfino solenne, proclama il valore della *philía*; «veri amici» non possono essere per il lettore iniziato quelli provvisori e sempre complici che avvengono secondo la Tyche e non secondo la virtù. Diogene il cinico invece ricompare, col nome di Esopo, nell'atto di «cercare un uomo» in pieno giorno, con una lanterna. Un atto di disperazione, se l'essere uomo era la sintesi dei valori; ma la tradizione ha isolato l'episodio in un pregnante silenzio. Perciò il commento di Fedro è imprudente e magari deludente. Ma intanto Diogene ha fatto la sua comparsa.

Alla Tyche sono dedicati alcuni apologhi specifici. Uno, quello di Eracle tra gli Dei, è così denso di luoghi topici e termini canonici che l'appassionata gravità che lo ispira è a un passo dalla parodia. Eracle, «assunto per virtù al cielo», presentato a Pluto, Dio del denaro, rifiuta di salutarlo e dichiara pubblicamente che con quel corruttore universale non vuole avere alcun rapporto. *Laus* e *gloria* erano i termini tradizionalmente antitetici — dal Cicerone delle *Tusculanae* a Seneca — per distinguere la gloria interiore ed epistematica da quella esteriore e opinabile del mondo; ed Eracle è l'«eroe» dello spirito e Pluto — espressione sofoclea passata alla predicazione morale — il «figlio della Tyche».[4] Un secondo apologo raffigura l'intera vita come una nave (*66*) — immagine eterna, ma frequentissima tra i moralisti — che varca il mare sempre mutevole della sorte. La consolazione che lo stoico offre è la prevedibilità dei casi del mondo; l'estremo, religioso rifugio dell'accettazione. Ma altre favole sono meno generali. Una racconta di un eunuco che l'avversario, nella rabbia di una lite giudiziaria, accusa anche della sua menomazione. L'offeso risponde bene:

[4] V. fav. *88* e nota.

non c'è vergogna a soffrire ciò che non è del «merito» ma della «fortuna». Notevole l'epiteto *stulte*; quell'uomo era disumano perché non aveva capito. Più impressionante l'apologo dell'agnello che ripudia la maternità fisica per rivendicare quella vera dell'anima e dell'amore (*58*); versi che hanno il suono della verità, di un dolore antico e viscerale che fa pensare subito alla condizione servile dell'autore e alle sue origini oscure. Ma anche l'impersonalità di un Epitteto, rinnegatore di ogni legame del sangue in quanto fortuito, li avrebbe sottoscritti. La «fortuna» è il mondo. È un apologo impegnativo (*107*), con cui si fa giustizia della «mitologia» e insieme le si rende giustizia, leggendola come una sapienza d'altri tempi dal duplice linguaggio, letterale per la fantasia e anagogico per la ragione, propone una sintesi morale del mondo: la Tyche, l'infelicità degli uomini, il desiderio che li fa infelici, l'ignoranza e quindi il rifiuto dei beni naturali che alimenta inesauribilmente il desiderio e la pena (il mito delle Danaidi), l'infelicità del possesso. L'avido, affamato dei beni mondani, l'*avarus*, è naturalmente oggetto di aspre invettive. I suoi tesori somigliano a quelli della fiaba custoditi dai draghi, oro «senza luce» (*69*); nella sua sciocchezza malata, ruba alla vita e ruba perfino alla morte, è il funebre benefattore postumo dei suoi nemici. Ma se l'avarizia è la più stolta, le forme dell'avidità sono innumerevoli: quella dei potenti — il lupo infido, il nibbio sadico (*151*), il leone regio —; quella dei miserabili, lo stupido cane (*21*), la cagna plebea (*20*), la rana che si gonfia (*25*), il corvo che imita il pavone (*4*) e l'altro corvo (veramente è femmina, *14*) che non resiste alla vanità: le grandi voglie e le piccole voglie, quelle che rovinano gli altri e quelle più patetiche e povere che pagano di persona ma verso le quali il poeta non si mostra più indulgente. Il mondo è stoltezza e apparenza: mascheroni tragici vuoti all'interno (*8*). Il pregiudizio è sovrano: un quadro vale per la firma, anche se falso (*95*), l'omosessualità è eleganza quando la porta un nome illustre (*96*). Ma il mondo ha bisogno di essere ingannato (*128*). E adora l'aspetto, la faccia. Fedro ne parla con una serietà quasi triste, senza deprecare e misconoscere;[5] una frase colta a volo al mercato lo ha ferito, e sente il bisogno di rispondere al rozzo *calembour* del macellaio e di asserire che ci sono brutte facce con cuori nobili (*47*). *Libertate opus est*, direbbe con Persio, e occorre avere chiara nozione dell'utile vero. Al dogma della libertà è dedicato l'apologo del cane e del lupo (*50*), in verità più ricco di vita e di poesia che di ortodosso rigore; ma lo spunto dovette essere esso pure topico, se col tono di una espressione già acquisita Epitteto userà la stessa immagine polemizzando contro i degeneri discendenti di Diogene: «cani della mensa, custodi della porta»[6] Al dogma dell'«utile» è invece dedicata una favola più rigorosa, ambientata nel mito (*60*), la quale con parole ben pesate quanto perentorie condanna la *gloria* doxastica (*stulta gloria*, la lustra degli insipienti) e ricelebra la vera *laus*, dono e frutto della vita.

Ma ci sono testimonianze più intime dell'impegno del moralista ed espressioni e simboli più inequivocabili ed esclusivi, quasi esoterici; ignorando i quali alcune favole resterebbero — anzi sono restate — meno che oscure, insignificanti o non significanti. Il toro, simbolo della virilità (e la *virtus* è del *vir*, naturalmente secondo lo spirito) e della regalità (le corna, simbolo estesissimo, sono anche attributo di Zeus Ammone); l'ape, contrapposta alla vespa e al fuco; la regina (il *rex*, come si diceva e si credeva che fosse) dell'alveare, simbolo della feconda signoria del *sapiens* nella Città, erano emblemi chiari e a-

[5] V. fav. *51*. Cfr. nelle *Diatribe* di Epitteto III, 1, 7-9 e 40.
[6] Id., *Diat.*, III, 22, 80.

bituali nella tradizione diatribica non meno di quelli dei bestiari nella letteratura e nell'eloquenza medioevali. Ora quel toro fedriano (*100*) che respinge seccato il consiglio del vitello sarà il filosofo provetto che deve subire l'innocente sicumera del neofito troppo giovane; quelle api e quei fuchi già ricordati (*56*) erano anche troppo concreti e individuabili all'interno di un *coetus* o di una *familia* (quelli di Fedro?), ma certo alla polemica conferivano universalità ed insieme efficacia quei personaggi animaleschi che rappresentavano giudizi ideali. Ma c'è una favoletta tra queste molto più impegnata. È quella dei caproni che protestarono con Giove quando concesse la barba pure alle capre (*65*). Più che inutile ricordare che la barba, con il pallio, il bordone e la bisaccia, faceva parte della divisa del filosofo militante. La protesta dei maschi è quella di chi si vede derubato dell'esclusività di una bandiera immacolata. Pare che fosse un problema grave, questo dei troppi che di filosofico non avevano che la barba. Il più severo dei moralisti del secolo, il solito Epitteto, dedicherà alla cosa una intera diatriba, la quale concluse allo stesso modo e con la stessa serenità (è di più che buon senso) di questo apologo di Fedro, e cioè che l'abito non fa il monaco.[7] Ma resta duro (*sustineas tibi*...) per il buon monaco perdere il sacramentale conforto dell'abito.

Con tutto questo, Fedro non si pone e meno ancora è stato posto tra i veri moralisti del suo secolo. Non è solo a causa della nostra poca penetrazione o della malevolenza di cui si sentiva circondato o perché la poesia, questo gioco lieve (*calamo ludere, fictis iocis*...), suscita sempre diffidenza nel lettore intento ai contenuti morali. Del resto c'è poesia anche nell'Orazio delle *Epistulae*, in Persio, in Seneca, e se ne avverte bene il centro ispirato-

[7] Id., *Diat.*, IV, 8.

re etico. Si è troppo discusso nel passato sulla liricità o prosaicità della satira e della letteratura morale; oggi forse sappiamo meglio conservare la convivenza dei momenti dialettici, e bene o male non assomigliamo più a quei cittadini ateniesi che in pieno spettacolo insorsero contro certe asserzioni immorali, costringendo l'autore (era Euripide) a comparire sulla scena pregandoli di attendere, prima di giudicare, l'esito del dramma. Accettiamo di non essere edificati, ma sappiamo — tempi di antiquariato — cogliere e riconoscere la passione etica, dalle mille forme, e calata in contesti storici e umani complessi.

Diciamolo subito, il limite del senso etico di Fedro è nel suo realismo spietato, ma anche spoglio di speranza. Gli manca soprattutto l'astrattezza eroica, l'assolutezza, il senso della realtà dell'ideale, che animano le grandi coscienze. Non regge alle quotidiane sconfitte del bene. Ha voluto rappresentare la vita — *mores hominum ostendere* — e la vita concreta, cioè quella di cui era testimone e perfino, molto spesso, partecipe; e ha creato una vasta commedia umana, a volte incisiva e sorprendente, schietta e senza convenzioni, sincera fino alla confessione personale, reale fino all'istantanea. Tutto è sobrio e triste; ma la sua amarezza sa di complicità e di defezione. Si veda per esempio l'apologo del castoro (*129*); questo molto simbolico animale, ricercatissimo per gli organi genitali da cui si ricavava un medicamento, si credeva che si evirasse spontaneamente quando fosse necessario per la propria salvezza. Simbolo provocatorio, con cui un filosofo cinico avrebbe sfidato la facile ironia della gente comune. E invece il commento di Fedro è questo: «Se gli uomini potessero rassegnarsi a far senza di quello che hanno, dopo, sarebbero al sicuro. Chi va a insidiare un uomo nudo bruco?». Tono sornione. Per il filosofo il prezzo della libertà non è mai troppo alto, e

Fedro ha tutta l'aria di dire che certi prezzi la vanificano; non si vedono i limiti dell'uomo, ma quelli della realtà. Anche un altro apologo, strano e piuttosto implicito e oscuro (*107*), termina con una battuta ancor più sconfortante. Vi si raffigura l'oracolo delfico, la Pizia ispirata, la consultazione sacra; anzi la più solenne e universale, che interroga la fonte stessa della verità sul vero «utile» dell'uomo. Questa volta non «per ambage» Apollo annuncia i precetti della sapienza che unisce Dio agli uomini, per mezzo della sacerdotessa invasata (*furens*, folle), la quale poi procombe priva di sensi. «Folle davvero», finisce il poeta: «perché disse e distrusse». La lettera non è chiara ma lo spirito sì; probabilmente Fedro pensò alla dispersione rituale delle foglie del responso come è descritta da Virgilio. Fuori dell'allegoria, i grandi precetti vengono sempre dispersi al vento e predicarli è «follia».

È facile immaginare che il sentimento religioso di Fedro fosse blando. In materia, le filosofie laiche non si pronunciavano in modo univoco, ma è notevole come non prendessero mai una posizione agnostica. Le loro nuove interpretazioni degli Dei non urtavano le tradizioni, anzi tendevano ad arricchirle indefinitamente di contenuti e di significato spirituale. Il Logos, la struttura razionale del mondo, assume spesso sul piano pratico e psicologico attributi e denominazioni divine. Se gli Dei degli epicurei erano confinati negli *intermundia*, il divino immanente degli stoici si faceva vicino, operante, interiore. In Epitteto l'assoluto è, in realtà, quello che chiama «Dio». Se ne annuncia «testimone» e «inviato», e della sua volontà si sente sempre, in ogni ora e ogni evento, esecutore. Nell'*Encheiridion*, in un passo catechistico e impersonale, si raccomanda la fede e la giusta fede negli Dei (XXXI). Gli Dei o Dio? La stessa operetta termina intenzionalmente con tre citazioni religiose, e il posto d'onore è dato ai famosi versi dell'inno di Cleante: «Siimi guida o Zeus, e tu o Fato, dove l'ordine vuole, per me...». Esisteva tra i correligionari una tendenza invincibile e inconscia o non combattuta a confondere certi vertici non identificabili se non addirittura contraddittori: gli Dei e il Logos, il Fato e l'evento. Si veniva formando un sincretismo religioso accanto a quello etico. Del resto il problema del monoteismo si è fatto drammatico e primario solo sotto l'assalto dell'apologetica cristiana; prima della *hebraica veritas* non ci fu dissidio nelle gerarchie divine, anche se si accentuò, in forma così nobile e sfumata, il primato di Zeus, fino ad elevarlo oltre i termini del mondo perché sopravvivesse alle periodiche distruzioni e ricomposizioni di esso. Così Zeus continuò a rimanere Dio sia per gli umili che per i dotti. Non è vero che il culto sostituisse la fede, in quelle coscienze severe, che non avrebbero mai ammesso l'atteggiamento del Cotta ciceroniano nel *De natura deorum*, il *pontifex maximus* dal cuore scettico, osservante per rispetto alla tradizione; atteggiamento di eleganza — non di ipocrisia dottrinale — che non era più nello spirito dei tempi maturi. Invece certi rifiuti discreti del culto obbligavano a un senso più profondo del divino. Seneca, per esempio, dopo aver elencato molte forme di culto popolare che gli stoici non ammettevano, conclude: «ma per quanto ci si senta dire il limite giusto da osservarsi nei sacrifici e come si debba fuggire da forme odiose di superstizione, nessuno sarà mai perfetto se non avrà un concetto adeguato di Dio (*Deus*), che tutto possiede, tutto dà, benefico senza compensi. Per quale ragione gli Dei fanno il bene? Per natura. Chi credesse che non vogliono fare il male, è fuori strada: non lo possono. Sono incapaci di patire e di fare ingiustizia; perché certo l'offendere è inseparabile dall'essere offesi. Il loro essere, il più alto e il più bello di ogni essere, che li salvò dal pericolo, non li ha fatti pericolosi. Il primo culto degli Dei è crederli Dei. Poi, attribuire loro la maestà, e quella bontà senza la quale non c'è la maestà. Sapere cioè che essi presiedono al mondo, che nella loro potenza governano il tutto, e si assumono la protezione dell'umanità, senza curarsi a volte dell'uomo particolare. Male non danno né hanno; ma correggono, controllano, infliggono pene, a volte puniscono con l'apparenza di un vantaggio. Vuoi conciliariti con gli Dei? Sii buono. Abbastanza li onora chi li imita».[8] E notiamo ancora la sinonimia *Deus—Dei*; il linguaggio tradisce quelle connessioni del sentimento che poi la ragione dissocia e distingue. Nell'abbondanza delle citazioni possibili vengono in mente, per la notorietà del passo plutarchiano, le dolci e tristi parole dello stoico Bruto nell'imminenza della battaglia di Filippi: «Cassio, io da giovane, inesperto della realtà, in non so che discorso filosofico dissi una grande frase: accusai il suicidio di Catone, perché non era religioso né virile disertare la divinità (*daimon*), non accettare l'evento senza timore ma sfuggirlo. Ma ora le vicende mi fanno diverso. E se Dio (*theós*) decide la situazione in senso negativo, non ho bisogno di tentare altre speranze, e preparativi, ma me ne andrò, lodando la sorte (*tyche*)».[9] Lodare la sorte: è l'accettazione estrema della vita, il più alto atto religioso delle coscienze. La presenza del divino porta quasi inevitabilmente alla eliminazione del caso, di quella «Fortuna» stoica che Dante, senza temere di ritrattarsi, finì per trasformare in una entità provvidenziale e angelica.[10]

Un altro risultato della passione etica è un dialogo impreveduto col divino; non è vero che si debba partire

[8] *Ad Lucilium*, XV, 47-50.
[9] *Brutus*, 40, 1002 Z.
[10] Cfr. *Convivio* IV, 12, 3-10 e, certamente posteriore, *Inferno* VII, 67-96.

dal divino per salvare l'uomo. Una comunicazione che non escludeva possibilità e proposte venerabili, come la misteriosofia e perfino l'aruspicina. Le opinioni erano naturalmente molto discordi; ma un Epitteto, per esempio, è molto severo con chi si accosta ai misteri eleusini senza «una preparazione preliminare, con lo spirito disposto a partecipare a riti sacri e per di più di antica data: così diventano utili i misteri»;[11] e altrove mostra di credere, come Socrate, alla mantica.[12]

Abbiamo visto che cosa è l'Olimpo di Fedro. Il contrasto con quelle grandi testimonianze può parere troppo spiccato per non essere ozioso; lo crediamo invece malizioso e cosciente. Prima di giudicarla banale, dobbiamo renderci conto che quella di Fedro fu, inevitabilmente, una scelta. Non era il suo un Olimpo popolare: era da operetta, convenzionale, lucianeo, casualmente moderno. Giove è un buon monarca, Minerva una figlia savia e sensata, Prometeo un artigiano che alterna bottega e bevute, Giunone una signora di mondo, Mercurio un giovane signore beffardo e un po' crudele; si pensa quasi a ruoli di un neoclassicismo secentesco e settecentesco. Ma essi erano ancora Dei viventi e il loro nome conservava la sua efficacia affettiva, soprattutto se invocato dalla giustizia offesa (*149*). Anche le favole dell'aruspicina sarebbe antistorico darle per scontate e ovvie del tutto. Non era così triviale l'uscita illuministica di Esopo a proposito delle nascite miracolose in un certo gregge (*46*); tutt'al più era brutale. La favola della gru e della cornacchia (non dimentichiamo, animale profeta) mostra chiara, attraverso le gravi alterazioni dei parafrasti

[11] *Diat.*, III, 21, 15-19; pare anche da questo passo che perfino la vocazione del maestro di sapienza richieda «il consiglio» divino; qualcosa forse come l'oracolo delfico per Socrate, che fu clamoroso e forse fatale (V. Diogene Laerzio, II, V, 37-38).

[12] *Encheiridion* XXXII e XVIII.

medioevali, la morale originaria: i profeti possono indovinare solo che gli uomini agiscono sempre secondo la loro natura, e perciò i malvagi agiscono sempre da malvagi; appunto quello che sanno già l'accortezza e l'esperienza (*137*). Il quadretto del viandante e del corvo (*122*) ha un'apparenza troppo scialba per non incuriosire e simboli troppo suggestivi per non invogliare a interpretazioni addirittura severe. Epitteto raccomanda di reagire ai cattivi presagi dei corvi dicendo a se stessi: «non è un cattivo segno, per me: ma per il mio povero corpo, la mia povera proprietà, il mio povero buon nome, i miei figli, mia moglie. Per me sono tutti segni buoni, se li voglio tali. Qualunque cosa accada, posso, per ciò che è mio, trarne un utile». I presagi non modificano l'*iter* della vita del saggio, la cui legge è estranea alla fortuna e al tempo. Un motivo topico e un simbolo adeguato, quello di Fedro. E forse è dovuto a questa favola se in Persio l'accenno al corvo si è fatto più veloce e più pregnante, in quanto acquisito. Solo chi procede per la sua via è dunque veramente «uomo» come quel Diogene-Esopo che andava in giro in pieno giorno suscitando le beffe degli sfaccendati, che vivono alla giornata, e che perciò uomini non si possono dire (*62*).[13] Il famoso aneddoto non fu dunque per Fedro un gesto vistoso di battaglia e di edificazione, ma una istantanea di vita quotidiana; quella lanterna serviva per i bisogni di casa. Era tale dunque, per lui, l'*iter* dell'uomo; appunto perché fu una scelta consapevole, non sapremmo dire se fosse proprio di un metallo più vile.

Pessimismo laico, dunque. E tanto più autentico quanto

[13] «Hai una meta, tu? Un bersaglio per il tuo arco? O vai dietro i corvi qua e là tirando cocci e zolle, senza curarti del tuo cammino, e vivi alla giornata?» (*Saturae* III, 61-62). Passo che pare unificare le due favolette ora citate; con in più di suo — e del suo gusto — il tocco dei cocci e delle zolle.

umano, deluso e ferito. Sotto il guscio aspro dell'esperienza e della satira si avverte una mitezza offesa, un senso semplice e innocente di giustizia. A volte perfino un'antica debolezza di sentimenti delicati, come nell'allegoria dello specchio abbandonato (*135*). La donna è raffigurata — la misoginia fa parte del «genere» —, con una giovialità più spietata di qualunque ingiuria, come un animale monotonamente sensuale e in definitiva, di regola, costoso (*35*). Assomiglia a una gallina che razzola (*110*); tutto il resto, bellezza e frivolezza, virtù e sentimento, è alla superficie. Non è una negazione dell'amore, piuttosto ne è messo in evidenza il prezzo umano come è giusto che si sappia; e c'è anche qui più tristezza che cinismo. Ma l'immagine dello specchio riscatta tutto, con la sua nostalgia d'una purezza così labile e l'ira per una corruzione così banale.

La mitezza offesa si fa durezza e gusto di punire il proprio dolore. È di questa natura il modo di raffigurare l'asino e il cane. Ed erano animali araldici per il filosofo cinico, come si sa, del quale Epitteto scrive che «bisogna sia battuto come un asino e che mentre è battuto ami quelli che lo percuotono come padre di tutti, come fratello»; [14] ma Fedro non sentiva questa perfetta letizia negli asini che vedeva, abbastanza fraterni e simili: cuoi da percuotere, tamburi di botte da vivi e da morti (*77*); imperdonabilmente infelici perché sempre goffi (*138*), importuni (*30*) e sbagliati. Sbagliati come i cani, le cui iniziative, che sono sempre tentativi di riscatto, risultano tanto più penose quanto più sono alacri e convinte (*21*; *67*).

È il sentimento che ispira e muove la commedia animalesca di Fedro. Non sa vedere senza giudicare e anche senza soffrire. L'umorismo è piuttosto raro e opaco e spesso doloroso. Ha la sua arte di raccontare, ma non di

[14] *Diat.*, III, 22, 54.

«muovere il riso», di ispirare il sorriso indifferente del vero umorismo. Aneddoti vivaci e narrati con fine sorvegliatezza, come quello del flautista Principe (*98*) o del soldato di Pompeo (*109*), sono raffreddati da moralità banali.[15] Si confronti con la redazione fedriana della storia milesia della matrona di Efeso (*114*) quella di Petronio, con la sua levità, duttilità, il contrappunto parodistico (inesauribile parodia del *Satyricon*!), i doppi sensi. Quella «donna non meno pietosa che onesta» di Petronio è degna del più squisito Boccaccio: perché davvero la dama aveva amato lo sposo oltre la morte e fino alla disperazione, come era altrettanto vero che quella di poi, espressa con parole sinceramente solenni e piene di logica (*prudentissimae feminae*), era pietà e pietà d'amore. Il capolavoro del racconto è la realtà denudata, che sempre sconcerta. Allora bisognava subito finire in riso: «il giorno dopo la gente pensava stupefatta in che modo un morto era riuscito ad andar sulla croce»: ironia o miracolo? La redazione fedriana pare antitetica: laconica, secca, con un'abbondanza di astratti maggiore del solito, con un finale (*sic turpitudo laudis obsedit locum*) che ha il solo merito di un sornione *nil mirari*. Nulla brilla e scintilla nell'opera fedriana. La sua sobrietà ottiene a volte effetti preziosi, più spesso lirici che umoristici (basterebbero i versi che descrivono la lieve corsa del cervo (*13*) o il ritmo della frusta sopra il lungo trotto della mula (*49*, 6-7), ma raggiunge il «sublime» nel tragico e soprattutto nel triste. La *brevitas* è lo stile giusto di questa tristezza ineffusa, e nel senso più ampio può essere la formula della sua arte.

Il «fren dell'arte» ha impedito a Fedro ciò che più è sempre piaciuto ai lettori di cose del genere, la fuga della

[15] La seconda traspare dal titolo dato dal Perotti, come molto spesso nella sua silloge.

fantasia nel regno della fiaba e la ripetizione mimica del costume umano e sociale. Umano e animalesco, l'abbiamo detto, si fondono; Fedro ha il genio di questa imprecisione. I suoi animali non sono quasi mai maschere, come in La Fontaine, dove si vedono il gentiluomo o la comare o il borghese sotto la pelliccia ferina che li fa pesantemente esemplari e li mette alla gogna. In Fedro sembrano ombre deformate di uomini. Come i poeti che toccano il fondo, quelli molto più grandi di lui, Fedro non è un visivo e le forme non lo distraggono. Il suo leone è regale all'interno, come la rana è poveraccia, e la loro forma appena intuita non si stacca dallo stesso traslato usuale di *rex* e di *rana*. Così nell'intuizione di tutti facilmente la gente «gracida», un uomo abbaia, un potente ruggisce, magari un piccolo cuore vuoto ha la voce del passero (*10*); ci sono parole melliflue che suscitano l'immagine — colore, gorgiera, dentatura — del coccodrillo (*26*) e ci sono pacate rappresaglie che s'adattano a personaggi allampanati come la cicogna (*27*). Nell'alterco tra la mosca e la formica simboli e significato quasi si identificano; a questo è dovuto l'effetto della favola, sorprendente come quello lirico dei due topi di Orazio. L'apologo vero non è allegoria, è metafora. Perciò lo scambio apparente dei due piani è naturale; come quando il leone, che prima si apposta e sbrana come un leone, dopo si leva e parla con la voce di un cacciatore divertito (*12*). La mosca cocchiera (*49*) «siede» sul carro, come appunto un cocchiere a cassetta, ma anche come un magistrato sulla sedia curule, o come ogni personaggio che sia «mosca cocchiera», o in particolare questo o quello al quale si può pensare o a cui ha pensato in un dato momento il poeta. Può anche esserci un perfetto leone (*34*) di cui, come nel sogno, non si vede nessun particolare che si possa dire reale.

Non ci sono, al contrario che nei bestiari medioevali,

le maschere fisse dell'Atellana o dei *Puppenspiele*. Sono molti i modi di essere volpe o cane, e l'ethos loro è tanto più coerente quanto variamente è capace di rivelarsi. Sia pure acronica, c'è anche una loro biografia; il lupo che ha sbranato l'agnello ha incontri diversi col cane o col contadino (*50, 127*). La volpe, l'animale più essenziale del mondo, ha i suoi lussi, la sua fierezza popolana che le vieta di dar via a una scimmia qualunque la sua bella coda (*102*).

Le novelline sono entrate progressivamente nelle sillogi di favole con la giustificazione dell'*exemplum*. Ma è per quella umanità delle bestie che esse non stonano, così come non interrompono il discorso gli stessi interventi personali del poeta. Il poeta stesso, come avviene anche ai più grandi narratori, è presente chissà quante volte, per quello che era o per quello che avrebbe voluto essere o anche non voluto essere. Forse asino e cane più del necessario; o forse, secondo il suo ideale, volpe. È probabile che fosse stato lui la pecora truffata da un cane col concorso di un lupo; e ci perdette la pagnotta, ma poi ebbe il piacere di vedere il lupo (per altra ragione) in galera (*18*). (Dirà poi che i malvagi, prima o dopo, ha visto che pagano). A volte fu, «per rovina sua», troppo Esopo, cioè troppo esposto e scoperto; ma poi dovette pure diventare il vecchio topo «bruciato di esperienza» (*retorridus*) che sa vedere la donnola sotto la farina (*78*). Intorno a lui si muovono gli animali «che parlano»; è un modo di rappresentare centrifugo, dall'interno alla periferia, dall'osservatore-protagonista agli orizzonti intangibili, dagli esseri di cui si sente il tanfo o il danno a quelli lontani (e alti) dei quali — come tutti i «popolani» — onora quasi inavvertitamente la potenza e la grandezza anche se è violenta, assoluta e spietata. Sono i leoni, i tori, quella pantera che torna a fare le giuste vendette, e che forse fu Tiberio, il «generale grande», tenace nei rancori come nella gratitudine (*45*).

In uno specchio della vita così concepito è naturale che le categorie morali s'intersechino con quelle sociali. Il bestiario fedriano, nel senso storico del termine, è classista. È immediato distinguere i ceti. Tra gli *honestiores*, oltre i maggiori, c'è pure l'aquila, il nibbio, il cinghiale, il gallo. Il gallo compare per un attimo in lettiga (*117*), portato a spalle da gatti che già se lo pregustano; modo originalissimo — un grazioso *gryllos* — di riprendere il motivo, canonico nella letteratura satirica, dei cacciatori di eredità. Il cinghiale ha un piglio di dignità nobilesca, che gli impedisce di misurarsi col povero asino, autore pietoso della sguaiata spiritosaggine (*30*); bella lezione di decoro nobiliare che è anche prova di umanità, e Fedro lo loda. Più vasto e complesso il mondo degli *humiliores*: quasi tutti vittime, di cui tuttavia solo immacolato è l'agnello; perché la leggerezza, l'imprudenza, la vanità, la debolezza portano alla gente come lui troppo gravi conseguenze perché ci si possa prendere il lusso dell'indulgenza. Animali poi troppo prossimi per perdonarne i tradimenti. Il corvo che ha voluto far parte della bella gente dei pavoni e ne viene allontanato non può più rientrare tra i suoi ed è per sempre segnato da un «lugubre marchio», *tristis nota* (*4*). Per i cani che aspirano ad essere detti «gente che ha il suo» è riservata una favola singolarmente cupa e petrigna e un disprezzo eccezionalmente esplicito (*28*). Profonda soddisfazione per la rovina inevitabile di chi «trovandosi sotto lo stesso giogo», come un asino egoista (*146*), non aiuta, o per chi, come il cavallo infiocchettato (*149*), si sente diverso dai suoi.

Mondo piccolo che Fedro, come diremmo nessun altro scrittore romano, fa vedere da vicino e dal basso. La logica di certi rilievi è data da questa prospettiva; per questo certe favole strane o male leggibili hanno tanto tono di sottintesi e di importanza. Sono relativamente molte, più di una dozzina; potremmo chiamarle le favole della *domus*. Ne riconosciamo le componenti. Si aprono idealmente con quella che celebra la solidarietà e l'unità della *familia*, cioè l'antico apologo delle membra e dello stomaco volgarmente attribuito a Menenio Agrippa: stomaco patrizio che, in effetti, mangia per tutti, ma che è sempre in grado di nutrire le membra che sudano e che producono (*155*). *Maiores et minores sequestratos non vivere*, come trascrive il parafrasta medioevale. Perché anche il patrono ha bisogno dello schiavo buono, come quel cane da guardia che non si lascia corrompere da un dono troppo repentino (*24*), e dei liberti veramente produttivi, come quelle api della favola già incontrata (*56*). Può avere la salvezza dal più piccolo topo, in una di quelle terribili situazioni che non si prevedono (è da sperare poi che il signore se ne ricordi! v. *139*). Da osservare però che il grande servigio del topo al leone imprigionato non era dovuto al dovere astratto, ma alla gratitudine; il segreto della fedeltà è la bontà; una bontà che noi diremmo paternalistica e che in quella società si chiamava, termine legittimamente glorioso, clemenza. Spesso era semplice indulgenza; faceva parte della vera signorilità e un toro che si mette in lizza con una zanzara non ha che a perderci (*160*). Cose serie dette con un tono abilmente equilibrato tra l'ossequio e la malizia. Lo schiavo, del resto, a volte era troppo stupido oggettivamente. Vedi caso dell'asino che vuole imitare le moine del cagnolino; l'adulazione è un'arte e come tale è sempre nuova e scaturisce dall'intuizione del reale; non a tutti capita di essere cagnolini fortunati (*138*). Altre volte è scopertamente interessato, come quello schiavo faccendiere, una volta messo a posto da Tiberio, esempio che poteva far testo (*38*).

Il signore doveva essere, come Tiberio, o come addirittura l'imperatore Augusto, che Fedro aveva potuto osservare da vicino con i suoi occhi, soprattutto un giusto. E amministrando la giustizia all'interno della *familia* non doveva dar retta ai sentito dire e alle calunnie, ma vedere di persona, vagliare e ragionare con la propria testa (*53*); pare che Fedro ne sapesse qualcosa. E poiché non è facile chiedere per chi non ha il diritto di pretendere, l'ideale era che il signore desse spontaneamente a ciascuno secondo i suoi meriti, in particolare premiando la discrezione e la modestia; ma voler questo era, conclude Fedro, un chiedere troppo su questa terra (*34*).

Fedro giudica il patrono con molta cognizione di causa. Gli ricorda quella che doveva essere la sua qualità più elementare, aver cura del suo, tener d'occhio la sua roba personalmente, intendersene (*41*). Gli raccomanda, con apprensione, di tener a freno i famigliari tirannici, perché per l'armonia della casa occorre in tutti dolcezza, *mansuetudo* (*111*). Anche qui pare che Fedro ne sapesse qualcosa. Ma a volte c'è un tono più generale e distaccato. Accusa il patrono irresponsabile, che garantisce una protezione che poi non sa o non vuole dare (*158*); secondo l'etica sociale del tempo, la più grave colpa di cui un patrono, in qualunque caso, potesse macchiarsi. Infine, tocco prezioso, il signore (maliziosamente un semplice cavallo) che ha il complesso della signorilità, e che promette con una specie di buona fede doni che non farà mai, un po' simile al nobile spiantato della *Locandiera* goldoniana (*159*). Tra le necessità della vita poteva esserci anche quella di cercarsi, di «scegliersi» la tutela di un patrono: era un pericolo, e in tutti i casi una seria diminuzione di libertà. Anche Orazio ne aveva avuto più o meno diretta esperienza. Fedro volle ricordarlo con l'esempio già oraziano del cavallo che per ottenere giustizia e difesa dall'uomo dovette poi subire le redini e il morso (*80*). A volte conviene che anche questa passione della giustizia venga umiliata.

È abbastanza evidente che Fedro vede la società dalla angolazione del liberto, e non si può non pensare a quel *libertus Augusti* che gli attribuiscono alcuni titoli del suo codice. Come tutti i liberi, e forse per la sua libertà recente con maggiore distacco, se fu pietoso verso la classe servile, non fu mai un egualitario. E anche per lui lo schiavo che evade è colpevole, per quanto gravi e ingiuste siano le sofferenze che la schiavitù possa infliggergli (*119*). La sua pietà non può andare oltre a quella che resta, secondo le premesse della società in cui vive, la colpa più grave di uno schiavo.

Probabilmente si sentì pienamente inserito, anche con orgoglio, nella sua classe, che era in piena ascesa, economica e perciò anche sociale, affiancandosi e integrandosi nella «borghesia» romana, nella classe cioè da sempre dinamica e problematica dei cavalieri (più volte l'*equus* della favola doveva confondersi con l'*eques* della vita). Soprattutto molti *liberti Augusti*, a cui veniva affidata l'amministrazione degli immensi e diffusi beni di quella *arca* imperiale che andava confondendosi con il *fiscus* dello Stato, acquistavano un potere di fatto che poi, divenendo troppo vistoso nella corte, al tempo di Claudio, susciterà tanto scandalo nell'aristocrazia e negli storici aristocratici che lo tramandarono. Arricchirsi in certi ambienti non doveva essere difficile neppure per un liberto trace, ma richiedeva qualità che Fedro rifiutava di avere; e quella che sul piano ideologico era la condanna della ricchezza (*43*) e sul piano pratico dei ricchi, su quello psicologico era degli arricchiti che aveva sotto gli occhi. Lo spettacolo del «guadagno rischioso» (*periculosum lucrum*), che aveva rovinato i più, era la ricompensa della sua povertà, delle sue rinunce e della sua concezione morale. Così confondeva la prudenza con la *prudentia*;

o semplicemente era la vocazione diversa. È pur lecito pensare che anche Fedro, come tutti gli artisti, non amasse gli affari. Anzi non sappiamo neppure fino a che punto perfino le sue scelte etiche e letterarie non fossero un rifugio e una reazione in un ambiente inadatto ad un'arte disinteressata. Ma certo la povertà gli fece apprezzare le grandi domeniche dei poveri, i ritagli disinteressati di una professione liberale; è senz'altro possibile, come pare da qualche indizio, che avesse esercitato l'insegnamento, e pare che anche dalla sua produzione letteraria, il *doctus labor*, si aspettasse qualche vantaggio materiale, cioè un po' di libertà. Ad ogni modo è umano che scoprisse, avvilendo un po' la gloria di certi termini, che la cultura, l'*humanitas*, appannaggio dei grandi (ne sapeva qualcosa Giovenale, che era di un solo gradino sociale al di sopra di Fedro), poteva dare un po' di *autárkeia*. Così il cinico *omnia mea mecum porto* è diventato anche il mestiere del bravo letterato che può sempre vivere di una specie di diritti d'autore (*71*), anche se capitava che certi onorari fossero in pratica, purtroppo, un po' aleatori (*74*, 38—40).

Tutto questo vince la tentazione (ogni epoca cerca nel passato se stessa) di fare di Fedro un poeta rivoluzionario (anche se la critica ci ha visto poco l'uno e pochissimo l'altro), per il fatto che ci sono favole ed espressioni minacciose e dense di rancore sociale. «Chi sta in alto» dice «per quanto in alto, tema chi sta in basso: il lesto impara e sa far le vendette»; e racconta la favola dell'aquila che aveva rapito i cuccioli della volpe, insensibile a tutte le preghiere, finché la volpe, disperata e determinata, diede fuoco all'albero e piegò l'aquila ottusa e adunca. Ma questa è passione e umanità, ed è inutile dire che lo spirito rivoluzionario supera l'una e l'altra. Anche Fedro, naturalmente, non poteva vedere il bene sociale che in termini etici.

È invece da domandarsi se Fedro possa dirsi, come non si può dire per nessun poeta latino (se non forse Marziale), poeta «popolare». Con limiti che riducono e precisano, anche perché questa espressione è ben poco definita e chiara, crediamo di sì. Lo è nel senso che rappresenta dall'interno uno scorcio della vita popolare romana del suo tempo, con le strutture sociali che furono solo quelle di quel tempo; lo è ancora di più, veramente di più, perché rappresenta senza intenzioni letterarie aspetti del temperamento popolare di allora e di sempre. Finché almeno un «popolo» ci fu; espressione questa che oggi si avvia a diventare arcaica, come già arcaico è divenuto il suo derivato concreto, «popolano». L'uguaglianza abolisce questo termine che presuppone la sua antitesi. E l'individualismo che nel mondo occidentale deriva da questa travagliata uguaglianza ha distrutto il patrimonio morale delle classi, loro antichi valori e ancestrali difese. Per capire quanto Fedro ha di popolare bisogna comprendere o rievocare un orgoglio e un'etica e uno stile di classe, qualcosa di così profondamente umano da valicare i secoli e sopravvivere alle trasformazioni delle strutture. Occorre cogliere e anche amare certo umorismo, come quello dei due calvi che insieme si precipitano per raccogliere un pettine smarrito (*97*), la risata facile e insieme paradossale, l'istantanea ingenuamente goffa; e quel nessun decadentismo della molta malizia di Fedro, e la sua poesia insieme esperta e artigianale, e la sua stessa fede in sé, nella sua istruzione, nell'«arte» che professava.

In fondo la sua «saggezza» è veramente popolare proprio per la debolezza dottrinale che la caratterizza. Il cinico non era popolo come non era «volgo»; come il santo cristiano, rifiutava le distinzioni di classe e perciò anche un riscatto sociale diretto. La sua era una morale non di solitari, come si è detto, ma piuttosto di aristocratici. E Fedro, tutto sommato, fu con la povera gente, con il «popolo» che ascoltava Esopo. Scelse una povertà meno orgogliosa di quella di Diogene, ma più simile a quella di chi aveva poco, ciò che è meno di non avere nulla. Ed ebbe bisogno di vederla premiata, non da se stessa secondo il *parádoxon* stoico, ma appunto dalla sorte. In una composizione dal quadro volutamente eccezionale (come quasi sempre i «messaggi» di Fedro, le sue «conclusioni»), si asseriscono tre verità essenziali: che non si deve mai fare affidamento sulla gratitudine umana, che con il malvagio non si debbono avere rapporti mai, che il male viene punito, non dagli Dei ma «dal fato e dal tempo» (*87*). Così Fedro propose per vivere le conclusioni non di una scienza ma di una comune vita umana, la sua; nella loro durezza e amarezza, cose molto certe, molto semplici e abbastanza realistiche, per essere princìpi. Non c'è in realtà, come sembra, solitudine. Anzi Fedro propone la società più elementare, l'alleanza degli onesti. Contro un avversario universale, l'*improbus*, che è colpa aiutare (*63*), colpa fidarsene (*30*), colpa anche per un momento dargli fiducia (*9*). È il motivo più insistente di Fedro. Un'alleanza difensiva: «Non fare del male. Ma chi a te ne fa, lo punirai per la sua stessa legge» (*27*, 1-2). Principio a dire il vero esso pure non socratico, ma vecchio e solido; fu anche del padre della poesia giambica, Archiloco: «è la grande scienza mia, rendere il male a chi mi fa il male». Anche così del resto il male ritornava alla sua fonte. Il grande pessimista trovò dunque nel mondo una logica profonda e una giustizia paziente.

Certe perentorietà sono solo in apparenza dottrinali. Per esempio, dove il favolista asserisce che la ricchezza oggettiva (l'*arca*) e la sapienza sono inconciliabili, più che filosofia c'è pauperismo; o meglio sentimento, battaglia e sottintesi. Il ricchissimo Seneca e il poverissimo

Epitteto potevano, con uguale assenza di casuistica e di ipocrisia, distinguere, nella pratica e nella teoria. In realtà Fedro — contraddizioni della vita, contraddizioni «popolari» — ebbe un senso acuto e consapevole della relatività; intuì che la vita è un'arte morale, pur essendo dubbio che credesse in una «arte della vita», τέχνη τοῦ βίου. Senza voler certo misconoscere la «sapienza», il solo valore che salva «nel mare della Tyche», è un fatto che più volte la chiama con termini quotidiani tra i quali il più notevole è *sollertia*, espressione mal traducibile che significa, in sostanza, la complessa arte di sopravvivere. L'arte della volpe esopica; non più maligna, non più l'*astuta vulpis* dei filosofi,[16] ma quella che sapeva anche ingannare per difesa, e perfino, per difesa, illudersi, come quando, per non sentire troppo la fame, impose al suo cuore (*tétlathi dè kradie*) di credere acerba l'uva matura.

[16] Persio, V, 115 sgg.; Epitteto, *Diat.*, I, 3, 7-8.

BIBLIOGRAFIA ESSENZIALE

Edizioni e strumenti

J.G.S. Schwabe, *Phaedri Aug. lib. Fab. Aesop.* l. V, Brunsvigae (Braunschweig) 1806, 2 voll. (I ed. 1779-1781). (Testo, prolegomeni, commento, excursus critici, bibliografia.)

A. Vannucci, *Fedro, Le favole*, 1882 (innumerevoli edizioni). (Ampia ed eclettica introduzione generale. Testo, allora classico, di L. Müller.)

L. Hervieux, *Les fabulistes latins depuis le siècle de Auguste jusqu'à la fin du moyen-age*, 5 voll., Paris 1888-1889. (Prolegomeni e testi, preziosi per la «fortuna» medioevale di Fedro.)

L. Havet, *Phaedri Aug. lib. fab. Aes.*, Paris 1895. (Testo critico, con ampi prolegomeni.)

B.E. Perry, *Aesopica*, Urbana (Illinois) 1952. (Repertorio diacronico della favola classica.)

G. Thiele, *Der lateinische Aesop des Romulus*, Heidelberg 1910. (Testo critico della favolistica medioevale latina di derivazione fedriana, con ampi prolegomeni.)

C. Zander, *Phaedrus solutus*, Lund 1921 (v. *Nota sul testo*, p. 79.)

I.P. Postgate, *Fabulae Aesopiae*, Oxonii (Oxford), 1929. (Testo critico.)

A. Guaglianone, *Phaedri Augusti liberti lib. fabularum*, In aed. Paraviae, Torino ecc. 1969. (Testo critico, con la revisione fotostatica del cod. P.)

C. Cremona, *Lexicon Phaedrianum*, Hildesheim 1980.

R.W. Lamb, *Annales Phaedriani, 1596-1996, A bibliography of Phaedrus*, Lowestoft 1998.

E. Oberg, *Phaedrus-Kommentar*, Stuttgart 2000, sul quale si veda anche la recensione di C. Santini, *Novità su Fedro*, «Giornale italiano di filologia» 54 (2), 2002, pp. 237 sgg.

G. Bernardi Perini, *Cui reddidi iampridem quicquid debui: il debito di Fedro con Esopo secondo Fedro*, in *La storia, la letteratura e l'arte a Roma: da Tiberio a Domiziano: atti del convegno (Mantova, Teatro Accademico, 4-7 ottobre 1990)*, Mantova 1992, pp. 43-59.
J. Blänsdorf, *Lecture pédagogique-morale-politique? Problèmes herméneutiques des fables de Phèdre*, «Revue des études latines» 78, 2000, pp. 118-138.
S. Boldrini, *Il codice di Fedro usato da Niccolò Perotti*, «Res publica litterarum» 12, 1989, pp. 9 sgg.; *Note sulla tradizione manoscritta di Fedro: i tre codici di età carolingia*, Roma 1990.
T.C. Craven, *Studies in the style of Phaedrus*, McMaster Univ. Hamilton, Ont., 1973.
H. MacL. Currie, *Phaedrus the fabulist*, ANRW II 32.1, 1984, pp. 497 sgg.
A. Deflorio, *Fedro e il suo mondo: vizi e virtù*, «Rendiconti dell'Accademia dei Lincei» Ser. IX 8 (2), 1997, pp. 273-336.
F. Della Corte, *Phaedriana*, «Rivista di filologia classica», 1939, pp. 136 sgg.
R. Fisichella, *Appunti per un saggio su Fedro*, «Orpheus» 23, 1976, pp. 3 sgg.
G. Galli, *Fedro e Orazio*, «Paideia» 38, 1983, pp. 195 sgg.
A. Guaglianone, *Commento alla Favola IV 5 (poeta) e alle altre favole giudiziarie di Fedro*, «Ann. della Fac. di Lett. e Fil. Univ. di Macerata» 3-4, 1970-1971, pp. 437 sgg.
A. Hausrath, *Phaedrus*, in Pauly-Wissowa, Real-Encyclopädie XIX, pp. 447 sgg.
J. Henderson, *Phaedrus' «Fables»: the original corpus*, «Mnemosyne» ser. 4, 52 (3), 1999, pp. 308 sgg.
S. Koster, *Phädrus: Skizze seiner Selbstauffassung* in *Die Antike im Brennpunkt*, München 1991, pp. 59 sgg.
A. La Penna, *Fedro, Favole*, Torino 1959 (saggio premesso alla traduzione di A. Richelmy).
C. Marchesi, *Fedro e la favola latina*, Firenze 1923.
G. Pisi, *Fedro traduttore di Esopo*, Firenze 1977.
M. Pugliarello, *Appunti di sintassi fedriana*, «SRIL» 4, 1981, pp. 109-121; *Appunti di sintassi fedriana*, II, «SRIC» 5, 1982, pp. 101 sgg.

TESTIMONIANZE E GIUDIZI

I

IL SILENZIO DI SENECA

Nel 43 d.C., dalla Corsica dove era relegato da due anni, il filosofo Lucio Anneo Seneca scriveva per il liberto Polibio, ministro dell'imperatore Claudio, una non disinteressata Consolazione *per la morte del fratello. Ne è tolto questo passo in cui* non *si parla di Fedro:*

« Non oso indurti addirittura a mettere insieme per te, con la tua abituale grazia, favolette e apologhi esopiani, lavoro vergine ad ingegni romani: non è certo facile che lo spirito, così duramente percosso, sia tanto presto in grado di accostarsi a occupazioni già liete; eppure, quando potrà avviarsi da pagine di austerità a quelle già un po' dilettantistiche, sarà qui la prova che si è irrobustito, che è tornato a te. »

(Lucio Anneo Seneca, *Ad Polybium*)

II

LA SIMPATIA DI MARZIALE

Nell'88, dall'attuale Romagna, l'epigrammatista M. Valerio Marziale scriveva all'allegro e carissimo Rufo, ri-

masto in Roma, una lettera in versi in cui si ricorda Fedro come autore noto e gustato da entrambi.[1]

«Dimmi, Musa, che fa il mio Canio Rufo: forse consegna, in pagine che non morranno, le opere degne di memoria dei tempi claudiani? o quelle che uno scrittore non verace attribuì a Nerone? o gareggia con gli scherzi di quel mascalzone di Fedro?...»

(M. Valerio Marziale, III, 20, 1-5)

III

L'ACCENNO DI AVIANO

Aviano (o Avieno), tra il V e il IV sec., dedicò a un Teodosio — probabilmente Ambrosio Macrobio Teodosio, l'autore dei Saturnalia *— la sua raccolta di favole in cui evita, intenzionalmente, di riprendere soggetti fedriani.*

«Guida allora al mio soggetto riconoscerai quell'Esopo che, per consiglio d'un oracolo di Apollo di Delfi, aprì la via del riso per dare certezze da seguire. Ma queste favo-

[1] La pacifica identificazione con il favolista è stata tuttavia messa in discussione. Secondo U. Carratello («Giornale ital. di Filologia», XVII, 2, 1964) Marziale non alluderebbe agli «scherzi di quel maledetto Fedro», ma ai «discorsi di Fedro, l'impudente» (leggendo *logous* invece di *iocos*). *Improbus* richiamerebbe un passo del Fedro platonico in cui si parla di «discorsi detti con impudenza», (*anaidôs*, 243 c). Allusione che ci sembra troppo sottile per la realtà e soprattutto per Marziale e il suo pubblico. Anzi *improbus* è aggettivo caratteristico di Marziale, esprimente spesso — all'opposto di Fedro — simpatia e gagliarda soddisfazione. Perfino la lepre del circo che sfugge alle zanne del leone è *improba* (I, 48, 7) o «l'immenso sonno mascalzone» che lo restaura (XII, 17, 13). Analogamente la deliziosa cagnolina è *nequam*, «più del passero di Catullo...» (I, 109, 1) ecc.

le anche Socrate nelle sue opere divine diede ad esempio, e (Orazio) Flacco le fuse nella sua poesia; perché in esse c'è il discorso della vita, sotto un'apparenza di facili scherzi. Poi Babrio le riprese, in versi giambici, e le strinse in due volumi. E una parte pure Fedro allargò in cinque libretti. Io ne offro in un libro solo la stesura di quarantadue: mi sono provato a svilupparle in elegie da una raccolta di elementare latinità. Eccoti dunque un lavoro che possa rallegrarti lo spirito, provocarti la fantasia, alleviarti le pene, darti prudenza e conoscenza nella logica della vita. Ho fatto parlare gli alberi, piangere le belve con gli uomini, gli uccelli discutere, gli animali ridere, perché dalla necessità, di volta in volta, magari anche da ciò che non ha vita, scaturiscano massime.»

(Aviano, *Epistula ad Theo.*, 3-5)

IV

L'IMPAZIENZA DI SAINTE-BEUVE

«La Fontaine, applicandosi a mettere in versi soggetti di favole che gli erano forniti dalla tradizione, non esce subito dai limiti del genere. Il suo primo libro è un saggio; vi si vede la favola pura e semplice, in ciò che ha di nudo, «la Cicala e la Formica, il Corvo e la Volpe», ecc.; cerca di mettere la sua moralità in stretto rapporto con il soggetto. Così concepita, debbo dirlo? la favola mi parrebbe un genere modesto, e abbastanza insipido. Tra gli orientali, all'origine, quando la saggezza primitiva vi si mascherava sotto felici parabole per parlare ai re, poteva avere la sua elevatezza e la sua grandezza; ma, trapiantata nel nostro occidente e ridotta ad essere niente più che un raccontino che si porta dietro il suo distico o la sua quartina morale, io non ci vedo che una forma d'insegnamento veramente ad uso dei bambini. Esopo, Babrio o Fedro hanno potuto eccellervi; non sarò io che dopo averli letti li rileggerò. Questo Fedro che alcuni esperti non vogliono affatto riconoscere del secolo di Augusto, ma che è sempre un classico per l'esatta pratica del genere concepito in tutta la sua semplicità ed eleganza, è un autore che, finita la quarta favola, è permesso non riaprire più. Perché allora La Fontaine ha saputo essere un grande poeta in questo stesso genere della favola? Perché ne è uscito, perché se ne è appropriato e non ci ha visto, a partire da un certo momento, che un pretesto al suo genio inventivo e al suo talento in fatto di osservazione universale.»

(C. A. Sainte-Beuve, *Causeries du lundi, La Fontaine*, Garnier, Paris, VII)

V

LO STILE DI FEDRO

«Fedro si proponeva di aver lode specialmente in grazia della *brevitas*. Ed è veramente in lui una naturale tendenza a quella esilità di espressione pura e propria, a quella eleganza adorna di nessun ornamento che associata a una potenza originale d'immaginazione avrebbe dato il grande poeta della favola. Le sue favole sono solitamente brevi, specie nel primo libro: ma, proseguendo nell'esercizio della poesia e nel desiderio della rinomanza poetica, Fedro non resisté alla voglia dei lunghi componimenti: e mentre nel primo libro la più lunga favola giunge ai diciotto versi (I, *14* [secondo la numerazione da noi adottata fav. *15*]), si hanno favole di ventotto versi nel secondo (II, *8* [*41*]), di sessanta nel terzo (III, *10* [*53*]): e aneddoti e favole oscillanti tra i venti e i quaranta versi nel quarto e nel quinto.

Lo stile è schietto, preciso, latino, con immagini rare e perciò più efficaci, con metafore rare e perciò più colorite; è *tenuis*, ma conosce pure le alture. La narrazione scorre facile e chiara, senza le inutili parole della naturale conversazione. L'epiteto è luminoso e appropriato e forma col soggetto una immagine sola, come la *frivola insolentia* della mosca (III, *6*, 8 [*49*]), i *frena spumantia* della mula affaticata e bastonata (III, *6*, 7 [*49*]), l'*ignavus sanguis* dell'asino oltraggiatore (I, *29*, 11 [*30*]), la *dulcis caritas* del padre che pacifica i figli (III, *8*, 13 [*51*]), come la bella figliola *oculis venans viros* (IV, *5*, 4 [*81*]), come il *gressus delicatus et languidus* dell'effeminato Menandro (V, *1*, 13 [*96*]).

La tenuità aiuta la festività del racconto, privo di facezie ricercate. La favola esopiana è per se stessa un'arguzia, alle volte profonda, di pensiero e di espressione: sì che gli altri espedienti, prevalentemente formali, del ridicolo, ne infiacchirebbero la vivacità. Una sola favola di Fedro è fondata interamente su un gioco di parola, che è pieno di senso. Un viandante, lungo il cammino, trova una spada per terra e la interroga: *quis te perdidit?* E la spada: *me quidem unus: ego multos* (*162*).

Qualche rara volta la troppa asciuttezza dello stile genera pure l'enigma. La viziosa struttura di alcuni carmi rivela come non sia facile conseguire la compostezza artistica anche nei pochi versi di una favola. La enunciazione della moralità che, specie nei primi due libri, è collocata per lo più al principio della favola, talora mal si accorda con la narrazione e la altera e la soverchia per l'infelice proposito del ricavare a forza una morale dalle cose che non ne hanno alcuna.

Fedro, poeta lirico, adottò il senario drammatico, dove il giambo è adottato costantemente nel solo ultimo piede. Scorrevolissimo è il trimetro di Plauto e di Terenzio, ma il senario di Fedro è quello che più si avvicina alla prosa e, aiutato dall'uso continuo dei sostantivi astratti, ci dà la gradevole impressione della favola raccontata anzi che cantata.

(da Concetto Marchesi, *Fedro e la favola latina*, Vallecchi, Firenze 1923)

VI

FEDRO E LA FILOSOFIA «CINICA»

«Il cosmopolitismo in Fedro è accentuato anche dalla forte influenza che ha avuto su di lui la filosofia cinica, già penetrata da tempo nella letteratura esopica. La trasposizione esopica, in verità non molto felice, dell'aneddoto di Diogene che cerca l'uomo con la lanterna (trasposizione naturalmente anteriore a Fedro, come quella di aneddoti dalla vendita di Diogene nel «romanzo» di Esopo), non è cosa molto significativa; ma è significativa l'importanza data all'*autárkeia*, alla conquista della libertà nella rinuncia alle ricchezze. Simbolo dell'attaccamento superstizioso e sciocco alle ricchezze è il drago che custodisce il tesoro senza toccarlo e viene perciò irriso dalla volpe. L'epimitio di questa favola ha uno sviluppo insolito: è una predica quasi solenne, che ricorda molto i filosofi cinici ritratti da Orazio, anzi ha stile più elevato: l'enfasi è più forte dell'ironia mordente (IV, *20*, 16 sgg. [*69*]):

> *Abiturus illuc, quo priores abierunt,*
> *quid mente caeca miserum torques spiritum?*
> *Tibi dico, avare...*

La scena di Ercole, che, accolto in cielo, volta gli occhi al sopraggiungere di Pluto, proviene, come si sa, dall'interpretazione cinica di questo eroe. Non solo Socrate, a cui il cinismo si riattaccava direttamente, ma anche Simonide era divenuto per i cinici un modello di *autárkeia*: dal naufragio egli si salva rinunciando ai suoi beni, mentre gli altri naufraghi che non sanno rinunciare, o affogano o vengono spogliati dai pirati; Simonide è più ricco degli altri, perché ha in sé la cultura, che gli procura onori ed agi (IV, *22* [*71*]). Ancora al cinismo si può riattaccare lo svolgimento diatribico sui pregi di ciascun animale, che si conclude con l'invito ad accontentarsi dei doni di Giove, senza tentare più di quanto la condizione umana non conceda (App. 2 [*103*]; press'a poco la stessa conclusione in III, *18* [*61*], la favola del pavone che protesta ingiustamente presso Giunone); forse cinico è anche il modo in cui viene sgonfiata la predica della Pizia (App. 6 [*107*]) (in questo caso si potrebbe pensare anche alla polemica antiapollinea e antidelfica dell'originaria tradizione esopica; ma è da escludere che Fedro ne fosse cosciente ed intendesse continuarla; e in genere il suo atteggiamento verso la religione è rispettoso, come dimostra IV, *11* [*87*], anche se lo spirito religioso gli è estraneo); il cinismo può essere richiamato a proposito della polemica antinobiliare.

Naturalmente non è il caso di parlare di un'adesione ad una scuola cinica (del resto inesistente in quel tempo) e neppure alla tradizione cinica; del resto l'*autárkeia* è soprattutto cinica, ma non soltanto cinica. Anche qui l'occhio deve tornare alla personalità di Fedro: l'*autárkeia* cinica è il terreno in cui la rassegnazione esopica e l'orgoglio di Fedro per la sua saggezza e la sua cultura possono più facilmente coesistere: nell'*autárkeia* la rassegnazione non è più la rinuncia del debole, anche se accorto, ma è la rinuncia di chi è forte e libero, padrone di sé e, quindi, al di sopra della fortuna: qui veramente Fedro, che aveva sperimentato l'ingiustizia e la miseria, trovava la sicurezza e la quiete. Ci si accorge che anche per questa via egli è imparentato con la cultura latina del tempo, fra Orazio e Seneca. »

(da Antonio La Penna: *Introduzione a Fedro, Favole*, Einaudi, Torino, 1968).

NOTA SUL TESTO

I Generalità - II Il *Pithoeanus*: 1 Storia del codice. 2 Il perduto codice X. 3 La ricostituzione del perduto Y, conclusione su X e generale. 4 Il tentativo del codice Z e altro.

I

Il primo e il principale problema del testo fedriano è quello dell'ordine delle composizioni. Problema meramente metodologico se non fossero che astratti «esempi» e non poesia e autobiografia, e infine se non esistesse l'edizione di L. Havet. Comparve nella convinzione, ampiamente condivisa in quei tempi aurei della filologia (1895), della «acquisizione al sempre». Non fu così: nessuno l'ha più ignorata, ma nessuno l'ha più né seguita né discussa, come se quella esile e magari estenuante indagine paleografica scoraggiasse e la stessa sicurezza (aggravata dall'esuberanza delle congetture verbali) suscitasse diffidenza, nonostante il sincero riconoscimento della competenza più o meno specifica dell'esperto filologo: «*attamen viri gallici opus omni parte doctrinae primas ferre nemo est qui dubitare possit*», declama D. Bassi prima di dimenticarlo (*Corpus Paravianum*, 1917). Perfino l'editrice (se si può dire tale) per *Les Belles Lettres* (1961), A. Brenot, che non vede e non parla che dell'Havet e dell'opera sua, ne ignora candidamente i risultati. Peggio, una relativamente voluminosa biografia scarta con commiserazione l'argomento di «alcune lettere scritte in rosso in un manoscritto»; ma anche valenti lettori della poesia fedriana sono costretti a parlare di un prima e di un dopo. Una chiarificazione della tesi di L. Havet ci sembra utile per tutti e per chi la segue, sia pure rifiutandone proprio il punto di partenza (v. pp. 28 sgg.), doverosa.

L'opera di Fedro è pervenuta per le favole 1-101 attraverso il *Pithoeanus* (P), *codex unicus*, fatta eccezione solo per otto del primo libro contenute anche nella cosiddetta *Danielis chartula* (D) ora nella Vaticana. Le rimanenti (102-132) sono sparse nell'antologia chirografa (alla Nazionale di Napoli, N) compilata per sé e un nipote suo dall'umanista Niccolò Perotti (1429-1480), che poté attingere (con poco rispetto filologico) a una fonte molto più copiosa del *Pithoeanus* (queste 31 favole costituiscono l'*Appendix Perottina*). La mediocre cultura (sua ignoranza del senario, per es.) e soprattutto la sua pochissima fantasia hanno salvato il testo da danni maggiori. La lettura guasta è poi integrata da una copia quasi coeva della Vaticana (V) e dalla trascrizione del codice fatta *ante litteram* (1727) da d'Orville (alla Oxoniensis).

Di tutt'altra natura sono le parafrasi medioevali, preziose per Fedro e per il suo *Fortleben*: vastissima, barbarica «selva» (dove anche svettano cuspidi originali, come Gualtiero Anglico) a cui abbiamo già accennato (v. *Introduzione* pag. 7): il nome di Fedro fu dimenticato e sostituito da quello di Esopo, il ritmo venne ignorato e sepolto, il testo deformato, ma l'autore è individuabile e nulla — tranne uno scarno rivolo — risale a una fonte greca. Perfino nella cornice della maggiore di queste superfetazioni, il *Romulus*, del tutto romanzesca, è trasparente la confessione di una romanità originaria. Per fortuna la gramezza della fantasia permise di distruggere ma non di rifare, e lo spunto fedriano si riconosce ovunque qualcosa è riconoscibile nell'informe o nell'alieno. Ma per risentire la parola del favolista sono molto utili due compilazioni più «private» e modeste. La prima è un codice *Wissemburgensis* del sec. X, custodito nella Gudiana di Wolfenbüttel in Sassonia: l'amanuense crede di attingere a un *Romulus*, e invece ha tra le mani un testo originale o quasi, che nella sua immane barbarie devasta ma non muta; l'altra (ora conservata a Leida) fu «*ex libris bone memorie Ademari grammatici*», monaco di S. Marziale a Limoges e morto in Terrasanta nel 1034.

Il restauro degli originali è tentazione troppo comprensibile per gli umanisti, che vi si provarono fin dal Seicento; l'ultimo è quello classico di C. Zander (1921). Ma l'errore più o meno latente — anche e soprattutto nello Zander — è quello di attribuire alla riversificazione un valore esclusivo di autentificazione. Ci sono favole del *Romulus* (per es. la XLIII dell'ed. Thiele, in Fedro *27* - I, 26) del tutto renitenti alla versificazione per quanto autentiche; anche nelle sillogi più compatte compaiono correnti di origine — fedriana o no — eterogenea. Per questo alle 30 favole del *Phaedrus solutus* di Zander ne abbiamo aggiunte almeno 2 («La verità del profeta», *137*, e «Cose vane», *142*).

Riclassificazione a parte, il testo fedriano, almeno per ciò che riguarda la parte non medioevale, non presenta difficoltà o almeno dubbi improrogabili, anche se qualunque «lettura» (o traduzione) impone delle scelte.

II

1 Il *Pithoeanus* riceve il nome dai fratelli François e Pierre Pithou, rispettivamente lo «scopritore» e l'editore rinascimentali, ai quali si deve la *editio princeps* del 1596 (*Phaedri Augusti liberti fabularum aesopiarum libri V, nunc primum in lucem editi. Augustobonae Tricassium* — Troyes — *excudebat Io. Odotius, Typographus regius, anno M.D.XCVI. cum privilegio*). Il «privilegio» era stato concesso dal re Enrico IV personalmente a Pierre Pithou in quello stesso anno (che fu anche l'anno della morte dell'editore): ma le benemerenze del fratello non vanno dimenticate. Era una famiglia veramente umanistica, di giuristi e di eruditi, di confessione calvinista. Il piccolo codice di Fedro accompagnò le sorti e le peregrinazioni — tra Parigi, Troyes di cui erano cittadini e Sedan (fuori del Regno) — dei proprietari, in quegli anni drammatici in cui maturò la prima delle due più gloriose febbri della Francia. Apparve al concludersi di essa. La piccola conversione di Pierre Pithou precedette quella memorabile di Enrico IV, del quale divenne un seguace appassionato e un ammiratore sincero. Così il codice *Pithoeanus*, strappato alla lunga pace gotica di un monastero (probabilmente quello di Saint-Remi a Reims) durante l'insurrezione ugonotta, apparì alla luce della pace e della cultura umanistica dopo le prove di un pragmatismo così ricco di sensibilità ideologica.

Il 1596 è una data tarda. Cosa eccezionale, la *editio princeps* fu anche la «scoperta» dell'opera; si può davvero parlare di un salvataggio *in extremis*. Anche nel dotto Rinascimento i codici di Fedro, certo rarissimi, non avevano soppiantato i grami compilatori medioevali e gl'infedelissimi e autonomi rifacimenti, come il *Walther* o l'*Ysopet* di Maria di Francia. Il genere, al solito, soffocava la persona. Ma ora c'era posto, nell'erudizione del secolo, anche per Fedro. Seguirono utili edizioni (soprattutto la seconda di N. Rigault, Parigi 1617; 1699), che utilizzarono anche un codice dell'abbazia di Saint-Remi gemello del P., perduto nel Settecento per un incendio. Poi altri allargarono il campo dell'indagine, collazionando l'originale con le parafrasi; finché nel 1808 due editori napoletani, Cassitto e Iannelli, pubblicarono quasi contemporaneamente a Napoli (non senza schiamazzi e rivalità) il codice di Nicola Perotti col suo grosso contributo di «favole nuove». Intanto, nel corso dei due grandi secoli, s'infittirono le edizioni, le traduzioni e le imitazioni. Gli apologhi di La Fontaine, e la sterminata messe degli imitatori, specialisti o occasionali (il Settecento fu il secolo aureo dell'apologo), non fecero ombra all'*hortus conclusus*, ormai autonomo, dell'erudizione umanistica. Ma dal punto di vista della critica testuale non si fecero i progressi che restavano da fare, se non altro perché il codice parve scomparso. Lo si era pian piano perduto di vista. Dotti tedeschi del Settecento discussero sulla maggiore probabilità, puramente astratta, del luogo di ritrovamento del codice; lo fiutavano in Francia. «*Ich meyne in Frankreich*», diceva anche Lessing, ma dubitando della sua sopravvivenza. In realtà in Francia qualcuno poté consultarlo (per es. P. Brotier, 1783) nella ricca biblioteca d'un marchese di Rosanbo. Anzi, al tempo della Rivoluzione si temette che il prezioso manoscritto, quando il marchese fu ghigliottinato e i suoi beni confiscati, fosse andato perduto veramente. Durante l'età napoleonica fu ritrovato e restituito agli eredi legittimi.

La vicenda, invece, era stata eccezionale solo per la sua regolarità. Dopo la morte di Pierre (1596) e François Pithou (1621) passò in eredità a una figlia di Pierre; poi una figlia di lei lo portò in dote a un Leschessier, e la figlia loro al marchese Luigi Le Peletier di Rosanbo, segretario del re. Dimenticato ma custodito nella quiete più che claustrale del castello «du Pin» di Angers, fatta eccezione per la ventata della Rivoluzione, poté attendere tranquillamente l'ora meridiana della filologia. Qui venne a trascriverlo, infedelmente, Berger de Xivrey (ed. del 1830, Didot) e infine, ufficialmente e perfettamente, Ulysse Robert (*Les fables de Phèdre*, ed. Paléographique, Paris 1893), «aux frais de l'Etat», per l'interessamento di Gaston Boissier, e nella pubblica attesa della recensione di L. Havet. La perfezione del lavoro di U. Robert ha tolto utilità scientifica al *Pithoeanus* (o *Rosambonianus*) e lo ha trasformato in cimelio di famiglia (l'accurata collazione di A. Guaglianone — 1966 — lo conferma). Il cimelio, trasferito per sicurezza negli Stati Uniti durante l'ultima guerra, si trova ora nella biblioteca Pierpont Morgan di New York.

2 Il P. consta di 55 fogli di cui i primi 39 contengono le favole di Fedro e gli altri una teratologia e una sorta di bestiario. Si presentò confuso a prima vista (la vista, s'intende, di un esperto come il Pithou): un rilegatore aveva posposto il quinto «quaternio» al seguente, l'antico rubricatore aveva scritto in rosso lettere iniziali (e anche due versi) senza alcuna ragione apparente, errata e lacunosa appariva la distinzione dei libri, senza contare le mende dovute all'amanuense. Soprattutto prologhi ed epiloghi erano chiaramente spostati: il prologo del libro di Particulone (il IV) precede immediatamente quello d'un altro (attualmente V), mentre il prologo terzo (*43*) viene molte pagine dopo l'*explicit* di questo libro. Il Pithou e gli editori seguenti rabberciarono la silloge smistando semplicemente, guidati dal senso, prologhi ed epiloghi dei cinque libri originari attestati da Aviano («*Phaedrus etiam partem aliquam* — di favole esopiche — *quinque in libellos resolvit*», v. *Testimonianze e giudizi*, III,

pp. 70-71). Del resto, ce n'era abbondanza: cinque prologhi di cui due di certa collocazione, tre epiloghi di cui uno certamente è il quarto, senza contare le «parabasi». Un dialogo col pubblico che adombrava una storia e quasi una vicenda, con dati esaminati dai biografi (Burmann, Schwabe, Marchesi) con estrema accuratezza. L'ordine degli apologhi in sé non conferisce molto (per un attimo si pensa che cosa sarebbe invece una ricostruzione puramente paleografica in un testo come il *liber* catulliano).

La ricerca dell'Havet muove dal centro dell'opera fedriana, cioè dal terzo prologo, che abbiamo visto ispirato sia alla diatriba vivente che al prologo, già molto letterario, della palliata. Lo trovò, non a torto, poco adatto a un postulante («*candidius fortasse quam gratius*», (par. 106), importuno nelle citazioni dotte che un Eutico («*Trimalchionem credas...*») non avrebbe apprezzato, tautologico (c'è due volte l'accenno alle origini), incoerente con l'epilogo, nel quale professa una prudenza che nel prologo non mostra d'avere. Al contrario, i vv. 33-63 starebbero magnificamente bene («*mire congruunt*») dopo il II epilogo, in cui si lamenta un «*fatale exitium*» (anzi l'Havet legge addirittura *exilium*) che si accorda con i «*tanta mala*», la *calamitas* di cui il favolista accusa Seiano e le proprie favole. Inoltre è evidente, prosegue l'Havet, una frattura tra i vv. 11 e 12 del II epilogo (inammissibile anche la concordanza delle quattro congiunzioni suppositive): e qui andrebbe posto il secondo troncone (vv. 33-63) del prologo a Eutico. Alla cerniera così tipica del *nunc* (v. *Introduzione*, p. 29) dovremmo dunque rinunciare. A questo punto, a conforto dell'esegeta, interveniva il paleografo: supponendo l'inversione di un foglio nell'archetipo (l'Havet lo chiama X), si possono contare nel secondo troncone 31 versi, cioè 31 righe, più una per il titolo e altre due per l'*explicit* (perduti in P); nel primo troncone (i vv. 1-32) 32 righe, più una per il titolo (*Phaedrus ad Eutychum*) e più un'altra che si dimostrerà necessaria, ma di cui non si può dare certa spiegazione (par. 112). Stabilita tale falsa sutura al v. 33, si hanno due tronconi certi di X; il primo, dall'inizio a questo punto, dà 536 versi, 41 titoli, 1 titolo dell'opera: 578 righe, esattamente divisibili per 34: dunque 17 fogli di 17 righe per pagina. I due fogli scambiati erano perciò il 18° e il 19°. Il foglio 20 cominciava con la favola *44*-III, 1, caratterizzata in P da una iniziale rossa, una delle sette: tutte, inspiegabili in P, risultano iniziali di favole il cui titolo, nell'impaginazione di X, risulta ad inizio di pagina. Non si poteva parlare di caso. Non c'è dubbio che il 34 è un numero chiave, al quale tutto il codice si mostra docile. Restano altre singolarità dovute al rubricatore: due versi scritti per intero in rosso e un titolo rosso errato (fa parte del contesto). Fra il v. 33 del prologo a Eutico e questo primo verso in rosso (*53*-III, 10, v. 39) si contano 169 righe; manca una sola per raggiungere il multiplo di 34 (170:34=5). Si conta dunque fino al foglio 24 di X. Tra questo punto e un falso titolo a *81*, v, 29 (dove *Aesopus* del testo è riscritto in rosso) intercorrono, comprendendovi due righe per un *explicit*, 238 righe, cioè 7 fogli: si conta ancora fino al foglio 31. È chiaro che in X erano in rosso non solo i titoli delle favole, ma il verso iniziale di ogni foglio; per evitare confusione, quando il foglio cominciava con un titolo, era in rosso anche l'iniziale della favola. S'indovina un bel codice, trascritto da chi doveva essere insieme bibliofilo e intelligente di latino. L'amanuense di P, che orecchiava la lingua, lo esemplò con minima intelligenza del testo e poche pretese; e cominciò intanto con l'abolire la distinzione dei versi, separandoli con un semplice punto che finì per dimenticare spesso. Ma non seppe ignorare quelle vistose lettere rosse e ne ripeté molte passivamente, oppure scambiò alcuni versi in rosso per effettivi titoli; finché la pigrizia, figlia dell'oscurità, spense progressivamente gran parte di quelle antiche rubriche. Ma ne restarono le reliquie e ora finalmente se ne dava la spiegazione. L'Havet a questo punto sentì il bisogno, in una pagina dolcemente stanca (par. 117), di ringraziare i «*fideles oculi*» dell'autore dell'edizione paleografica, che conservando il colore degli antichi inchiostri (la meccanica fotografica li avrebbe dissipati) aveva permesso la ricostruzione dell'archetipo. Così la sabbia della più asciutta critica testuale brillò di gocce di rugiada.

È lecito domandarsi quale utilità esegetica ha portato questa scoperta. Per ora, nessuna. Neppure la conferma della congettura iniziale, che condusse al computo delle righe. Per un curioso paradosso, quanto è certa la regola del 34 altrettanto non necessaria è l'ipotesi dello scambio dei due fogli da cui la dimostrazione ha preso le mosse. Proprio in essi il computo fa qualche difetto; la sutura, ovunque fosse, risulta slabbrata. Con lo scambio mancano tre righe in calce al primo; senza lo scambio ne mancano quattro. Come vedremo, l'archetipo di X mancava dell'*explicit* del libro II; si può pensare che l'aggiungesse di suo l'amanuense di X e che quello di P lo tralasciasse ricordando d'aver già scritto un *incipit liber III* (erroneo) molto prima. L'inquieta unità stilistica del prologo diatribico ci convince a conservarlo come l'umile amanuense ce lo ha trascritto. L'avvio discutibile deve avere scoraggiato molti a seguire l'Havet nella sua dimostrazione. Ma i rinvenimenti dell'Havet non erano finiti qui.

3 Ricomposta l'impaginazione di X, il critico si mise alla ricerca, con lo stesso metodo, dell'archetipo di esso. Cercò anche in X fratture e lacune. Una, tra le restanti, non riducibili al criterio del 34, è tra *96*-V, 1, 17 e il

verso seguente, conservato solo nell'*Appendix* (*homo, inquit, fieri non potest formosior*). È chiaro che con questo verso cominciò un foglio perduto. Ma anche col precedente terminava un foglio superstite: l'Havet, risalendo a ritroso, trovò subito la seconda, preziosa frattura: è tra un prologo (quello di V) e un altro prologo immediatamente precedente, quello del libro di Particulone (cfr. vv. 10 e 14), evidentemente fuori luogo e da sempre (o meglio dal Brotier, 1783) rimesso dove il senso richiedeva. Uno spazio breve: 27 versi, 2 titoli, un presumibile titolo di libro: 30 righe. Si aveva un altro numero chiave? Lo si aveva: continuando dopo questo punto al solo terzo multiplo di 30, tra l'epilogo del IV libro (cfr. v. 5) e la favola *91*-V, 3, ci si imbatte in un'altra indiscutibile frattura. Nella stessa direzione resta solo una breve appendice non chiaramente divisibile, ma salendo verso il capo del codice il numero chiave moltiplica le scadenze fino a imporre (dopo un computo febbrile anche per chi faticosamente lo ripete) il riposo della certezza. Salva l'inesattezza abbastanza scontata delle due estremità, risultano chiari tronconi o mazzi ineguali di fogli di 30 righe. Indichiamoli con lettere: A B C D E F G H.[1] Per ricostruire l'impaginazione originaria di X, che l'amanuense trovò già confuso e trascrisse passivamente, basta invertire D con E e F con G.

Su tutti i punti oscuri fu dunque la luce: prologhi ed epiloghi conservano i loro posti logici, ma veniva anche

[1] Li elenchiamo per chiarezza (usando la numerazione tradizionale):
A. I, 1, 1 - I, 13, 12. — vv. 172 + tit. 13 + tit. generale (spazio imprecisabile) = 7?
B. I, 13, 13 - I, 31, 13 — vv. 119 + tit. 18 + una lacuna forse dovuta al falso *explicit* 210:30 = 7
C. II prol. 1 - III, 19, 12. — vv. 541 + tit. 29 = 570:30 = 19

data la ragione paleografica di quelle confusioni («il confusissimo codice di Fedro», disse Pasquali nella *Storia*, ma non ebbe mai l'occasione di pensarci su); ed era questa la spina. Poteva ben dirlo l'Havet: «*non celando aut clependo sanari solent menda codicum, sed illuminando*» (par. 126). I tre codici verticali, i perduti Y e X e il superstite P, furono dunque tre mazzi di carte che antichi colpi di vento avevano scompigliato. I ripristini colti avevano aggravato la confusione, e bisognava ricomporre i blocchi. Il Brotier, dice l'Havet, aveva posto in salvo il naufrago recidendone le chiome a pelo dell'acqua, «*sedulus capillos in ripas sistit salvos*» (par. 125); che è la sola intemperanza e la sola ingiustizia del critico. Fu un salvataggio meno grottesto, ma questo puntiglioso computo non dev'essere ignorato proprio perché superiore ai risultati indiretti ai quali era indifferente. E sciorinati i fogli di X sul tavolo, piace ricomporre i fatali 18° e 19° nell'ordine che vuole, quale che sia, la ragione esegetica.

4 Che si fosse giunti alle colonne di Ercole riprovò lo stesso Havet, avventurandosi ancora alla ricerca dell'archetipo di Y (Z). In Z trovò quattro tronconi, questi (vecchia numerazione):

a) I, 1 - I, 13, 10
b) I, 13, 11 - I, 31, 13
c) II, prol. - II epil., 11
d) II epil., 12 - fine.

D. IV, 1 - IV, 13, 9. — vv. 199 + tit. 11 = 210:30 = 7
E. IV, 14, 1 - IV, 25, 33. — vv. 225 + tit. 14 + 1 tit. di libro = 270:30 = 9
F. V prol. - V, 1, 17. — vv. 27 + tit. 2 + 1 tit. di libro = 30:30 = 1
G. V, 2, 3 - V, 5. — vv. 85 + tit. 4 + 1 tit. probabile di libro = 90:30 = 3
H. V, 6 - fine. — = 5?

Ma, se si ricorda e si confronta, si vede che una sola frattura nuova è stata reperita, quella che spezzerebbe l'attuale secondo epilogo; l'Havet, per sostenerla, osserva non a torto che quelle «orecchie tue», *aures tuas*, mancano di un qualunque destinatario dichiarato, ma il nome potrebbe essere caduto per l'omissione anche di un solo verso, senza perdita di fogli. L'epilogo rimane normalmente unitario. C'è un motivo: l'Havet cercava una conferma paleografica ad un'ultima trasposizione. Il metodo del 30 non l'aveva permessa, né altro del genere è possibile; ma il critico, sempre chiaro e a volte vittima della sua chiarezza, propone di invertire i tronconi che abbiamo indicato con b) e c).

Le sue considerazioni, che ormai si svolgono sul piano storico ed esegetico, sono queste: Fedro fu rovinato da Seiano, morto nel 31; è ignorato da Seneca nel 43-44; l'aneddoto di Tiberio (*38*) non poté essere pubblicato mentre l'imperatore era vivo. Dunque, Fedro doveva aver pubblicato abbastanza per irritare Seiano ma abbastanza poco per restare ignoto al colto e aggiornatissimo Seneca. Non resta perciò che immaginare una fugace apparizione del primo libro prima del 31 (Fedro non aveva raggiunto la trentina), poi la repressione e il sequestro dell'opera, e infine un lungo silenzio di una dozzina o quindicina di anni: il famoso *exitium*, anzi *exilium*, che accomunò Fedro a vistosi oppositori come Cremuzio Cordo (idealmente perché nessuno ci badò), e che lasciò, o dovette pur lasciare, le sue tracce. E una seconda, tarda «maniera» di Fedro ci sarebbe: le novelline, nessuna delle quali appartiene al troncone a), mentre cominciano con b) e via via s'infittiscono. Dunque b) fu pubblicato, dopo un lungo silenzio, nell'età claudiana; si può ficcarlo nell'unica spaccatura possibile, pensando a uno scambio con c), analogo ai tanti posteriori. Anche lo strano *explicit* del secondo libro (*lib. secundus incipit liber tertius*) fa pensare che nei margini dei fogli erroneamente anteposti l'amanuense leggesse un *liber II* e credesse di cominciare un terzo libro. L'Havet qui non seppe resistere alla tentazione tradizionale di vedere conferme cronologiche nelle elastiche allusioni delle favolette. Ne aggiunse tre (*28*-I, 27; *16*-I, 15; *31*-I, 30), di cui la prima può essere citata (le altre due, se anche, politiche, possono farsi attuali per ogni generazione): il cane avido alluderebbe ai potenti liberti del tempo, anzi particolarmente a Felice (nome adombrato da *locuples*: insomma *felix* sarebbe sinonimo, in verità piuttosto sotterraneo, di *beatus*, «felice» ma anche «ricco»).

Estrema trasposizione che lascia i più sterili dubbi: non c'è che scegliere tra due debolezze, una «tradizione» abitudinaria e argomenti troppo fragili per superare il poco peso di quella tradizione. Resta invece ciò che sempre ha stupito, il fatto che Seneca ignorasse l'opera di Fedro. Ma questo a rigore mostra solo che Fedro non era ancora un «classico», come sarà (relativamente) già meno di una generazione dopo, quando lo citerà Marziale. E Marziale anche si muoveva in un mondo e continuava un pubblico che erano stati quelli di Fedro. Pensiamo che avere proposto questo *milieu* e avere insistito sull'aspetto del mondo sociale e sul pubblico delle favolette, remoti da quelli di Seneca quanto solo i contemporanei e le classi coeve possono (anzi poterono) essere remoti, contribuisca anche a questo piccolo e un po' capzioso problema.

Le note al testo si trovano alla fine del testo stesso, a p. 329.

FEDRO
liberto dell'Augusto

FAVOLE

LIBER PRIMUS

I

PROLOGUS

Aesopus auctor quam materiam repperit,
hanc ego polivi versibus senariis.
duplex libelli dos est: quod risum movet,
et quod prudenti vitam consilio monet.
calumniari si quis autem voluerit,
quod arbores loquantur, non tantum ferae,
fictis iocari nos meminerit fabulis.

2

LUPUS ET AGNUS

Ad rivum eundem lupus et agnus venerant,
siti compulsi. superior stabat lupus,
longeque inferior agnus. tunc fauce improba
latro incitatus iurgii causam intulit;
« Cur » inquit « turbulentam fecisti mihi
aquam bibenti? » laniger contra timens
« Qui possum, quaeso, facere quod quereris, lupe?
a te decurrit ad meos haustus liquor ».
repulsus ille veritatis viribus

« Ante hos sex menses male » ait « dixisti mihi ».

LIBRO PRIMO

1

PROLOGO

Responsabile, Esopo: è roba sua.
Io l'ho limata un po' coi miei senari.
Virtù doppia ha il libretto, che fa ridere,
e che è sapiente, utile alla vita.
Se qualcuno volesse cavillare
perché qui parlano alberi e non solo
bestie feroci, si ricordi dunque
che è un gioco di poesia, di fantasia.

2

PERSONALE

A un solo rivo vennero, l'agnello
e il lupo, spinti dalla sete. In alto
stava, il lupo. Molto in basso l'agnello.
Quando al rapace si destò la gola
maledetta. E trovò da litigare.
«Io bevo e tu m'intorbidisci l'acqua!»
E quel lanuto, timido: «Ti prego,
non posso fare ciò che tu lamenti
lupo: viene da te l'acqua ai miei sorsi».
Il vero lo respinge, ha la sua forza.

«Sei mesi or sono hai sparlato di me».

respondit agnus «Equidem natus non eram».
«Pater hercle tuus» ille inquit «male dixit mihi»;
atque ita correptum lacerat iniusta nece.

Haec propter illos scripta est homines fabula
qui fictis causis innocentes opprimunt.

3

RANAE REGEM PETIERUNT

Athenae cum florerent aequis legibus,
procax libertas civitatem miscuit,
frenumque solvit pristinum licentia.
hic conspiratis factionum partibus
arcem tyrannus occupat Pisistratus.
cum tristem servitutem flerent Attici,
non quia crudelis ille, sed quoniam grave
omne insuetis onus, et coepissent queri,
Aesopus talem tum fabellam rettulit.

«Ranae, vagantes liberis paludibus,
clamore magno regem petiere ab Iove,
qui dissolutos mores vi compesceret.
Pater deorum risit atque illis dedit
parvum tigillum, missum quod subito vadi
motu sonoque terruit pavidum genus.
hoc mersum limo cum iaceret diutius,
forte una tacite profert e stagno caput,
et explorato rege cunctas evocat.

E l'agnello risponde: «Io? non ero nato...»
«Ma tuo padre perdio sparlò di me».
E piglia e strappa: eppure aveva torto.

Fu scritto per chi schiaccia l'innocente:
e la ragione se l'inventa lui.

3
SOPPORTARE IL BENE

Quando fiorì in Atene la giustizia,
la libertà si fece petulante,
la gente parve smarrirsi, l'arbitrio
infranse antichi freni. Le fazioni
s'accordarono, Pisistrato occupò
l'Acropoli. Iniziò la dittatura.
Ma gli ateniesi erano dolenti
di quella tetra schiavitù. Non era
crudele, no, ma ogni peso è grave
quando non ci si è fatta l'abitudine.
Alle prime proteste Esopo espose
un raccontino circa come questo.

«Le rane vagabonde nella grande
libertà degli stagni, domandarono
a Giove un re che le tenesse a freno,
castigasse i costumi dissoluti.
Il Padre degli Dei rise e lanciò
un bastoncino. Cadde inaspettato
nello stagno, e il rumore, il turbamento
atterrì le ranocchie paurose.
A lungo giacque immobile nel limo.
Poi una affiora, zitta, esplora il re,
chiama le altre, ogni paura è vana,

illae timore posito certatim adnatant,
lignumque supra, turba petulans, insilit.
quod cum inquinassent omni contumelia,
alium rogantes regem misere ad Iovem,
inutilis quoniam esset qui fuerat datus.
tum misit illis hydrum, qui dente aspero
corripere coepit singulas. frustra necem
fugitant inertes; vocem praecludit metus.
furtim igitur dant Mercurio mandata ad Iovem,
adflictis ut succurrat. tunc contra Tonans
"Quia noluistis vestrum ferre" inquit "bonum,
malum perferte". vos quoque, o cives, ait
hoc sustinete, maius ne veniat, malum».

4

GRAGULUS SUPERBUS ET PAVO

Ne gloriari libeat alienis bonis,
suoque potius habitu vitam degere,
Aesopus nobis hoc exemplum prodidit.
Tumens inani gragulus superbia
pinnas, pavoni quae deciderant, sustulit,
seque exornavit. deinde, contemnens suos
immiscet se ut pavonum formoso gregi,
illi impudenti pinnas eripiunt avi,
fugantque rostris. male mulcatus gragulus
redire maerens coepit ad proprium genus,
a quo repulsus tristem sustinuit notam.

nuotano tutte a gara, vi si issano,
turba sfidante sopra il re di legno
che ricoprono d'ogni contumelia.
Poi ne vogliono un altro e lo domandano
a Giove perché il primo non serviva.
Ma Giove gli mandò un serpente d'acqua
che prese a divorarle ad una ad una
tra i duri denti, che neanche la fuga
bastava alle indifese. Lo spavento
pure la voce tolse, e sotto sotto
mandarono Mercurio a supplicare
il soccorso di Giove. Il Dio del tuono
disse: "Non sopportaste il vostro bene,
patite ora intero il vostro male."
Anche voi cittadini, tollerate
(concluse Esopo) il male del momento
che non ne venga un altro più pesante. »

4

LA PROPRIA GENTE

Perché i beni degli altri non ci tentino
e si viva secondo ciò che siamo
Esopo tramandò il seguente apologo.
Un corvo gonfio di superbia vuota
colse penne perdute di pavone
e se ne ornò. Poi sprezzando i suoi
s'imbrancò tra gli splendidi pavoni;
ma loro gli strapparono le penne
scacciandolo a beccate, l'impudente.
Male in arnese il corvo ritornò
malinconico in seno alla sua gente
ma fu con grave umiliazione espulso.

tum quidam ex illis quos prius despexerat
«Contentus nostris si fuisses sedibus
et quod Natura dederat voluisses pati,
nec illam expertus esses contumeliam
nec hanc repulsam tua sentiret calamitas».

5

CANIS PER FLUVIUM CARNEM FERENS

Amittit merito proprium qui alienum adpetit.

Canis, per flumen carnem cum ferret, natans
lympharum in speculo vidit simulacrum suum,
aliamque praedam ab altero ferri putans
eripere voluit: verum decepta aviditas
et quem tenebat ore dimisit cibum,
nec quem petebat adeo potuit tangere.

6

VACCA ET CAPELLA, OVIS ET LEO

Numquam est fidelis cum potente societas.
testatur haec fabella propositum meum.

Vacca et capella et patiens ovis iniuriae
socii fuere cum leone in saltibus.
hi cum cepissent cervum vasti corporis,
sic est locutus partibus factis leo:
«Ego primam tollo nomine hoc quia rex cluo;

Uno dei disprezzati glielo disse:
«Se t'avesse appagato questo posto,
se avessi sopportato
ciò che t'aveva dato la natura,
non avresti patito quell'offesa
né ora sentiresti l'abbandono».

5

AVIDITÀ DI CANE

Chi pretende l'altrui perde, ed è giusto, il suo.

Mentre il cane nuotava lungo il fiume
con la preda fra i denti, nello specchio
delle acque chiare vide la sua immagine;
pensò che fosse un altro cane e un'altra
preda e tentò di prenderla d'un morso:
ma fu tradita quell'avidità,
il cibo che teneva lo perdette
e quello a cui tendeva non lo ebbe.

6

LA PARTE DEL LEONE

L'alleanza col forte ha poca fede
e c'è una favoletta a dimostrarlo.

Mucca e capra e pecora paziente
furono le alleate del leone
nella foresta. Presero un immenso
cervo, e il leone lo spartì dicendo:
«Mi chiamo il re, la prima parte è mia;

secundam, quia sum consors, tribuetis mihi;
tum, quia plus valeo, me sequetur tertia;
malo adficietur si quis quartam tetigerit.»
sic totam praedam sola improbitas abstulit.

7

RANAE AD SOLEM

Vicini furis celebres vidit nuptias
Aesopus, et continuo narrare incipit

* *

uxorem quondam Sol cum vellet ducere,
clamorem ranae sustulere ad sidera.
convicio permotus quaerit Iuppiter
causam querellae. quaedam tum stagni incola
«Nunc» inquit «omnes unus exurit lacus,
cogitque miseras arida sede emori.
quidnam futurum est si crearit liberos?»

8

VULPIS AD PERSONAM TRAGICAM

Personam tragicam forte vulpes viderat:
quam postquam huc illuc semel atque iterum verterat, *1 b*
«O quanta species» inquit «cerebrum non habet!»
Hoc illis dictum est quibus honorem et gloriam
Fortuna tribuit, sensum communem abstulit.

mi date la seconda come socio;
la terza viene a me per la mia forza;
la quarta, dico, guai a chi la tocca. »
E soffiò tutto l'unica nequizia.

7

TROPPO SPLENDORE

Nozze affollate, d'un vicino ladro.
Come le vide Esopo improvvisò:

Un giorno il sole volle prender moglie:
grido di rane si levò alle stelle.
E Giove si turbò per lo schiamazzo
e chiese la ragione del lamento.
Allora un abitante del palude:
« Brucia tutte le pozze ora che è solo,
fa morire nel secco queste povere.
Che sarà mai quando farà dei figli? »

8

MASCHERONI

La volpe scorse un mascherone tragico.
Ci girò attorno alcune volte e disse:
« Quanta vistosità non ha cervello! »
Fu detto per chi ebbe dalla sorte
onori e gloria, e di buon senso nulla.

9

LUPUS ET GRUIS

Qui pretium meriti ab improbis desiderat,
bis peccat: primum quoniam indignos adiuvat,
inpune abire deinde quia iam non potest.

Os devoratum fauce cum haereret lupi,
magno dolore victus coepit singulos
inlicere pretio ut illud extraherent malum.
tandem persuasa est iureiurando gruis,
gulae quae credens colli longitudinem
periculosam fecit medicinam lupo.
pro quo cum pactum flagitaret praemium,
« Ingrata es » inquit « ore quae nostro caput
incolume abstuleris et mercedem postules ».

10

PASSER AD LEPOREM CONSILIATOR

Sibi non cavere et aliis consilium dare
stultum esse paucis ostendamus versibus.
Oppressum ab aquila, fletus edentem graves,
leporem obiurgabat passer « Ubi pernicitas
nota » inquit « illa est? quid ita cessarunt pedes? »
dum loquitur, ipsum accipiter necopinum rapit
questuque vano clamitantem interficit.
lepus semianimus « Mortis en solacium:

9

LA RICOMPENSA DEL LUPO

Chi chiede gratitudine ai malvagi
sbaglia due volte: aiuta chi non merita,
e dopo non ne esce a buon mercato.

Il lupo inghiottì un osso e gli restò
in gola; il gran dolore l'ammansì,
e cominciò con premi ad invogliare
le bestie a risanarlo, una per una.
Finalmente e non senza giuramento
la gru si persuase, e giù calando
il lunghissimo collo in quelle fauci
eseguì la rischiosa operazione.
Poi domandò il prezzo pattuito.
«Che ingrata» disse il lupo: «mi hai sottratto
dalla bocca la testa sana e salva,
e mi vieni a parlare di compensi.»

10

LO STESSO PIANGERE

Dare consigli e non badare a sé
è sciocchezza. Lo mostro in pochi versi.
Una lepre che l'aquila adunghiava
piangeva il pianto fondo della morte.
La redarguiva il passero: «E la tua
velocità? Non corri più, adesso?»
E parla e parla, quando un avvoltoio
lo portò via che non se l'aspettava
e l'ammazzò per quanto schiamazzasse.
La lepre già sul punto di spirare
si disse a suo conforto nella morte:

qui modo securus nostra inridebas mala,
simili querella fata deploras tua ».

II

LUPUS ET VULPIS IUDICE SIMIO

Quicumque turpi fraude semel innotuit,
etiam si verum dicit, amittit fidem.
hoc adtestatur brevis Aesopi fabula.

Lupus arguebat vulpem furti crimine;
negabat illa se esse culpae proximam.
tunc iudex inter illos sedit simius.
uterque causam cum perorassent suam,
dixisse fertur simius sententiam:
« Tu non videris perdidisse quod petis;
te credo subripuisse quod pulchre negas ».

I2

ASINUS ET LEO VENANTES

Virtutis expers, verbis iactans gloriam,
ignotos fallit, notis est derisui.

Venari asello comite cum vellet leo,
contexit illum frutice et admonuit simul
ut ille insueta voce terreret feras,
fugientes ipse exciperet. hic auritulus
clamorem subito totis tollit viribus,

«Al sicuro ridevi del mio male
e del mio stesso male adesso piangi».

11

TRA LUPI E VOLPI

Quando un imbroglio grosso ha reso celebri,
non si è creduti neanche a dire il vero.
Ciò attesta un breve apologo d'Esopo.

Il lupo accusava la volpe di furto,
lei diceva di non saperne nulla;
ci volle l'arbitrato della scimmia.
Quando ognuno finì la propria arringa
la sentenza, raccontano, fu questa:
«Mi sa che ciò che chiedi non fu tolto;
ma tu, certo hai rubato quanto neghi.»

12

LA VOCE DELL'ASINO

Chi poco vale ma molto si vanta
inganna chi non sa, ma gli altri ridono.

L'asino andò a caccia col leone,
che lo coprì di frasche e gli ordinò
di mettere paura agli animali
con la sua voce ignota, mentre lui
li avrebbe colti intenti nella fuga.
L'orecchiuto con tutte le sue forze
levò il suo alto, repentino grido,

novoque turbat bestias miraculo:
quae, dum paventes exitus notos petunt,
leonis adfliguntur horrendo impetu.
qui postquam caede fessus est, asinum evocat,
iubetque vocem premere. tunc ille insolens
«Qualis videtur opera tibi vocis meae?»
«Insignis» inquit «sic ut, nisi nossem tuum
animum genusque, simili fugissem metu».

13

CERVUS AD FONTEM

Laudatis utiliora quae contempseris,
saepe inveniri testis haec narratio est.

Ad fontem cervus, cum bibisset, restitit,
et in liquore vidit effigiem suam.
ibi dum ramosa mirans laudat cornua
crurumque nimiam tenuitatem vituperat,
venantum subito vocibus conterritus,
per campum fugere coepit et cursu levi
canes elusit. silva tum excepit ferum;
in qua retentis inpeditus cornibus
lacerari coepit morsibus saevis canum.
Tum moriens edidisse vocem hanc dicitur:
«O me infelicem, qui nunc demum intellego,
utilia mihi quam fuerint quae despexeram,
et, quae laudaram, quantum luctus habuerint».

e fu un prodigio che turbò le fiere:
impaurite cercavano le poste
abituali, dove le abbatteva
il terribile balzo del leone.
Stanco di strage infine chiamò l'asino
e gli ordinò di chiudere la bocca.
Il petulante chiese: «La mia voce,
che ne dici, ha servito?» Ed il leone:
«Straordinaria. Sarei scappato anch'io
ignorando il tuo cuore e la tua razza».

13

LA FUGA DEL CERVO

Ciò che si ammira spesso si rivela
meno utile di ciò che si disprezza;
ecco una breve storia a farne fede.

Dopo avere bevuto alla sorgente
indugiò il cervo presso le acque pure
e vi scorse allo specchio la sua immagine;
ammirò la selvetta delle corna,
censurò la secchezza delle zampe,
ma un rumore improvviso l'atterrì:
voci di cacciatori. Cominciò
la fuga, lieve corsa alla campagna,
che eluse i cani; poi lo ricevette
la selva, che ne imprigionò le corna;
la canea lo raggiunse a dilaniarlo.
Morendo pronunciò queste parole:
«O me infelice, troppo tardi intendo
come giovava ciò che disprezzavo,
come doleva quello che ammiravo».

14

VULPIS ET CORVUS

Quae se laudari gaudent verbis subdolis,
serae dant poenas turpi paenitentia.

Cum de fenestra corvus raptum caseum
comesse vellet, celsa residens arbore,
vulpes invidit, deinde sic coepit loqui:
«O qui tuarum, corve, pinnarum est nitor!
quantum decoris corpore et vultu geris!
si vocem haberes, nulla prior ales foret».
at ille, dum etiam vocem vult ostendere,
lato ore emisit caseum; quem celeriter
dolosa vulpes avidis rapuit dentibus.
tum demum ingemuit corvi deceptus stupor.

14 bis

hac re probatur quantum ingenium valet;
virtute semper praevalet sapientia.

15

EX SUTORE MEDICUS

Malus cum sutor inopia deperditus
medicinam ignoto facere coepisset loco
et venditaret falso antidotum nomine,

14

IL COSTO DELLA VANITÀ

Per certune, i falsi complimenti
sono la loro gioia. Poi si pentono,
ma quando è tardi e la figura è fatta.

Il corvo si piazzò su un alto albero
con l'intenzione di mangiarsi il cacio
rubato a un davanzale. L'adocchiò
la volpe, e quindi cominciò a parlare:
«Oh, che luce hanno le tue piume, corvo!
e che figura, che bel volto. Avessi
voce, saresti il primo degli uccelli».
Lui volle che sentisse anche la voce,
aprì la grande bocca, il cacio cadde,
e fu svelta la volpe traditrice
ad afferrarlo con i denti avari.
E finalmente s'immelanconì
quella beffata stupefazione.

14 bis

Ciò mostra quanto può la fantasia.
Sempre può assai saggezza valorosa.

15

IL MEDICO CIABATTINO

Un cattivo scarparo rovinato
si mise a fare il medico in un luogo
in cui non si poteva riconoscerlo.
Spacciava pure un suo contravveleno

verbosis adquisivit sibi famam strophis.
hic cum iaceret morbo confectus gravi
rex urbis, eius experiendi gratia
scyphum poposcit: fusa dein simulans aqua
illius se miscere antidoto toxicum,
combibere iussit ipsum, posito praemio.
timore mortis ille tum confessus est,
non artis ulla medicum se prudentia,
verum stupore vulgi, factum nobilem.
rex advocata contione haec edidit:
« Quantae putatis esse vos dementiae,
qui capita vestra non dubitatis credere,
cui calceandos nemo commisit pedes? »

Hoc pertinere vere ad illos dixerim,
quorum stultitia quaestus imprudentia est.

16

ASINUS AD SENEM PASTOREM

In principatu commutando saepius
nil praeter domini nomen mutant pauperes.
id esse verum, parva haec fabella indicat.

Asellum in prato timidus pascebat senex.
is hostium clamore subito territus
suadebat asino fugere, ne possent capi.

di etichetta fasulla. S'era fatta
con molta parlantina una nomea.
Era ammalato il re della città
allora; e volle metterlo alla prova.
Si fece dare una coppa e versandovi
dell'acqua simulò di mescolare
del veleno all'antidoto, e gl'impose
di berlo, dopo aver promesso un premio.
Ma quello per paura di morire
confessò tutto, che non era medico
per sua scienza e che s'era fatto celebre
per il candore della buona gente.
Il re chiamò a parlamento il popolo
e disse: «Non vi sembra d'esser pazzi,
affidando la vita a chi nessuno
neanche affidava i piedi da calzare?»

Le crederei parole fatte apposta
per certa gente: se l'incompetenza
si fa un affare, è per sciocchezza loro.

16

GLI INDIFFERENTI

Il susseguirsi delle signorie
è un mutare di nomi per il povero.
Un apologo breve ne fa fede.

C'era in un prato un asino, e un vecchietto
che lo pasceva, pieno di spaventi.
S'odono a un tratto voci di nemici.
Il vecchietto tremando si sforzava
di convincere l'asino a fuggire

at ille lentus «Quaeso, num binas mihi
clitellas impositurum victorem putas?»
senex negavit. «Ergo quid refert mea
cui serviam, clitellas dum portem unicas?»

17

OVIS CERVUS ET LUPUS

Fraudator homines cum advocat sponsum improbos,
non rem expedire, sed malum ordiri expetit.

Ovem rogabat cervus modium tritici,
lupo sponsore. at illa, praemetuens dolum,
«Rapere atque abire semper adsuevit lupus;
tu de conspectu fugere veloci impetu.
ubi vos requiram, cum dies advenerit?»

18

OVIS CANIS ET LUPUS

Solent mendaces luere poenas malefici.

Calumniator ab ove cum peteret canis,
quem commendasse panem se contenderet,
lupus, citatus testis, non unum modo
deberi dixit, verum adfirmavit decem.
ovis, damnata falso testimonio,

per non essere presi; ma l'antico
indifferente chiese: « E perché mai?
pensi che il vincitore m'imporrà
un basto doppio? » Il vecchio disse no.
« E allora che m'importa a chi servire,
se la mia soma sarà sempre una? »

17

GARANZIE

Se un truffatore viene garantito
da disonesti, che ne dite, mica
affari sono quelli, ma disgrazie.

Un cervo domandò un moggio di grano
alla pecora e il lupo era garante;
quella non si fidò, diceva: « Un lupo
che usa mai fare: ruba e scappa. Tu,
fai un balzo e scompari dalla vista.
Dove vi pesco il giorno stabilito? »

18

TRA CANI E LUPI

I mentitori pagano di solito.

Un cane reclamava in mala fede
alla pecora un pane sostenendo
d'averlo dato a titolo di prestito;
un lupo, che era teste, dichiarò
che il prestito ammontava a dieci pani.
La pecora perdette e pagò un debito

quod non debebat, solvit. post paucos dies
bidens iacentem in fovea prospexit lupum.
«Haec» inquit «merces fraudis a superis datur.»

19

MULIER PARTURIENS

Nemo libenter recolit qui laesit locum.

Instante partu mulier actis mensibus
humi iacebat, flebilis gemitus ciens.
vir est hortatus, corpus lecto reciperet,
onus naturae melius quo deponeret.
«Minime» inquit «illo posse confido loco
malum finiri quo conceptum est initio.»

20

CANIS PARTURIENS

Habent insidias hominis blanditiae mali;
quas ut vitemus, versus subiecti monent.

Canis parturiens cum rogasset alteram,
ut fetum in eius tugurio deponeret,
facile impetravit. dein reposcenti locum
preces admovit, tempus exorans breve,
dum firmiores catulos posset ducere.
hoc quoque consumpto flagitari validius

inesistente, a causa d'una falsa
testimonianza. Dopo pochi giorni
vide il lupo accucciato nella trappola:
«Gli Dei t'hanno pagato la menzogna».

19

LUOGO SINISTRO

Non ci si torna volentieri dove
ci siamo fatti male.

Una donna, compiuto il tempo giusto,
si lamentava, a terra, nella pena
del parto. Suo marito l'esortò
a salire sul letto per sgravarsi.
«No!» disse «dove il male cominciò
non mi fido che possa terminare.»

20

DARE UNA MANO

Lusinghe di maligno sono trappole.
Ecco dei versi al fine di evitarle.

La cagna incinta domandò ad un'altra
se poteva deporre la covata
nel suo tugurio. L'ebbe facilmente.
Più tardi quando il posto fu richiesto,
la pregò, supplicando un po' di tempo,
che i nati si facessero le ossa.
Ma finita la proroga la cagna

cubile coepit. «Si mihi et turbae meae
par» inquit «esse potueris, cedam loco».

21

CANES FAMELICI

Stultum consilium non modo effectu caret,
sed ad perniciem quoque mortalis devocat.

Corium depressum in fluvio viderunt canes.
id ut comesse extractum possent facilius,
aquam coepere ebibere: sed rupti prius
periere quam quod petierant contingerent.

22

LEO SENEX, APER, TAURUS ET ASINUS

Quicumque amisit dignitatem pristinam,
ignavis etiam iocus est in casu gravi.

Defectus annis et desertus viribus
leo cum iaceret spiritum extremum trahens,
aper fulmineis spumans venit dentibus,
et vindicavit ictu veterem iniuriam.
infestis taurus mox confodit cornibus
hostile corpus. asinus, ut vidit ferum
inpune laedi, calcibus frontem extudit.
at ille exspirans «Fortis indigne tuli

chiese indietro con forza il suo canile:
« Se ce la fai con me e la mia gente »
rispose l'altra « me ne andrò di qui ».

21

PROGETTI DA CANI

Un progetto insensato non ha effetto
ma, peggio, porta gli uomini al disastro.

Alcuni cani in fondo a un corso d'acqua
scorsero un cuoio tenuto da pesi
e per pescarlo meglio e poi mangiarlo
cominciarono a bere. E invece prima
di toccarlo, scoppiarono e perirono.

22

IL CALCIO DELL'ASINO

Chi perde il suo potere, anche il più vile
si prende gioco della sua rovina.

Tradito dalle forze e dall'età
il leone covava la sua fine.
A vendicarsi d'un'antica offesa
venne il cinghiale dal fulmineo dente;
poi venne il toro, e le sue corna ostili
scavarono in quel corpo di nemico;
l'asino vide i colpi non puniti
e gli sferrò il suo calcio nella fronte.
Il leone spirò. Ma prima disse:
« Amaro fu l'assalto di quei forti.

mihi insultare: te, Naturae dedecus,
quod ferre certe cogor bis videor mori ».

23

MUSTELA ET HOMO

Mustela ab homine prensa, cum instantem necem
effugere vellet, « Parce, quaeso », inquit « mihi,
quae tibi molestis muribus purgo domum ».
respondit ille « Faceres si causa mea,
gratum esset et dedissem veniam supplici.
nunc quia laboras ut fruaris reliquiis,
quas sunt rosuri, simul et ipsos devores,
noli imputare vanum beneficium mihi ».
atque ita locutus improbam leto dedit.

Hoc in se dictum debent illi agnoscere,
quorum privata servit utilitas sibi,
et meritum inane iactant inprudentibus.

24

CANIS FIDELIS

Repente liberalis stultis gratus est,
verum peritis inritos tendit dolos.
Nocturnus cum fur panem misisset cani,
obiecto temptans an cibo posset capi,
« Heus », inquit « linguam vis meam praecludere,
ne latrem pro re domini? multum falleris.

Ma dopo il tuo, viltà della natura,
mi sembra di morire anche due volte».

23

SERVITÙ AMBIGUE

Acciuffata dall'uomo, per scampare
dalla morte, una donnola diceva:
«Risparmiami, ti prego! io la casa
ti disinfesto dai topi molesti».
«Se per me lo facessi», le rispose
«lo gradirei e ti perdonerei:
ma tu ti dai da fare per goderti
i rimasugli destinati ai topi
e ad un tempo ti pappi pure loro.
Non spacciarti per mia benefattrice.»
E mise a morte quella disonesta.

Queste parole sono per coloro
che servono per sé e il loro utile
vantando vani meriti agli ingenui.

24

IL BUON CANE

Chi è generoso troppo all'improvviso
piace agli sprovveduti: non inganna
chi conosce la vita. Come il ladro
che a notte gettò al cane una pagnotta
tentando farlo suo con quel regalo:
«Ohé» abbaiò «vuoi chiudermi la bocca
perché non latri per il mio padrone

namque ista subita me iubet benignitas
vigilare, facias ne mea culpa lucrum».

25

RANA RUPTA ET BOS

Inops, potentem dum vult imitari, perit.

In prato quondam rana conspexit bovem,
et tacta invidia tantae magnitudinis
rugosam inflavit pellem. tum natos suos
interrogavit an bove esset latior.
illi negarunt. rursus intendit cutem
maiore nisu, et simili quaesivit modo,
quis maior esset. illi dixerunt «bovem»,
novissime indignata, dum vult validius
inflare sese, rupto iacuit corpore.

26

CANES ET CORCODILLI

Consilia qui dant prava cautis hominibus
et perdunt operam et deridentur turpiter.

Canes currentes bibere in Nilo flumine,
a corcodillis ne rapiantur, traditum est.
igitur cum currens bibere coepisset canis,
sic corcodillus «Quamlibet lambe otio,

e la sua roba? Ti sbagli di grosso:
buono troppo alla svelta. Starò all'erta,
che non per colpa mia tu ci guadagni».

25

L'AMBIZIONE DI UNA RANA

Imitando il potente, muore il povero.

E la rana in un prato scoprì il bove.
Invidia di grandezza la toccò,
rigonfiò la sua pelle, tutta rughe.
Poi chiese ai figli s'era lei più larga
del bove: le risposero di no.
La pelle ancora con pena stirò,
e s'informò dai figli come prima
chi era più grande, e ridissero: il bove.
Fu l'ultimo suo sdegno. Fu uno sforzo
di volontà: si ruppe e così giacque.

26

CONSIGLI INTERESSATI

A consigliare male i provveduti
si perde tempo e se ne hanno beffe.

Sul Nilo i cani bevono correndo
(dicono) per schivare i coccodrilli;
ma a uno che cominciò a bere e correre
un coccodrillo fece: «Bevi, caro,

noli vereri». at ille «Facerem mehercules,
nisi esse scirem carnis te cupidum meae».

27

VULPIS ET CICONIA

Nulli nocendum, si quis vero laeserit,
multandum simili iure fabella admonet.

Ad cenam vulpes dicitur ciconiam
prior invitasse, et liquidam in patulo marmore
posuisse sorbitionem, quam nullo modo
gustare esuriens potuerit ciconia.
quae, vulpem cum revocasset, intrito cibo
plenam lagonam posuit; huic rostrum inserens
satiatur ipsa et torquet convivam fame.
quae cum lagonae collum frustra lamberet,
peregrinam sic locutam volucrem accepimus:
«Sua quisque exempla debet aequo animo pati».

28

CANIS ET THESAURUS ET VULTURIUS

Haec res avaris esse conveniens potest,
et qui, humiles nati, dici locupletes student.

Humana effodiens ossa thensaurum canis
invenit, et, violarat quia Manes deos,

lecca con calma, non aver paura»,
al che l'altro: «E come lo farei,
se la mia carne ti piacesse meno».

27

IL BENE E IL MALE

Non far del male. Ma chi a te ne fa,
lo punirai per la sua stessa legge.

La volpe invitò a pranzo la cicogna
e le servì dentro una vasta ciotola
un brodetto, che quella, con la fame
che aveva, neanche ne sentì il sapore.
Poi fu lei l'invitata. C'era un cibo
ben tritato servito in una fiasca;
e la cicogna vi calava il becco
si riempiva la pancia e torturava
l'ospite con la fame. Quando quella
leccò invano il collo della fiasca
la redarguì l'uccello migratore:
«L'esempio è tuo, sopporta, sii civile».

28

DELITTO E CASTIGO

Favola per l'avaro; o per il nato povero
che ha la passione d'esser detto «ricco».

Un cane mentre scava in cimitero
ossa umane, s'imbatte in un tesoro.
Aveva offeso i Mani sacrosanti;

iniecta est illi divitiarum cupiditas,
poenas ut sanctae religioni penderet.
itaque, aurum dum custodit oblitus cibi,
fame est consumptus. quem stans vulturius super
fertur locutus « O canis, merito iaces,
qui concupisti subito regales opes,
trivio conceptus, educatus stercore ».

29

VULPIS ET AQUILA

Quamvis sublimes debent humiles metuere,
vindicta docili quia patet sollertiae.

Vulpinos catulos aquila quondam sustulit,
nidoque posuit pullis escam ut carperent.
hanc persecuta mater orare incipit,
ne tantum miserae luctum importaret sibi.
contempsit illa, tuta quippe ipso loco.
vulpes ab ara rapuit ardentem facem,
totamque flammis arborem circumdedit,
hosti dolorem damno miscens sanguinis.

aquila, ut periclo mortis eriperet suos,
incolumes natos supplex vulpi reddidit.

e come pena per il sacrilegio
gl'infuse il cielo gusto di ricchezza.
Così vegliando l'oro si scordava
del cibo e fu distrutto dalla fame.
E l'avvoltoio su di lui diceva:
«O cane cane giustamente morto,
tu che bramasti ricchezze da re,
concepito per via, nutrito nello sterco».

29

LA MEDEA DEI TAPINI

Gli altissimi, per quanto siano tali,
temano chi sta giù, presso la terra.
Il lesto impara e sa far le vendette.

L'aquila prese i piccoli alla volpe:
se li mise nel nido come cibo
per i suoi. Ma la madre l'inseguì,
cominciò col pregarla, che non desse
tanto da piangere a lei poveretta.
Ma lei non la curò, era lassù.
La volpe strappa a un altare una fiaccola
accesa e a tutto l'albero dà fuoco,
e nel fondo del suo sangue distrutto
sente la sofferenza del nemico.

L'aquila supplicante rese all'altra
intatti i figli per salvare i suoi.

30

ASINUS INRIDENS APRUM

Plerumque stulti, risum dum captant levem,
gravi destringunt alios contumelia,
et sibi nocivum concitant periculum.

Asellus apro cum fuisset obvius,
« Salve » inquit « frater ». ille indignans repudiat
officium, et quaerit cur sic mentiri velit?
asinus demisso pene « Similem si negas
tibi me esse, certe simile est hoc rostro tuo ».
aper, cum vellet facere generosum impetum,
repressit iram et « Facilis vindicta est mihi:
sed inquinari nolo ignavo sanguine ».

31

RANAE METUENTES TAURORUM PROELIA

Humiles laborant ubi potentes dissident.
Rana e palude pugnam taurorum intuens,
« Heu, quanta nobis instat pernicies » ait.
interrogata ab alia cur hoc diceret,
de principatu cum illi certarent gregis
longeque ab ipsis degerent vitam boves,

« Est statio separata ac diversum genus;
expulsus regno nemoris qui profugerit,

30

NOBLESSE

Gli sprovveduti spesso per scherzare
così alla buona, offendono sul serio
e cacciano se stessi in grossi guai.

Un asino s'imbatte col cinghiale
e fa: «Salve, fratello». Quello, offeso,
non apprezza l'omaggio e gli domanda
perché così mentisce per la gola.
L'asino mostra il membro penzoloni
e dice: «Se non mi credi uguale a te,
questo sperone, ce l'abbiamo uguale!»
S'arma il cinghiale a singolar tenzone
ma poi schiaccia la rabbia: «È una vendetta
facile» pensa «e non è proprio il caso
di sporcarmi d'un sangue così vile».

31

GUERRA DI PADRONI

Gli umili penano, mentre i potenti
contendono. Una rana del pantano
travide i tori andare alla battaglia.
«Rovina su di noi!» gridava. Un'altra
le chiese mai perché affermasse questo:
era quella soltanto una contesa
per una signoria sopra la mandra:
una vita lontana, la bovina.

«Vivono a sé, sono tutt'altra razza:
ma chi perde il reame della balza

paludis in secreta veniet latibula,
et proculcatas obteret duro pede.
ita caput ad nostrum furor illorum pertinet ».

32

MILVUS ET COLUMBAE

Qui se committit homini tutandum improbo,
auxilia dum requirit, exitium invenit.

Columbae saepe cum fugissent milvum,
et celeritate pinnae vitassent necem,
consilium raptor vertit ad fallaciam,
et genus inerme tali decepit dolo:
« Quare sollicitum potius aevum ducitis
quam regem me creatis icto foedere,
qui vos ab omni tutas praestem iniuria? »
illae credentes tradunt sese milvo.
qui regnum adeptus coepit vesci singulas,
et exercere imperium saevis unguibus.
tunc de relicuis una « Merito plectimur,
huic spiritum praedoni quae commisimus ». 13 *b*

verrà nell'ombra chiusa del pantano:
e lo zoccolo è duro quando schiaccia.
Che ne va, se son pazzi? ma la vita».

32

IL NIBBIO AL POTERE

Chi chiede protezione ad un malvagio,
cerca soccorso e trova la rovina.

Sfuggite erano al nibbio le colombe
più volte, salve per le rapide ali;
ma il rapace ricorse alla menzogna.
Con questo inganno illuse le indifese:
«Perché vivere sempre incerte, inquiete,
invece che accordarsi e farmi re
perché io vi protegga da ogni offesa?».
E si fidarono esse, gli si diedero.
E il nibbio re le divorava a turno,
le governava con gli artigli atroci.
Una scampata gridò: «Ci sta bene,
che affidammo la vita ad un bandito!».

LIBER SECUNDUS

33
PROLOGUS
AUCTOR

Exemplis continetur Aesopi genus;
nec aliud quicquam per fabellas quaeritur
quam corrigatur error ut mortalium,
acuatque sese diligens industria.
quicumque fuerit ergo narrandi locus,
dum capiat aurem et servet propositum suum,
re commendatur, non auctoris nomine.
equidem omni cura morem servabo senis.
sed si libuerit aliquid interponere,
dictorum sensus ut delectet varietas,
bonas in partes, lector, accipias velim
ita, si rependet illi brevitas gratiam.
cuius verbosa ne sit commendatio,
attende cur negare cupidis debeas,
modestis etiam offerre quod non petierint.

34
IUVENCUS LEO ET PRAEDATOR

Super iuvencum stabat deiectum leo.

praedator intervenit, partem postulans.

LIBRO SECONDO

33

SECONDO PROLOGO

L'arte di Esopo è tutta negli esempi.
Gli apologhi leggeri altro non vogliono
che guarire l'errore dei mortali
e farlo acume, metodo operoso.
Qualunque sia il tipo di scrittura
purché interessi e sia fedele al fine
vale per sé e non vale per la firma.
Ma seguirò fedele stile e gusto
di quell'antico. Se vi farò intarsi
qua e là, perché la varietà è gustosa,
vorrei che lo prendessi in buona parte
tu lettore, vorrei della sveltezza
di questi versi tu mi fossi grato.
Ma perché questa mia presentazione
non sia troppo verbosa, osserva come
sia cosa giusta dire no agli avidi
ed ai modesti dare se non chiedono.

34

L'IMPERATORE CHE NON C'È

Stava il leone sul giovenco prono.

Interviene il bandito e vuole il suo:

«Darem» inquit «nisi soleres per te sumere»;
et improbum reiecit. forte innoxius
viator est deductus in eundem locum,
feroque viso rettulit retro pedem.
cui placidus ille «Non est quod timeas» ait,
«et quae debetur pars tuae modestiae
audacter tolle». tunc diviso tergore
silvas petivit, homini ut accessum daret.
Exemplum egregium prorsus et laudabile;

verum est aviditas dives et pauper pudor.

35

ANUS DILIGENS IUVENEM, ITEM PUELLA

A feminis utcumque spoliari viros,
ament, amentur, nempe exemplis discimus.

Aetatis mediae quendam mulier non rudis
tenebat, annos celans elegantia,
animosque eiusdem pulchra iuvenis ceperat.
ambae, videri dum volunt illi pares,
capillos homini legere coepere invicem.
qui se putaret fingi cura mulierum,
calvus repente factus est; nam funditus
canos puella, nigros anus evellerat.

« Lo darei, ma lo prendi da per te
di solito », e scacciò quel malvissuto.
Avviene poi che un viaggiatore, senza
peccato, giunge in quello stesso luogo;
alla vista selvaggia retrocede.
E quello in pace: « Non aver paura,
ecco la parte della tua modestia,
fatti coraggio, prendi ». Scinde i lombi
e s'inselva, lasciando il passo all'uomo.
Sublime, edificante allegoria.

Ma l'avarizia è ricca; ai poveri il pudore.

35

CONCLUSIONE SULLE DONNE

Le donne? Eterne spogliatrici d'uomini,
innamorate o amate: ecco l'emblema.

Una donna, non recluta d'amore,
coprendo gli anni d'eleganza e stile
teneva ancora a sé legato un tale
di mezza età, già preso da una donna
bella e giovane. E l'una come l'altra,
con l'intenzione d'essergli coetanee,
spigolavano, a turno, le sue chiome.
Pareva l'acconciassero, con cura
femminile; e finì che sul più bello
si trovò calvo. La ragazza aveva
strappati uno per uno tutti i suoi
capelli bianchi e la più vecchia i neri.

36

AESOPUS AD QUENDAM DE SUCCESSU INPROBORUM

Laceratus quidam morsu vehementis canis,
tinctum cruore panem immisit malefico,
audierat esse quod remedium vulneris.
tunc sic Aesopus: «Noli coram pluribus
hoc facere canibus, ne nos vivos devorent,
cum scierint esse tale culpae praemium».

Successus inproborum plures allicit.

37

AQUILA FELES ET APER

Aquila in sublimi quercu nidum fecerat;
feles, cavernam nancta in media, pepererat;
sus nemoris cultrix fetum ad imam posuerat.
tum fortuitum feles contubernium
fraude et scelesta sic evertit malitia.
ad nidum scandit volucris: «Pernicies» ait
«tibi paratur, forsan et miserae mihi.
nam, fodere terram quod vides cotidie
aprum insidiosum, quercum vult evertere,
ut nostram in plano facile progeniem opprimat».
terrore offuso et perturbatis sensibus

36

LO SCANDALO

Un tale, morso a sangue da un cagnaccio,
gli buttò, a chi gli aveva fatto male
una pagnotta intinta nel suo sangue,
perché aveva sentito che era un modo,
quello, di medicare la ferita.
Ed Esopo: «Non farglielo vedere
a molti cani, ci divorerebbero
sapendo che così la colpa paga».

Il successo è il richiamo degli ingiusti.

37

LA PAURA

L'aquila fece il nido sulla cima
della quercia; la gatta partorì
la covata in un cavo a mezzo tronco;
una scrofa selvatica depose
i suoi piccoli presso le radici.
Così il caso creò una convivenza;
fu la malizia, delittuosa e falsa,
a sovvertirla. La gatta salì
al nido alto dell'aquila e le disse:
«La rovina t'attende, e forse anche
me poveretta: vedi quel cinghiale
insidioso che tutti i giorni scava?
Si prepara ad abbattere la quercia
per poi sul piano uccidere con comodo
le nostre creature». Seminato
lo sgomento e il terrore, quatta quatta

derepit ad cubile saetosae suis;
« Magno » inquit « in periclo sunt nati tui.
nam, simul exieris pastum cum tenero grege,
aquila est parata rapere porcellos tibi ».
hunc quoque timore postquam complevit locum,
dolosa tuto condidit sese cavo:
inde evagata noctu suspenso pede,
ubi esca sese explevit et prolem suam,
pavorem simulans prospicit toto die.
ruinam metuens aquila ramis desidet:
aper rapinam vitans non prodit foras.
quid multa? inedia sunt consumpti cum suis,
felisque catulis largam praebuerunt dapem.

Quantum homo bilinguis saepe concinnet mali,
documentum habere hinc stulta credulitas potest.

38

TIB. CAESAR AD ATRIENSEM

Est ardalionum quaedam Romae natio,
trepide concursans, occupata in otio,
gratis anhelans, multa agendo nil agens,
sibi molesta et aliis odiosissima.
hanc emendare, si tamen possum, volo
vera fabella; pretium est operae attendere.

Caesar Tiberius cum petens Neapolim
in Misenensem villam venisset suam,

si calò nella tana della scrofa
e disse: «Un grande pericolo minaccia
i tuoi piccoli. Appena sarai fuori
col tuo tenero gregge alla pastura,
l'aquila è pronta per portarli via».
Sparso il terrore pure in questo luogo
s'accoccolò al sicuro nel suo cavo.
Solo di notte usciva impercettibile,
rimpinzava se stessa e la sua prole,
poi tutto il giorno spiava dal chiuso
come chi fosse pieno di paura.
La paura impigrì sui rami l'aquila;
la paura del ratto imprigionò
il cinghiale e morirono di fame
con tutti i loro, offrendo alla nidiata
della gatta una ricca imbandigione.

Chi stoltamente crede, impari il male
che può ordire una lingua infida e doppia.

38

CHI VUOLE ARRIVARE

C'è a Roma una genia di faccendieri
sempre in corsa, agitata, occupatissima
quand'è festa, che ansima per nulla,
che si dà gran daffare e non fa niente,
a sé molesta e agli altri insopportabile.
Per quanto posso, la vorrei guarire
con un aneddoto: è il caso d'ascoltarlo.

Il Cesare, Tiberio, andando a Napoli
giunse nella sua villa di Miseno,

quae, monte summo posita Luculli manu,
prospectat Siculum et perspicit Tuscum mare,
ex alte cinctis unus atriensibus,
cui tunica ab umeris linteo Pelusio
erat destricta, cirris dependentibus,
perambulante laeta domino viridia,
alveolo coepit ligneo conspargere
humum aestuantem, officium iactans comiter;
sed deridetur. inde notis flexibus
praecurrit alium in xystum, sedans pulverem.
agnoscit hominem Caesar, remque intellegit:
[ut putavit esse nescioquid boni]
«Heus!» inquit dominus. ille enimvero adsilit,
donationis alacer certae gaudio.
tum sic iocata est tanta maiestas ducis:
«Non multum egisti et opera nequiquam perit;
multo maioris alapae mecum veneunt».

39

AQUILA ET CORNIX

Contra potentes nemo est munitus satis;
si vero accessit consiliator maleficus,
vis et nequitia quicquid oppugnant, ruit.

Aquila in sublime sustulit testudinem:
quae cum abdidisset cornea corpus domo,
nec ullo pacto laedi posset condita,

che Lucullo levò in cima al monte
e in faccia al mare siciliano scruta
l'etrusco. Uno dei servi di portone,
di quelli che hanno la cintura al petto
(la tunica di lino del Pelusio
gli scendeva attillata dalle spalle
tra una pioggia di frange), quando vide
passeggiare il signore nel giardino
prese un inaffiatoio e cominciò
a spargere acqua con ostentazione
e molto garbo. Lo si prende in giro,
ma lui, per una nota scorciatoia,
corre innanzi, raggiunge un altro viale
e ricomincia a rinfrescare il luogo.
Lo riconosce il Cesare e capisce.
« Ehi! » chiama. Quello si precipita
giulivo, certo della libertà;
ma sua Maestà, il Generale grande,
quella volta gli piacque divertirsi
e disse: « Non che tu abbia fatto molto,
ma l'hai fatto per niente. A casa mia
certi schiaffi si vendono più cari ».

39

IL CONSIGLIERE

Contro i potenti ogni difesa è scarsa —
ma se c'è un consigliere frodolento
forza e malizia abbattono ogni ostacolo.

L'aquila levò in alto una testuggine,
che raccolta nel suo guscio di corno
era proprio sicura da ogni offesa.

venit per auras cornix, et propter volans
«Opimam sane praedam rapuisti unguibus;
sed, nisi monstraro quid sit faciendum tibi,
gravi nequiquam te lassabit pondere».
promissa parte suadet ut scopulum super
altis ab astris duram inlidat corticem
qua comminuta facile vescatur cibo.
inducta vafris aquila monitis paruit,
simul et magistrae large divisit dapem.
sic tuta quae Naturae fuerat munere,
impar duabus, occidit tristi nece.

40

MULI DUO ET LATRONES

Muli gravati sarcinis ibant duo:
unus ferebat fiscos cum pecunia,
alter tumentis multo saccos hordeo:
ille onere dives celsa cervice eminens,
clarumque collo iactans tintinabulum;
comes quieto sequitur et placido gradu.
subito latrones ex insidiis advolant,
interque caedem ferro ditem sauciant:
diripiunt nummos, neclegunt vile hordeum.
spoliatus igitur casus cum fleret suos,
«Equidem» inquit alter «me contemptum gaudeo;
nam nil amisi, nec sum laesus vulnere».

Hoc argumento tuta est hominum tenuitas,
magnae periclo sunt opes obnoxiae.

Ma una cornacchia venne a volo e disse:
«Preda ricca davvero hai tra le unghie,
ma se non ti dico io che devi farne
ti stancherà come un fardello inutile».
Accordata una parte di bottino,
consiglia di spaccare il duro guscio
facendola cadere da lassù
sopra uno scoglio, e dopo fatta a pezzi
cibarsene con agio. Seguì l'aquila
questo astuto consiglio, e alla maestra
fu generosa della propria mensa.
Così chi fu sicuro da natura
fu impari a due. E fu una fine triste.

40

ASINI RICCHI E ASINI POVERI

Due muletti marciavano col carico;
uno aveva gli scrigni del denaro
e l'altro i sacchi turgidi dell'orzo.
Quello del peso ricco andava eretto
ostentando sonagli luccicanti,
il compagno seguiva quieto e placido.
All'improvviso piombano i briganti:
fanno strage, si gettano sul ricco,
lo sforacchiano e strappano il denaro.
Al gramo orzo non badò nessuno.
Piangeva il derubato, e l'altro disse:
«Sono felice di contare poco:
niente ho perduto e niente mi ha ferito».

La povertà non è che sicurezza,
la ricchezza è soggetta a tutti i rischi.

41

CERVUS AD BOVES

Cervus nemorosis excitatus latibulis,
ut venatorum effugeret instantem necem,
caeco timore proximam villam petit,
et opportuno se bovili condidit.
hic bos latenti «Quidnam voluisti tibi,
infelix, ultro qui ad necem cucurreris,
hominumque tecto spiritum commiseris?»
at ille supplex «Vos modo» inquit «parcite:
occasione rursus erumpam data».
spatium diei noctis excipiunt vices;
frondem bubulcus adfert, nil adeo videt:
eunt subinde et redeunt omnes rustici,
nemo animadvertit: transit etiam vilicus,
nec ille quicquam sentit. tum gaudens ferus
bubus quietis agere coepit gratias,
hospitium adverso quod praestiterint tempore.
respondit unus «Salvum te cupimus quidem,
sed, ille qui oculos centum habet si venerit,
magno in periclo vita vertetur tua».
haec inter ipse dominus a cena redit;
et, quia corruptos viderat nuper boves,
accedit ad praesepe: «Cur frondis parum est?
stramenta desunt. tollere haec aranea
quantum est laboris?» dum scrutatur singula,
cervi quoque alta conspicatur cornua;
quem convocata iubet occidi familia,

41

L'OCCHIO DEL PADRONE

Stanato dal segreto della selva
per sfuggire alla caccia ed alla morte
un cervo reso cieco dal terrore
entrò in una vicina fattoria,
e in una stalla che trovò aperta
s'acquattò. Un bove disse: «Sventurato,
che idea la tua: ti sei cacciato in trappola,
credendo di salvarti nella casa
dell'uomo». Il cervo supplicò quei bovi:
«Risparmiatemi voi, almeno: dopo,
quand'è il momento buono, balzo fuori».
Passarono le lunghe ore del giorno.
Venne il bovaro e rinnovò le frasche,
non vide nulla. Vennero ed uscirono
tutta la gente della fattoria,
nessuno vide. Passò anche il fattore,
nulla trovò. Il cervo era felice,
e cominciò a ringraziare i calmi
bovi di quel rifugio, in quel frangente.
Uno di loro disse: «Noi speriamo
tanto, ma se verrà chi ha cento occhi,
la tua vita sarà molto in pericolo».
Tornò intanto il padrone dalla cena;
aveva visto governati male
i suoi bovi, e s'avvicinò alla greppia:
«La foglia è poca: come mai? Il letto
manca. E tutte quelle ragnatele,
costa fatica toglierle?». Ogni cosa
adocchia. Ed ecco, grandi, le corna
del cervo. Chiama gli uomini di casa,

praedamque tollit. Haec significat fabula dominum videre plurimum in rebus suis.

42

AUCTOR

Aesopi ingenio statuam posuere Attici,
servomque collocarunt aeterna in basi,
patere honoris scirent ut cuncti viam
nec generi tribui sed virtuti gloriam.
quoniam occuparat alter ne primus foret,
ne solus esset, studui, quod superfuit.
nec haec invidia, verum est aemulatio.
quodsi labori faverit Latium meo,
plures habebit quos opponat Graeciae.
si Livor obtrectare curam voluerit,
non tamen eripiet laudis conscientiam.

(...)

si nostrum studium ad aures pervenit tuas,
et arte fictas animus sentit fabulas,
omnem querellam submovet felicitas.
sin autem doctus illis occurrit labor,
sinistra quos in lucem natura extulit,
nec quidquam possunt nisi meliores carpere,
fatale exilium corde durato feram,
donec Fortunam criminis pudeat sui.

lo fa ammazzare, fu una bella caccia.

Che vuol dire il racconto? Che il padrone
è chi più vede nella roba sua.

42

A CHI LEGGERÀ

Gli ateniesi innalzarono una statua
all'ingegno di Esopo, sollevarono
su un piedestallo senza tempo un servo,
perché tutti sapessero nel mondo
che la via della fama è pure aperta:
la gloria è del valore e non del sangue.
Il posto era occupato... Io ho lottato
perché non fosse il primo, o il solo; troppo.
Acredine non era; fu una gara.
Se la terra latina l'avrò amica
contrapporrà ai Greci un altro nome.
Ma se l'invidia male rispondesse
al mio amore, mai non riuscirà
a togliermi la coscienza del valore.

(...)

Se a te verrà il mio lavoro ardente,
se lo spirito tuo intenderà
i racconti fantastici e sapienti,
sperderà la ventura ogni protesta.
Se l'esperto lavoro troverà
i maligni di nascita sinistra
che solo sanno rodere i migliori,
sopporterò il malanno con coraggio
finché la sorte non ne avrà vergogna.

LIBER TERTIUS

43

PROLOGUS
PHAEDRUS AD EUTYCHUM

Phaedri libellos legere si desideras,
vaces oportet, Eutyche, a negotiis,
ut liber animus sentiat vim carminis.
«Verum» inquit «tanti non est ingenium tuum,
momentum ut horae pereat officiis meis.»
non ergo causa est manibus id tangi tuis,
quod occupatis auribus non convenit.
fortasse dices «Aliquae venient feriae,
quae me soluto pectore ad studium vocent».
legesne, quaeso, potius viles nenias,
impendas curam quam rei domesticae,
reddas amicis tempora, uxori vaces,
animum relaxes, otium des corpori,
ut adsuetam fortius praestes vicem?
mutandum tibi propositum est et vitae genus,
intrare si Musarum limen cogitas.
ego, quem Pierio mater enixa est iugo,
in quo Tonanti sancta Mnemosyne Iovi,
fecunda novies, artium peperit chorum,
quamvis in ipsa paene natus sim schola,

LIBRO TERZO

43

DIATRIBA DEL POETA PERSEGUITATO

Giacché hai voglia di leggere i libretti
di Fedro, Eutico, devi riposarti
dagli affari; che l'anima sia libera
per capire l'essenza dei miei versi.
« Già », dice. « Tu non sei così importante,
io non posso buttare via per te
il tempo degli affari, neanche un'ora ».
Perché allora lo tieni tra le mani
questo libro, se non gli presti orecchio?
O forse dici: « Se avrò le mie ferie,
sarò tranquillo e mi potrò istruire ».
Credi che leggerai queste mie lagne
invece di occuparti dei tuoi beni,
o il tempo dedicarlo ai tuoi amici,
a tua moglie, al riposo dello spirito
e del corpo, per poi ricominciare
con più energia la solita vicenda?
No: tu devi mutare vita e piani
per varcare la soglia delle Muse.
Io, vedi, nacqui proprio presso i gioghi
di Pieria, dove a Giove Dio del tuono
Mnemòsine divina partorì
feconda nove volte tutto il coro
delle arti; io ci sono quasi nato
in una grande « *schola* »; io ho raschiato

curamque habendi penitus corde eraserim,
et laude invicta vitam in hanc incubuerim,
fastidiose tamen in coetum recipior.
quid credis illi accidere qui magnas opes
exaggerare quaerit omni vigilia,
docto labori dulce praeponens lucrum?
sed iam, «quodcumque fuerit» (ut dixit Sinon,
ad regem cum Dardaniae perductus foret)
librum exarabo tertium Aesopi stilo,
honori et meritis dedicans illum tuis.
quem si leges, laetabor; sin autem minus,
habebunt certe quo se oblectent posteri.
Nunc, fabularum cur sit inventum genus,
brevi docebo. servitus obnoxia,
quia quae volebat non audebat dicere,
affectus proprios in fabellas transtulit,
calumniamque fictis elusit iocis.
ego illius pro semita feci viam,
et cogitavi plura quam reliquerat,
in calamitatem diligens quaedam meam.
quodsi accusator alius Seiano foret,
si testis alius, iudex alius denique,
dignum faterer esse me tantis malis,
nec his dolorem delenirem remediis.
suspicione si quis errabit sua,
et, rapiens ad se quod erit commune omnium,
stulte nudabit animi conscientiam,
huic excusatum me velim nihilo minus.
neque enim notare singulos mens est mihi,

ogni brama d'avere dal mio cuore;
vissi con gloria intatta questa vita
che ho scelto; eppure, vedi, nel mio circolo
mi ricevono assai di mala voglia.
Immagina che accade a chi consuma
tutte le ore ad ammucchiare l'oro,
e a un sapiente travaglio preferisce
il piacere del lucro. Ma «sarà
ciò che sarà», come disse Sinone
condotto innanzi al re della Dardania:
e scriverò con la penna d'Esopo
un terzo libro, e lo dedicherò
ai tuoi meriti, appunto, alle tue cariche.
Se poi lo leggi, mi farai piacere;
se no sarà una gioia per i posteri.
Ti dirò pure come questo genere
di poesia, l'apologo, ebbe origine.
La schiavitù, che è suddita da sempre,
aveva da parlare e non osava,
e versò in brevi favole il suo cuore
scherzando sull'equivoco sottile:
il sentiero d'Esopo. Ora è una via,
come ho voluto, e molti altri pensieri
ebbi che quell'antico non ci disse;
ho amato cose che mi rovinarono.
Ma se altri e non Seiano mi accusasse,
se altri fosse il teste e altri il giudice,
accetterei il mio male apertamente
e non quest'arte mi consolerebbe.
Ma chi per suo sospetto equivocasse,
e attribuisse a sé l'universale,
sarà lo stolto che si tradirà.
Ma in ogni caso voglio scagionarmi:
non è intenzione mia bollare i singoli

verum ipsam vitam et mores hominum ostendere.
rem me professum dicet fors aliquis gravem.
si Phryx Aesopus potuit, si Anacharsis Scythes
aeternam famam condere ingenio suo,
ego, litteratae qui sum propior Graeciae,
cur somno inerti deseram patriae decus,
Threissa cum gens numeret auctores deos,
Linoque Apollo sit parens, Musa Orpheo,
qui saxa cantu movit et domuit feras
Hebrique tenuit impetus dulci mora?
ergo hinc abesto, Livor, ne frustra gemas,
quom iam mihi sollemnis dabitur gloria.
Induxi te ad legendum? sincerum mihi
candore noto reddas iudicium peto.

44

ANUS AD AMPHORAM

Anus iacere vidit epotam amphoram,
adhuc Falerna faece e testa nobili
odorem quae iucundum late spargeret.
hunc postquam totis avida traxit naribus
« O suavis anima, quale in te dicam bonum
antehac fuisse, tales cum sint reliquiae! »

Hoc quo pertineat, dicet qui me noverit.

ma svelare i caratteri, la vita.
Si dirà forse che l'impegno è serio.
Ma se ha potuto Esopo che era frigio,
o lo scita Anacarsi farsi eterni
con l'ingegno, dovrò io, che nacqui
in Grecia (quasi), madre delle lettere,
oziare tra le piume ed invidiare
alla patria una gloria? Mentre i Traci
vantano invece classici divini,
Lino nato da Apollo, e da una Musa
Orfeo, che cantando animò rocce
e domò fiere e vinse la violenza
del fiume Ebro in un riposo dolce?
Invidia, fuggi. Vano il tuo compianto.
Ecco una gloria unica mi attende.
Be', intanto tu mi leggi. Allora giudica
con cuore schietto. (Ignoro il tuo candore?)

44

LA VECCHIA

La vecchia trova un'anfora bevuta
ma che dal fondo dell'egregio coccio
esalava, spargeva, diffondeva
un allegro profumo di Falerno.
L'avido naso bevve quell'odore.
«O dolcissimo fiato, quanto bene
recavi in te, se questo è il rimasuglio!»

A che alludo? Lo sa chi mi conosce.

45

PANTHERA ET PASTORES

Solet a despectis par referri gratia.

Panthera inprudens olim in foveam decidit.
videre agrestes: alii fustes congerunt,
alii onerant saxis: quidam contra miseriti,
periturae quippe, quamvis nemo laederet,
misere panem ut sustineret spiritum.
nox insecuta est: abeunt securi domum,
quasi inventuri mortuam postridie.
at illa, vires ut refecit languidas,
veloci saltu fovea sese liberat,
et in cubile concito properat gradu.
paucis diebus interpositis provolat,
pecus trucidat, ipsos pastores necat,
et cuncta vastans saevit irato impetu.
tum sibi timentes qui ferae pepercerant
damnum haut recusant, tantum pro vita rogant.
at illa « Memini quis me saxo petierit,
quis panem dederit: vos timere absistite:
illis revertor hostis qui me laeserant ».

46

AESOPUS ET RUSTICUS

Usu peritus hariolo veracior
vulgo perhibetur; causa sed non dicitur,

45

LA PANTERA

L'umiliato si vendica, di solito.

Una pantera un giorno per errore
cadde nel trabocchetto, e i contadini
accorsero, vedendola, con sassi
e bastoni a picchiare e lapidare.
Qualcuno invece ne sentì pietà
perché era già una bestia condannata
anche senza ferirla; e gettò un pane
perché si sostentasse. Venne notte.
Tornarono tranquilli a casa, certi
di ritrovarla morta all'indomani.
Ma quella riacquistò le proprie forze,
si liberò d'un balzo dalla fossa,
rapida corse nella propria tana.
E dopo pochi giorni ripiombò,
scannò il bestiame, massacrò i pastori,
distrusse, imperversò con ira e odio.
Quelli che erano stati più pietosi
pregarono soltanto per la vita,
non per i beni; e la pantera disse:
« Io mi ricordo chi mi lapidava
e chi mi diede il pane. Non temete
voi: io torno nemico a chi mi offese ».

46

L'ONESTA NATURA

L'esperienza del mondo fa indovini
meglio degl'indovini, s'usa dire,

notescet quae nunc primum fabella mea.

Habenti cuidam pecora pepererunt oves
agnos humano capite. monstro territus
ad consulendos currit maerens hariolos.
hic pertinere ad domini respondet caput,
et avertendum victima periculum.
ille autem adfirmat coniugem esse adulteram
et insitivos significari liberos,
sed expiari posse maiore hostia.
quid multa? variis dissident sententiis,
hominisque curam cura maiore adgravant.
Aesopus ibi stans, naris emunctae senex,
Natura numquam verba cui potuit dare,
«Si procurare vis ostentum, rustice,
uxores» inquit «da tuis pastoribus».

47

LANIUS ET SIMIUS

Pendere ad lanium quidam vidit simium
inter relicuas merces atque opsonia;
quaesivit, quidnam saperet? tum lanius iocans
«Quale» inquit «caput est, talis praestatur sapor.»
Ridicule magis hoc dictum quam vere aestimo;
quando et formosos saepe inveni pessimos,
et turpi facie multos cognovi optimos.

ma non perché; io lo dirò per primo.

Nacquero ad un allevatore pecore
dal capo umano, orribile prodigio:
tutto sgomento corre a consultare
gli indovini. Uno disse che era in gioco
la testa del padrone e s'imponeva,
a deprecare il rischio, un sacrificio.
Un altro accertò invece l'adulterio,
era il segno che i figli erano d'altri,
però era dato, con maggiori vittime,
disse, placare l'ira degli Dei.
Insomma, la risposta fu così
complessa che l'angoscia raddoppiò.
C'era lì Esopo, il vecchio, fiuto fino,
cui la natura non la dava a bere:
«Paesano» disse «se vuoi scongiurare
i prodigi, dà moglie ai tuoi pastori».

47

BELLEZZA E BONTÀ

Dal macellaio, tra le altre merci
e carni, penzolava anche una scimmia.
Domandò un tale se era carne buona.
«Buona come la faccia, tale e quale»
rispose allegramente il macellaio.
Buona battuta senza verità:
spesso ho trovato i belli assai maligni
e ho conosciuto molti brutti e buoni.

48

AESOPUS ET PETULANS

Successus ad perniciem multos devocat.

Aesopo quidam petulans lapidem impegerat.
«Tanto» inquit «melior!» assem deinde illi dedit,
sic prosecutus: «Plus non habeo mehercules,
sed unde accipere possis, monstrabo tibi.
venit ecce dives et potens; huic similiter
inpinge lapidem, et dignum accipies praemium.»
persuasus ille fecit quod monitus fuit:
sed spes fefellit impudentem audaciam:
comprensus namque poenas persolvit cruce.

49

MUSCA ET MULA

Musca in temone sedit et mulam increpans
«Quam tarda es!» inquit «non vis citius progredi?
vide ne dolone collum conpungam tibi.»
respondit illa «Verbis non moveor tuis;
sed istum timeo, sella qui prima sedens
iugum flagello temperat lento meum,
et lora frenis continet spumantibus.
quapropter aufer frivolam insolentiam:
nam ubi sit strigandum aut ultro currendum scio».
Hac derideri fabula merito potest
qui sine virtute vanas exercet minas.

48

IL PRIMO COLPO

Il primo colpo ha rovinato molti.

Un teppista lanciò una pietra a Esopo
il quale disse solo: «Molto bene»,
e gli diede la mancia. Commentò:
«Non ho di più, per Ercole, ma voglio
mostrarti come fare per trovarne.
Lo vedi quel riccone? Tira a lui
come hai fatto con me, ti sborserà
la grana che ti spetta». Persuaso,
quello attuò il consiglio ricevuto.
La speranza ingannò l'audacia indegna:
fu acciuffato e punito con la croce.

49

MOSCHE COCCHIERE

Una mosca posata sul timone
del carro redarguì così la mula:
«Quanto sei lenta! Vuoi andare avanti
più svelta? O vuoi che ti trafigga il collo?»
«Mica mi muovo per le tue parole»
le rispose la mula «ma ho paura
di quello là, che seduto a cassetta
con l'agile sua sferza batte il tempo
e regge il freno madido di schiuma.
Metti da parte una superbia futile,
lo so io quando correre o non correre».
Questo apologo ride di coloro
che minacciano a vuoto, senza forza.

50

LUPUS AD CANEM

Quam dulcis sit libertas breviter proloquar.

Cani perpasto macie confectus lupus
forte occucurrit; dein, salutati invicem
ut restiterunt, «Unde sic, quaeso, nites?
aut quo cibo fecisti tantum corporis,
ego, qui sum longe fortior, pereo fame?»
canis simpliciter «Eadem est condicio tibi,
praestare domino si par officium potes».
«Quod?» inquit ille. «Custos ut sis liminis,
a furibus tuearis et noctu domum.
adfertur ultro panis; de mensa sua 21
dat ossa dominus; frusta iactant familia, 22
et quod fastidit quisque pulmentarium.
sic sine labore venter impletur meus». 24
«Ego vero sum paratus: nunc patior nives 11
imbresque in silvis asperam vitam trahens.
quanto est facilius mihi sub tecto vivere,
et otiosum largo satiari cibo!»
«Veni ergo mecum.» dum procedunt, aspicit
lupus a catena collum detritum cani.
«Unde hoc, amice?» «Nil est.» «Dic, sodes, tamen.»
«Quia videor acer, alligant me interdiu,
luce ut quiescam, et vigilem nox cum venerit:
crepusculo solutus qua visum est vagor.

50

CANI E LUPI

Come la libertà è dolce, dirò in breve.

Un lupo consumato dalla fame
s'incontrò con un cane ben pasciuto:
si fermarono e si fecero gran feste.
« Ma dimmi un po', che bella pelle ci hai:
che mangi? ti sei fatto così grosso,
e io che ho più forza, muoio dalla fame ».
E il cane, franco: « Ma per te ci sono
le stesse condizioni, se sei pronto
allo stesso servizio col padrone ».
« E quale mai? » dice. « Il guardiaportone:
di notte poi lo difendi dai ladri.
Il pane te lo buttano, il signore
t'allunga gli ossi della stessa tavola,
la servitù ti lancia dei bocconi
e quando sono sazi anche la carne.
Non si fatica ed ho la pancia piena. »
« Eccomi pronto. Faccio una vitaccia
nel bosco, con la neve e con la pioggia.
Molto più facile vivere al coperto
saziarsi bene e riposarsi sempre. »
« Vieni con me. » E vanno. Camminando,
il lupo getta l'occhio al guidalesco
della catena al collo del compagno.
« Come s'è fatto, questo? » « È niente, niente. »
« Dimmelo, va'. » « Ma sai, sembro cattivo,
e perciò qualche volta mi si lega,
perché durante il giorno mi riposi
e il sonno quando è notte non mi colga.
Ma al tramonto mi slegano e passeggio

«Age, abire si quo est animus, est licentia?»
«Non plane est» inquit. «Fruere quae laudas, canis;
regnare nolo, liber ut non sim mihi.»

51

SOROR AD FRATREM

Praecepto monitus saepe te considera.

Habebat quidam filiam turpissimam,
idemque insignem pulchra facie filium.
hi speculum, in cathedra matris ut positum fuit,
pueriliter ludentes forte inspexerunt.
hic se formosum iactat; illa irascitur,
nec gloriantis sustinet fratris iocos,
accipiens (quid enim?) cuncta in contumeliam.
ergo ad patrem decurrit laesura invicem,
magnaque invidia criminatur filium,
vir natus quod rem feminarum tetigerit.
amplexus ille utrumque et carpens oscula
dulcemque in ambos caritatem partiens,
«Cotidie» inquit «speculo vos uti volo,
tu formam ne corrumpas nequitiae malis,
tu faciem ut istam moribus vincas bonis».

dove mi pare e piace.» «Ah, ma dimmi:
se uno ha voglia d'andarsene, si può?»
«Eh, questo no.» Allora il lupo: «Godi
quello che apprezzi, cane: io non voglio
essere re, per non essere libero».

51

LA BELLEZZA

Dopo questa lezione, spesso, ossèrvati.

Uno aveva una figlia molto brutta
e un figlio di bellezza singolare.
Giocando un giorno i due fanciulli, accadde
che in uno specchio, appena l'appoggiarono
sulla grande poltrona della madre,
ci guardarono. Lui si vanta bello.
S'adonta lei e non accetta scherzi
da quel fratello troppo vittorioso,
e prende tutto, è ovvio, in mala parte.
E corre da suo padre, a vendicarsi,
ad accusare, piena di malanimo,
che lui era uomo eppure aveva avuto
quello che era un diritto delle donne.
Il padre abbracciò entrambi, volle un bacio,
e poi spartì l'affetto e la parola:
«Voglio che vi specchiate tutti i giorni,
tu, perché il male non ti offuschi il volto,
tu perché il bene te lo faccia bello.»

52

SOCRATES AD AMICOS

Vulgare amici nomen sed rara est fides.

Cum parvas aedes sibi fundasset Socrates,
(cuius non fugio mortem si famam adsequar,
et cedo invidiae dummodo absolvar cinis)
ex populo sic nescioquis ut fieri solet:
«Quaeso tam angustam, talis vir, ponis domum?»
«Utinam» inquit «veris hanc amicis impleam!»

53

POETA DE CREDERE ET NON CREDERE

Periculosum est credere et non credere.
utriusque exemplum breviter adponam rei.
Hippolytus obiit, quia novercae creditum est;
Cassandrae quia non creditum, ruit Ilium. 4
sed, fabulosam ne vetustatem eleves, 7
narrabo tibi, memoria quod factum est mea.

Maritus quidam cum diligeret coniugem,
togamque puram iam pararet filio,
seductus in secretum a liberto est suo,
sperante heredem suffici se proximum.
qui, cum de puero multa mentitus foret
et plura de flagitiis castae mulieris,
adiecit, id quod sentiebat maxime

52
SOCRATE

Amico: una parola d'ogni giorno,
ma l'amico fedele è cosa rara.

Cominciò a farsi una casetta Socrate
— vorrei la morte sua, con la sua fama,
l'odio accetto, se l'urna ne è affrancata —
un tale dice quello che si dice:
« Ma scusa, un uomo come te, si fa
una casa così piccola? ». E lui:
« L'avessi piena mai di amici veri! »

53
SULLA VERA GIUSTIZIA

Credere è un rischio, e non credere pure.
Per l'una e l'altra tesi accennerò
a qualche esempio classico, un Ippolito
che fu perduto perché si credette
a una matrigna, o Troia rasa al suolo
perché a Cassandra non si prestò fede —
ma a parte i miti dell'antico mondo
ricordo io stesso un caso che ti dico.

Un marito, che amava la sua sposa
e aveva un figlio prossimo alla toga,
fu chiamato in disparte da un liberto,
che si sentiva già di ereditare.
Dice infinite menzogne, sul figlio,
su non so quante colpe della sposa,
e infine, ciò che più ferisse, aggiunse

doliturum amanti, ventitare adulterum
stuproque turpi pollui famam domus.
incensus ille falso uxoris crimine
simulavit iter ad villam, clamque in oppido
subsedit: deinde noctu subito ianuam
intravit, recta cubiculum, infelix, petens,
in quo dormire mater natum iusserat,
aetatem adultam servans diligentius.
dum quaerunt lumen, dum concursant familia,
irae furentis impetum non sustinens
ad lectum vadit, temptat in tenebris caput.
ut sentit tonsum, gladio pectus transigit,
nihil respiciens dum dolorem vindicet.
lucerna adlata, simul adspexit filium
sanctamque uxorem dormientem (illum prope),
sopita primo quae nil somno senserat,
repraesentavit in se poenam facinoris,
et ferro incubuit quod credulitas strinxerat.
accusatores postularunt mulierem,
Romamque pertraxerunt ad centumviros.
maligna insontem deprimit suspicio,
quod bona possideat. stant patroni, fortiter
causam tuentes innocentis feminae.
a divo Augusto tum petiere iudices
ut adiuvaret iurisiurandi fidem,
quando ipsos error implicuisset criminis.
qui postquam tenebras dispulit calumniae,
certumque fontem veritatis repperit,

che un amante veniva, molte volte,
che era la vergogna della casa.
Lui non ci vide più. Simulò un viaggio
in villa e si nascose nel paese;
e poi di notte inaspettatamente
aprì il portone e corse difilato
alla stanza da letto, l'infelice,
dove la madre aveva detto al figlio
di dormire, per controllare meglio
quella non più infantile adolescenza.
Mentre la servitù, accorsa subito,
era affannata nel cercare un lume,
l'uomo non dominando il suo furore
s'accostò al letto tastoni e toccò
una testa, nel buio, di ragazzo:
con la sua spada gli trafisse il petto,
accecato d'angoscia e di vendetta.
Portato il lume, scorse il figlio suo
con la sua buona moglie che dormiva
il primo sonno e non sentiva nulla.
Gli balenò la pena del delitto
e sulla spada si buttò, impugnata
dalla credulità. Dopo, l'accusa
incriminò la donna e trascinò
tutta Roma al cospetto dei centúmviri.
C'era un sospetto pesante e maligno
sull'innocente, che essa era l'erede.
Ma la difesa della donna, in mano
a legali di polso, fu superba.
La giuria s'appellò al divino Augusto
perché facesse luce di giustizia
su quel delitto che li confondeva;
e fece luce, dissipò gli equivoci,
mostrò la fonte della verità.

« Luat » inquit « poenas causa libertus mali.
namque orbam nato simul et privatam viro
miserandam potius quam damnandam existimo.
quodsi delata perscrutatus crimina
paterfamilias esset, si mendacium
subtiliter limasset, a radicibus
non evertisset scelere funesto domum. »

ergo exploranda est veritas multum prius
quam stulta prave iudicet sententia.
Nil spernat auris, nec tamen credat statim,
quandoquidem et illi peccant quos minime putes,
et qui non peccant inpugnantur fraudibus.
Hoc admonere simplices etiam potest,
opinione alterius ne quid ponderent.
ambitio namque dissidens mortalium
aut gratiae subscribit aut odio suo.
erit ille notus, quem per te cognoveris.

Haec exsecutus sum propterea pluribus,
brevitate nimia quoniam quosdam offendimus.

54

EUNUCHUS AD IMPROBUM

Eunuchus litigabat cum quodam improbo,
qui super obscaena dicta et petulans iurgium
damnum insectatus est amissi corporis.
« En », ait « hoc unum est cur laborem validius,
integritatis testes quia desunt meae.
sed quid Fortunae, stulte, delictum arguis?
id demum est homini turpe quod meruit pati ».

« Sia punito il colpevole, il liberto:
la donna che ha perduto figlio e sposo
non merita condanna, ma pietà.
Se il padre della casa avesse visto,
vagliato, esaminato, non l'avrebbe
distrutta col suo orribile delitto ».

Così è. La verità venga indagata
per non dare giudizi errati e stolti.
Tutto s'ascolti, ci si fidi tardi:
può aver sbagliato chi mai penseresti,
può la frode accusare chi non sbaglia.
È un buon consiglio anche per gli onesti:
non riflettere con la testa d'altri.
Il raggiro divide. O cerca appoggio
o sfoga l'odio. Lo conoscerai
un giorno l'uomo, lo saprai da te!

(Mi sono dilungato, per il fatto
che la mia « brevità » spiace a qualcuno).

54

LA RISPOSTA DELL'EUNUCO

Un eunuco e un teppista erano in lite.
Questo tra mille ingiurie e oscenità
gli rinfacciò la sua disgrazia fisica.
« Sì » disse l'altro « e questa è la mia pena,
che nessuno può dire: è un uomo vero.
Stolto, accusi una colpa della sorte.
Disonora una pena meritata. »

55

PULLUS AD MARGARITAM

In sterculino pullus gallinacius
dum quaerit escam, margaritam repperit.
« Iaces indigno quanta res » inquit « loco!
hoc si quis pretii cupidus vidisset tui,
olim redisses ad splendorem pristinum.
ego quod te inveni, potior cui multo est cibus,
nec tibi prodesse nec mihi quidquam potest. »

Hoc illis narro qui me non intellegunt.

56

APES ET FUCI VESPA IUDICE

Apes in alta fecerant quercu favos.
hos fuci inertes esse dicebant suos.
lis ad forum deducta est, vespa iudice;
quae, genus utrumque nosset cum pulcherrime,
legem duabus hanc proposuit partibus:
« Non inconveniens corpus et par est colos,
in dubium plane res ut merito venerit.
sed, ne religio peccet inprudens mea,
alvos accipite et ceris opus infundite,
ut ex sapore mellis et forma favi,
de quis nunc agitur, auctor horum appareat ».
fuci recusant: apibus condicio placet.

55

PERLE E LETAMAI

C'era un galletto che cercava cibo
nel letamaio, e ci trovò una perla.
«O raro oggetto, come ti buttarono
in un luogo che non ti meritava!
Se ti trovava un uomo interessato
t'avrebbe riportato al tuo splendore.
Ma t'ho trovato io. A me è importante
il cibo, a me non servi proprio niente,
come io non servo proprio niente a te.»

Indirizzata a chi non mi capisce.

56

A PROPOSITO DI QUEI FAVI

Le api fecero i favi, sulla quercia,
e i fuchi, i buoni a nulla, si dicevano
proprietari dei favi. Si finì
in tribunale. Il giudice, una vespa,
che conosceva bene queste e quelli,
avanzò una proposta alle due parti:
«La taglia è affine, l'apparenza uguale:
è legittimo il dubbio intorno al fatto.
Ma sono scrupolosa, e non vorrei
mai peccare di poca avvedutezza:
preparate le celle con la cera;
che dal gusto del miele e dalla buona
forma del favo l'evidenza mostri
chi operò quelli di cui è questione».
«No» dei fuchi, consenso delle api.

tunc illa talem rettulit sententiam:
«Apertum est quis non possit et quis fecerit.
quapropter apibus fructum restituo suum».

Hanc praeterissem fabulam silentio,
si pactam fuci non recusassent fidem.

57

DE LUSU ET SEVERITATE

Puerorum in turba quidam ludentem Atticus
Aesopum nucibus cum vidisset, restitit,
et quasi delirum risit. quod sensit simul
derisor potius quam deridendus senex,
arcum retensum posuit in media via:
«Heus», inquit «sapiens, expedi quid fecerim».
concurrit populus. ille se torquet diu,
nec quaestionis positae causam intellegit;
novissime succumbit. tum victor sophus:
«Cito rumpes arcum, semper si tensum habueris;
at, si laxaris, cum voles erit utilis».
Sic lusus animo debent aliquando dari,
ad cogitandum melior ut redeat tibi.

58

CANIS AD AGNUM

Inter capellas agno balanti canis
«Stulte» inquit «erras; non est hic mater tua»

Solo allora fu data la sentenza:
«Chi non sa fare i favi e chi li ha fatti
si vede, e alle api rendo il loro frutto».

Questo apologo io l'avrei taciuto
se i fuchi avessero osservato i patti.

57

L'ARCO E L'ANIMA

Un cittadino ateniese, al vedere
Esopo in una frotta di ragazzi
giocare a noci, si fermò di botto
e rise come se vedesse un folle.
Più maestro che vittima del riso
intese il vecchio, e piazzò sulla via
un arco con il nervo rallentato:
«Orsù, o sapiente, interpreta il mio gesto»,
disse. Si fece gente. Quello pensa,
suda, ma non fa luce sull'enigma,
finché s'arrende. E il saggio vittorioso:
«L'arco si spezza se sta sempre teso,
se lo rallenti è pronto al tuo volere».
Così l'anima deve anche giocare
per essere più valida al pensiero.

58

LA MADRE

Un agnello belava tra le capre
e il cane fece: «Ehi, sei fuori strada,
stupido! lì tua madre non la trovi!»

ovesque segregatas ostendit procul.
«Non illam quaero quae, cum libitum est, concipit,
dein portat onus ignotum certis mensibus,
novissime prolapsam effundit sarcinam;
verum illam quae me nutrit admoto ubere,
fraudatque natos lacte ne desit mihi.»
«Tamen illa est potior quae te peperit.» «Non ita.
beneficium sane magnum natali dedit,
ut expectarem lanium in horas singulas!
unde illa scivit niger an albus nascerer?
age porro, parere si voluisset feminam,
quid profecisset cum crearer masculus?
cuius potestas nulla in gignendo fuit,
cur hac sit potior quae iacentis miserita est,
dulcemque sponte praestat benevolentiam?
Facit parentes bonitas, non necessitas.»
His demonstrare voluit auctor versibus
obsistere homines legibus, meritis capi.

59

CICADA ET NOCTUA

Humanitati qui se non accommodat,
plerumque poenas oppetit superbiae.

Cicada acerbum noctuae convicium
faciebat, solitae victum in tenebris quaerere
cavoque ramo capere somnum interdiu.

e gli indicò il gruppo delle pecore.
« Non cerco quella che ti concepisce
quando ne ha voglia poi porta la soma
ignorata per un periodo fisso
e alla fine lo scarica per terra!
Ma quella che mi nutre del suo latte,
che ruba ai figli perché a me non manchi. »
« Be', ma più conta chi ti ha messo al mondo. »
« Ah no, no! quella mi ha fatto nascere
perché aspettassi ogni ora il macellaio
e tutto il bene che mi ha fatto è questo.
Sapeva se nascevo bianco o nero?
e se mi avesse preferito femmina
che me ne importa, se mi ha fatto maschio?
Conterà più di chi sentì pietà
per un abbandonato e lo raccolse
e gli dà, senza obblighi, il suo affetto?
Non la necessità, ma la bontà
fa padri e madri. » Qui l'autore dice
come l'uomo resista ad ogni legge:
il merito conquista.

59

CICALE

Chi non s'adatta ad essere cortese
paga in genere cara la superbia.

Per la civetta, bestia abituata
a procurarsi il cibo nottetempo
e appisolarsi in qualche buco d'albero,
era una vera pena lo schiamazzo

rogata est ut taceret. multo validius
clamare occepit. rursus admota prece
accensa magis est. noctua, ut vidit sibi
nullum esse auxilium et verba contemni sua,
hac est adgressa garrulam fallacia:
«Dormire quia me non sinunt cantus tui,
sonare citharam quos putes Apollinis,
potarest animus nectar, quod Pallas mihi
nuper donavit: si non fastidis, veni;
una bibamus». illa, quae arebat siti,
simul gaudebat vocem laudari suam,
cupide advolavit. noctua, obsesso cavo,
trepidantem consectata est et leto dedit.
sic, viva quod negarat, tribuit mortua.

60

ARBORES IN DEORUM TUTELA

Olim, quas vellent esse in tutela sua,
divi legerunt arbores. quercus Iovi,
at myrtus Veneri placuit, Phoebo laurea,
pinus Cybebae, populus celsa Herculi.
Minerva admirans quare sterilis sumerent
interrogavit. causam dixit Iuppiter:
«Honorem fructu ne videamur vendere.»
«At mehercules narrabit quod quis voluerit,
oliva nobis propter fructum est gratior.»
tum sic deorum genitor atque hominum sator:

della cicala. Pregò che tacesse,
ma si diede a strillare anche più forte;
pregata ancora, si scaldò di più;
niente da fare, vano ogni discorso.
Ma attaccò la ciarlona con l'inganno:
«No, non permette il sonno il tuo cantare,
come Apollo suonasse la sua lira:
ecco il momento di gustare nettare,
quello che or ora Pallade mi ha dato.
Vieni se non ti duole. Ne berremo
insieme tu e io». Aveva sete
quella. E che gusto essere lodate
per la voce! Volò presso vogliosa.
La bloccò la civetta nella tana,
l'inseguì atterrita e svolazzante
e l'ammazzò. Finalmente così
ciò che non fece viva fece morta.

60

IL FRUTTO DELLE COSE

Gli Dei un tempo scelsero le piante
destinate alla loro protezione.
Piacque a Giove la quercia. Poi a Venere
il mirto, a Febo il lauro, ed a Cibele
il pino, e l'arduo pioppo ad Ercole.
Minerva domandò meravigliata
perché avevano eletto piante sterili.
Giove spiegò: «Perché nessuno pensi
che comprino col frutto questo onore».
«Dicano ciò che vogliono, per Ercole!
a me l'olivo è grato per il frutto.»
Allora il Padre degli Dei e il seme

« O nata, merito sapiens dicere omnibus.
nisi utile est quod facimus, stulta est gloria. »

Nihil agere quod non prosit fabella admonet.

61

PAVO AD IUNONEM DE VOCE SUA

Pavo ad Iunonem venit, indigne ferens,
cantus luscinii quod sibi non tribuerit:
illum esse cunctis auribus mirabilem;
se derideri, simul ac vocem miserit.
tunc consolandi gratia dixit dea
« Sed forma vincis, vincis magnitudine;
nitor smaragdi collo praefulget tuo,
pictisque plumis gemmeam caudam explicas ».
« Quo mi » inquit « mutam speciem si vincor sono? »
« Fatorum arbitrio partes sunt vobis datae;
tibi forma, vires aquilae, luscinio melos,
augurium corvo, laeva cornici omina,
omnesque propriis sunt contentae dotibus
noli adfectare quod tibi non est datum,
delusa ne spes ad querellam reccidat. »

primo dell'uomo disse: «Con ragione,
figlia mia, tutti ti diranno saggia.
Senza frutto non c'è che sciocca gloria».

Non fare mai ciò che non dona niente!

61

CIÒ CHE SI È

Venne il pavone da Giunone, offeso
perché lui non aveva avuto il dono
del canto, come invece l'usignolo,
che se cantava tutti l'ammiravano:
lui se apriva la bocca lo irridevano.
La Dea per consolarlo gli diceva:
«Ma tu sei più avvenente, sei più grande,
il tuo collo ha una luce di smeraldo,
piume multicolori nella coda
se l'apri, s'incastonano di gemme».
«Ma la bellezza è muta: che mi serve
se basta un suono a vincermi?» diceva.
«Il destino ad ognuno dà il suo ruolo.
Tu hai la bellezza, l'aquila la forza,
dell'usignolo è la melodia,
il corvo ha il dono della profezia,
la cornacchia conosce i tristi indizi,
e ogni animale è pago del suo dono.
Non aspirare a quello che non hai,
ne saresti deluso ed infelice.»

62

AESOPUS RESPONDET GARRULO

Aesopus domino solus cum esset familia,
parare cenam iussus est maturius.
ignem ergo quaerens aliquot lustravit domus;
tandemque invenit ubi lucernam accenderet.
tum circum eunti fuerat quod iter longius
effecit brevius: namque recta per forum
coepit redire. at quidam ex turba garrulus:
«Aesope, medio sole quid tu lumine?»
«Hominem» inquit «quaero», et abiit festinans domum.
Hoc si molestus ille ad animum rettulit,
sensit profecto se hominem non visum seni,
intempestive qui occupato adluserit.

63

PROMETHEUS

a fictione veretri linguam mulieris.
adfinitatem traxit inde obscaenitas.

64

IDEM

Rogavit alter, tribadas et molles mares
quae ratio procreasset? exposuit senex.
«Idem Prometheus, auctor vulgi fictilis
qui, simul offendit ad fortunam, frangitur,

62

RISPETTARE IL SILENZIO

Esopo, il solo schiavo della casa,
un giorno ebbe dal padrone l'ordine
di preparare cena di buonora.
Passò da varie case per il fuoco
finché trovò da accendere il suo lume.
Siccome s'era dilungato, abbrevia
il cammino tagliando per la piazza.
Tra tanta gente, un chiacchierone dice:
« Esopo, porti il lume in pieno giorno? »
« Cerco un essere umano », e tornò svelto.
Se l'altro ci pensò su, avrà capito
che il vecchio non lo giudicava uomo
perché aveva scherzato fuori luogo
con uno tutto intento ai fatti suoi.

63

LE ORIGINI I

...
forgiando il membro, lingua femminile.
L'oscenità ne trasse affinità.

64

LE ORIGINI II

Un altro invece domandò l'origine
degli omosessuali e delle lesbiche.
Raccontò il vecchio: « Fu Promèteo ancora,
colui che fece il popolo d'argilla
che all'urto della sorte va in frantumi...

naturae partes veste quas celat pudor
cum separatim toto finxisset die,
aptare mox ut posset corporibus suis,
ad cenam est invitatus subito a Libero.
ubi inrigatus multo venas nectare
sero domum est reversus titubanti pede.
tum semisomno corde et errore ebrio
adplicuit virginale generi masculo,
et masculina membra adposuit feminis.
ita nunc libido pravo fruitur gaudio.»

65

DE CAPR[E]IS BARBATIS

Barbam capellae cum impetrassent ab Iove,
hirci merentes indignari coeperunt,
quod dignitatem feminae aequassent suam.
«Sinite» inquit «illas gloria vana frui
et usurpare vestri ornatum muneris,
pares dum non sint vestrae fortitudini.»

Hoc argumentum monet ut sustineas tibi
habitu esse similes qui sunt virtute impares.

66

DE FORTUNIS HOMINUM

Cum de fortunis quidam quereretur suis,
Aesopus finxit consolandi hoc gratia.

Lui forgiò prima quelle parti appunto
che portiamo nascoste per pudore
(lavorandoci apposta tutto un giorno)
per applicarle ai corpi agevolmente;
ma venne Bacco ad invitarlo a cena
sul più bello. Ne bevvero di nettare,
e ritornando vacillava assai.
Così velato d'ebrietà e di sonno
adattò all'uomo il sesso verginale
e alla donna applicò quello dell'uomo.
E il piacere d'amore, cambia strada.

65

L'ABITO E I MONACI

Quando le capre ottennero da Giove
la barba, fu uno sdegno per i becchi
possessori legittimi: le donne
salivano a una pari dignità.
Egli disse: « Lasciate che si godano
una lustra, lasciate anche che usurpino
il simbolo d'un privilegio vostro:
purché non siano pari alla fortezza vostra ».

Che vesta come te chi non ti vale
accettalo; è il consiglio dell'apologo.

66

LA NAVE

Uno si lamentava della sorte.
Esopo poetò per consolarlo.

«Vexata saevis navis tempestatibus
inter vectorum lacrimas et mortis metum,
faciem ad serenam ut subito mutatur dies,
ferri secundis tuta coepit flatibus
nimiaque nautas hilaritate extollere.
factus periclo sic gubernator sophus
«Parce gaudere oportet et sensim queri,
totam quia vitam miscet dolor et gaudium.»

67

CANES LEGATOS MISERUNT AD IOVEM

Canes legatos olim misere ad Iovem,
meliora vitae tempora oratum suae,
ut sese eriperet hominum contumeliis,
furfuribus sibi consparsum quod panem darent,
fimoque turpi maxime explerent famem.
profecti sunt legati non celeri pede;
dum naribus scrutantur escam in stercore,
citati non respondent. vix tandem invenit
eos Mercurius et turbatos adtrahit.
tum vero, vultum magni ut viderunt Iovis,
totam timentes concacarunt regiam.
propulsi vero fustibus vadunt foras.
vetat dimitti magnus illos Iuppiter;
. . . .
mirari sibi legatos non revertier;

«C'era una nave in mezzo alla tempesta,
nel pianto e nel terrore della morte.
Ma d'improvviso il cielo si mutò
e tranquilla si fece la sua faccia:
la nave andò sicura al vento buono,
i marinai volavano di gioia.
Ma il timoniere, che la fortunosa
vita fece filosofo, si disse:
sii parco nella gioia e lento al pianto.
Gioia e dolore dosano la vita.»

67

DE CANIBUS

I cani un giorno mandarono a Giove
ambasciatori, perché ne impetrassero
tempi migliori, e la liberazione
dalle ingiurie degli uomini, che davano
pane ammuffito, e loro si sfamavano
soprattutto di fango e di brutture.
Partirono svogliati i messaggeri;
così frugando cibo nel letame
sfuggì loro l'appello e non risposero,
e a stento, dopo tempo, li scovò
Mercurio, confusissimi, e li spinse
al cospetto di Giove, e qui il timore
ispirò loro una dissenteria
che per tutta la reggia si diffuse,
e furono scacciati a bastonate.
Il gran Giove vietò di licenziarli
(...)
Gli altri, laggiù, stupivano del fatto

turpe aestimantes aliquid commissum a suis,
post aliquod tempus alios adscribi iubent.
rumor cacatus superiores prodidit:
timentes rursus aliquid ne simile accidat,
odore canibus anum, sed multo, replent.
mandata dant; legati mittuntur; statim
adeunt; rogantes aditum continuo impetrant.
consedit genitor tum deorum maximus
quassatque fulmen: tremere coepere omnia.
canes confusi, subitus quod fuerat fragor,
repente, odore mixto cum merdis, cacant.
reclamant omnes vindicandam iniuriam.
sic est locutus ante poenam Iuppiter:
«Non est legatos regis non dimittere,
nec est difficile poenas culpae imponere.
sed hoc feretis pro iudicio praemium:
non veto dimitti, verum cruciari fame,
ne ventrem continere non possint suum.
illi autem qui miserunt vos tam futtiles
numquam carebunt hominum contumelia».
ita nunc legatos expectantes posteri,
novum ut venire quis videt culum olfacit.

68

SERPENS MISERICORDI NOCIVA

Qui fert malis auxilium, post tempus dolet.

Gelu rigentem quidam colubram sustulit

che i loro ambasciatori non tornassero,
e sospettando qualche grosso sbaglio
prepararono un'altra legazione.
Saputo l'incidente della cacca
fu una nuova paura, e ad evitare
una cosa del genere, otturarono
di profumi il sedere, in abbondanza,
li istruiscono, vanno. Eccoli già.
Chiedono udienza e subito l'ottengono.
Il padre degli Dei si asside in trono,
balenando, ed il mondo ne tremò.
I cani, già smarriti, come a un tratto
tuonò, senza poterlo prevedere
espulsero ad un tempo feci e aromi.
Si reclamò la giusta punizione.
Giove la diede e prima così disse:
«Non è da re arrestare ambasciatori,
e qui la giusta pena sarà facile.
Vi dò un compenso, meglio che un giudizio.
Non vi nego il congedo e non la fame,
la fame che tortura ma permette
di controllare almeno il proprio ventre.
Chi vi mandò così poco inibiti
avrà sempre il disprezzo della gente».
I posteri, che attendono i legati,
vanno, ogni culo nuovo, ad annusarlo.

68

L'OGGETTO DELLA PIETÀ

Chi aiuta i tristi dopo se ne pente.

Uno raccolse un serpe intirizzito

sinuque fovit, contra se ipse misericors;
namque, ut refecta est, necuit hominem protinus.
hanc alia cum rogaret causam facinoris,
respondit «Ne quis discat prodesse improbis».

69

VULPIS ET DRACO

Vulpes, cubile fodiens dum terram eruit
agitque pluris altius cuniculos,
pervenit ad draconis speluncam ultimam,
custodiebat qui thensauros abditos.
hunc simul adspexit «Oro ut inprudentiae
des primum veniam; deinde, si pulchre vides
quam non conveniens aurum sit vitae meae,
respondeas clementer: quem fructum capis
hoc ex labore, quodve tantum est praemium,
ut careas somno et aevum in tenebris exigas?»
«Nullum;» inquit ille «verum hoc ab summo mihi
Iove adtributum est». «Ergo nec sumis tibi
nec ulli donas quidquam?» «Sic Fatis placet.»
«Nolo irascaris, libere si dixero:
dis est iratis natus qui est similis tibi.»

Abiturus illuc quo priores abierunt,
quid mente caeca miserum torques spiritum?
tibi dico, avare, gaudium heredis tui,
qui ture superos, ipsum te fraudas cibo,
qui tristis audis musicum citharae sonum,

dal gelo, lo scaldò nella sua veste,
per sua pietà nemico di se stesso:
il serpe si riprese e l'ammazzò.
Un altro ne chiedeva la ragione:
« Perché nessuno impari » gli rispose
« a far del bene ad esseri malvagi ».

69

L'AVARO

La volpe scava, scava la sua casa
ma fa le gallerie troppo profonde:
giunge in fondo alla grotta del dragone
custode di tesori senza luce.
Come lo scorge: « Oh prima di tutto
perdona, prego, non immaginavo.
Ma poi rispondi con la tua bontà
(l'oro non fa per me, lo vedi bene)
che frutto trai da questa tua fatica?
E quale grande ricompensa avrai,
che mai non dormi in questa eterna tenebra? »
« Nessuna » disse, « questa è la missione
che l'altissimo Giove m'affidò. »
« Nulla ricevi mai, non doni nulla? »
« È la Necessità. » « Se parlo schietto
non t'arrabbiare: chi somiglia a te
è nato sotto l'ira degli Dei. »

Andrai laggiù, dove si va da sempre,
cieco di mente, e ti torturi l'anima!
Parlo a te, avaro, gioia dell'erede!
rubi l'incenso al cielo e il pane a te:
per te la cetra suona di mortorio,

quem tibiarum macerat iucunditas,
obsoniorum pretia cui gemitum exprimunt,
qui, dum quadrantes aggeras patrimonio,
caelum fatigas sordido periurio,
qui circumcidis omnem inpensam funeris,
Libitina ne quid de tuo faciat lucri?

70

PHAEDRUS

Quid iudicare cogitur, Livor, modo?
licet dissimulet, pulchre tamen intellego.
quicquid putabit esse dignum memoria,
Aesopi dicet; si quid minus adriserit,
a me contendet fictum quovis pignore.
quem volo refelli iam nunc responso meo:
sive hoc ineptum sive laudandum est opus,
invenit ille, nostra perfecit manus.
sed exsequamur coepti propositum ordinem.

71

DE SIMONIDE

Homo doctus in se semper divitias habet.

Simonides, qui scripsit egregium melos,
quo paupertatem sustineret facilius,
circum ire coepit urbes Asiae nobiles,
mercede accepta laudem victorum canens.
hoc genere quaestus postquam locuples factus est,

la letizia dei flauti ti fa male,
il costo della roba ti fa piangere,
ogni soldo che aggiungi al patrimonio
stanchi il cielo di sconci giuramenti:
limi le spese del tuo funerale
perché non vuoi che ti sfrutti, la morte.

70

PRECISAZIONE

L'invidia a che giudizio ora è costretta?
Per quanto finga lo capisco bene.
Ciò che lei crede degno di restare
è d'Esopo; le parti non riuscite
si batterà con tutte le sue forze
per dimostrarle di creazione mia.
Così ribatto e così le rispondo:
questa mia arte, — stupida o bellissima —
lui la scoprì, io l'ho portata al termine.
Ma torniamo alla serie progettata.

71

RICCHEZZA E POVERTÀ DI SIMONIDE

Sempre il savio ha con sé la sua ricchezza.

Simonide che scrisse il canto raro,
perché fosse più dolce povertà
cominciò a visitare le famose
città dell'Asia per comporvi lodi
di vincitori, previo pagamento.
Con questa professione s'arricchì,

redire in patriam voluit cursu pelagio;
erat autem, ut aiunt, natus in Cia insula.
ascendit navem; quam tempestas horrida
simul et vetustas medio dissolvit mari,
hi zonas, illi res pretiosas colligunt,
subsidium vitae. quidam curiosior
«Simonide, tu ex opibus nil sumis tuis?»
«Mecum» inquit «mea sunt cuncta». tunc pauci enatant,
quia plures onere degravati perierunt.
praedones adsunt, rapiunt quod quisque extulit,
nudos relinquunt. forte Clazomenae prope
antiqua fuit urbs; quam petierunt naufragi.
hic litterarum quidam studio deditus,
Simonidis qui saepe versus legerat,
eratque absentis admirator maximus,
sermone ab ipso cognitum cupidissime
ad se recepit; veste, nummis, familia
hominem exornavit. ceteri tabulam suam
portant, rogantes victum. quos casu obvios
Simonides ut vidit, «Dixi» inquit «mea
mecum esse cuncta; vos quod rapuistis perit».

e pensò di tornarsene, via mare,
in patria, ch'era l'isola di Ceo,
dice la tradizione. S'imbarcò;
ma una tempesta orrenda e la vecchiaia
sfasciarono la nave in pieno mare.
S'arraffano cinture, borse, oggetti
di valore, i sostegni della vita;
un tale fa, sollecito: «Simonide,
tu, di quello che hai, non prendi niente?»
«Tutto ciò che posseggo è già con me»,
rispose. Pochi, a nuoto, si salvarono,
i più, fatti pesanti dagli averi,
perirono. Poi vennero i banditi
a rapinarli ed a lasciarli nudi.
C'era là presso una città, l'antica
Clazòmene, ed i naufraghi v'andarono;
qui abitava un uomo letterato
che aveva molto letto il suo Simonide,
e molto l'ammirava da lontano:
lo riconobbe solo al suo parlare
e fu avido a volerlo ospite suo;
per fargli onore lo fornì di vesti,
denaro, servitù. Intanto gli altri
mendicavano in giro con la loro
tavoletta dipinta. Li incontrò
Simonide per caso. «Già vi dissi
che tutto ciò che è mio era con me.
Ciò che voi arraffaste, è tutto morto.»

72

MONS PARTURIENS

Mons parturibat, gemitus inmanes ciens;
eratque in terris maxima exspectatio.
at ille murem peperit. Hoc scriptum est tibi,
qui, magna cum minaris, extricas nihil.

73

FORMICA ET MUSCA

Formica et musca contendebant acriter,
quae pluris esset. musca sic coepit prior:
«Conferre nostris tu potes te laudibus?
ubi immolatur, exta praegusto deum;
moror inter aras, templa perlustro omnia.
in capite regis sedeo, cum visum est mihi,
et matronarum casta delibo oscula;
laboro nil atque optimis rebus fruor.
quid horum simile tibi contingit, rustica?»
«Est gloriosus sane convictus deum,
sed illi qui invitatus, non qui invisus est.
aras frequentas? nempe abigeris quom venis.
reges commemoras et matronarum oscula?
super etiam iactas, tegere quod debet pudor.
ego grana in hiemem cum studiose congero,
te circa murum pasci video stercore.
nihil laboras? ideo, cum opus est, nil habes.
aestate me lacessis; cum bruma siles.
mori contractam cum te cogunt frigora,

72

LA MONTAGNA

E tutta la montagna si sgravava
gemendo alto: attesa sopra il mondo.
E partorì: il topo. (A te l'ho scritto,
tu che minacci grande e spremi il niente).

73

LE MOSCHE E LE FORMICHE DELLA SOCIETÀ

La formica e la mosca litigavano
per chi fosse da più. Attaccò questa:
« Puoi tu paragonarti alla mia gloria?
Indugio tra gli altari, faccio visita
ai templi degli Dei, senza eccezione,
nei sacrifici assaggio io, le viscere;
mi poso in capo ai re, quando mi piace,
delibo casti baci di signore;
io non fatico e vivo in agiatezza.
A te succede questo? Contadina. »
« Vivere tra gli Dei certo è una gloria,
ma quando si è invitati e non invisi.
Frequenti altari? già, perché ti cacciano
appena arrivi. I re, i nobili baci,
va', non vantarli, taci per pudore.
Quando ammucchio granaglie per l'inverno
con tanta cura, io ti vedo presso
le muraglie nutrirti di escrementi.
Non lavori, e difatti non hai nulla
quando t'occorre. D'estate mi provochi,
ma con l'inverno tu non parli più
perché il freddo ti fa minuta e crepi,

me copiosa recipit incolumem domus.
satis profecto rettudi superbiam. »

Fabella talis hominum discernit notas
eorum qui se falsis ornant laudibus,
et quorum virtus exhibet solidum decus.

74

POETA DE SIMONIDE A DIS SERVATO

Quantum valerent inter homines litterae,
dixi superius: quantus nunc illis honos
a superis sit tributus, tradam memoriae.

Simonides idem ille, de quo rettuli,
victori laudem cuidam pyctae ut scriberet,
certo condixit pretio. secretum petit;
exigua cum frenaret materia impetum,
usus poetae ut moris est licentia,
atque interposuit gemina Ledae sidera,
auctoritatem similis referens gloriae.
opus adprobavit; sed mercedis tertiam
accepit partem. cum reliquum posceret,
« Illi » inquit « reddent quorum sunt laudes duae.
verum, ut ne irate te dimissum sentiam,
ad cenam mihi promitte; cognatos volo
hodie invitare, quorum es in numero mihi. »
fraudatus quamvis et dolens iniuria,

e me una casa ben fornita accoglie
sana e salva. Insomma, questa volta
l'ho proprio messa a posto la tua spocchia».

Qui si profila chi si fa pavone
per meriti non veri e chi è stimato
ed onorato solo perché vale.

74

IL MIRACOLO DI SIMONIDE

Quanto prestigio avessero le lettere
in terra, già l'ho detto; da ora i posteri
sapranno quanto onore ebbero in cielo.

Quel Simonide ancora di cui dissi
per fare l'epinicio per un pugile
vincente, fissò prima la tariffa.
Poi s'appartò; ma quel soggetto esiguo
frenando il volo dell'ispirazione,
s'affidò al privilegio dei poeti,
e inserì la leggenda dei Gemelli
di Leda assunti in cielo tra le stelle,
richiamo prestigioso per il pugile;
che fu molto contento. Ma pagò
solo un terzo del prezzo stabilito,
ed al poeta quando volle il saldo
gli disse: «Pagheranno i due Gemelli,
che hai celebrato. Via, non t'irritare,
non lasciamoci male: sii gentile,
vieni a cena da me. Voglio invitare
tutti i parenti miei, sei già dei loro».
Era una truffa e mica gli piaceva,

ne male dimissam gratiam corrumperet,
promisit. rediit hora dicta, recubuit.
splendebat hilare poculis convivium,
magno apparatu laeta resonabat domus,
repente duo cum iuvenes, sparsi pulvere,
sudore multo diffluentes, corpore
humanam supra formam, cuidam servolo
mandant ut ad se provocet Simonidem;
illius interesse ne faciat moram.
homo perturbatus excitat Simonidem. 28
unum promorat vix pedem triclinio: 27
ruina camarae subito oppressit ceteros;
nec ulli iuvenes sunt reperti ad ianuam.
ut est vulgatus ordo narratae rei,
omnes scierunt numinum praesentiam
vati dedisse vitam mercedis loco.

75
EPILOGUS

Supersunt mihi quae scribam, sed parco sciens:
primum, esse videar ne tibi molestior,
distringit quem multarum rerum varietas;
dein, si quis eadem forte conari velit,
habere ut possit aliquid operis residui;
quamvis materiae tanta abundet copia,
labori faber ut desit, non fabro labor.
brevitatis nostrae praemium ut reddas peto
quod es pollicitus; exhibe vocis fidem.

ma non volle guastarsi con il pugile
con un congedo brusco, ed accettò.
All'ora stabilita erano a tavola.
Brillava nelle coppe la letizia
del convito, la casa era sonora
di piacere e di sfarzo. Quando a un tratto
una coppia di giovani, coperti
di polvere, inondati di sudore,
e di un aspetto forse più che umano,
vennero a domandare del poeta
perché subito uscisse, senza indugio.
Tutto sconvolto il servo lo chiamò,
e allora, appena uscito dal triclinio,
la stanza rovinò e travolse tutti:
alla porta, i due giovani eran scomparsi.
Ricostruiti e riferiti i fatti
seppero tutti che gli Dei presenti
avevano salvato quella vita
perché un poeta fosse anche pagato.

75

LA SUPPLICA

Molto ancora ho da scrivere, ma penso
di risparmiarti, perché, innanzi tutto,
non abbia l'aria d'essere invadente
(variano senza fine gli argomenti):
poi, se vorrà qualcuno continuare
è bene che gli resti del lavoro
(ma il materiale è tanto, che l'artista
mancherà prima che scarseggi l'opera).
Ma chiedo un premio per la mia sveltezza:
l'hai promesso, mantieni la parola.

nam vita morti propior fit cotidie;
et hoc minus redibit ad me muneris,
quo plus consumet temporis dilatio.
si cito rem perages, usus fiet longior;
fruar diutius si celerius coepero.
languentis aevi dum sunt aliquae reliquiae,
auxilio locus est: olim senio debilem
frustra adiuvare bonitas nitetur tua,
cum iam desierit esse beneficio utilis,
et Mors vicina flagitabit debitum.
stultum admovere tibi preces existimo,
proclivis ultro cum sis misericordiae.
saepe impetravit veniam confessus reus:
quanto innocenti iustius debet dari?
tuae sunt partes; fuerunt aliorum prius;
dein simili gyro venient aliorum vices.
decerne quod religio, quod patitur fides,
ut gratuler me stare iudicio tuo.
excedit animus quem proposui terminum,
sed difficulter continetur spiritus,
integritatis qui sincerae conscius
a noxiorum premitur insolentiis.
qui sint, requiris? apparebunt tempore.
ego, quondam legi quam puer sententiam
«Palam muttire plebeio piaculum est»,
dum sanitas constabit, pulchre meminero.

Ogni giorno la morte è più vicina,
e più tempo l'attesa si divora
più il dono tuo per me si farà magro:
l'avrò più a lungo se risolvi presto,
godrò più a lungo se l'afferro prima.
Finché resta qualcosa d'una stanca
età, giova il soccorso: troppo vecchio,
la tua bontà si sforzerà per nulla,
non potrà più operare il beneficio:
verrà la morte a esigere il suo credito.
Pregarti è stolto, penso, perché tu
spontaneamente cedi alla pietà.
Un reo confesso spesso ebbe indulgenza:
non è più giusto darla a un innocente?
Ora è il tuo turno, come fu di altri,
e poi ancora ad altri tornerà:
penetra ciò che accetta la coscienza
perché sia lieto d'aver te per giudice.
Il cuore è andato molto oltre il proposito,
ma lo spirito a stento si contiene
quando cosciente della sua onestà
patisce la violenza ed il sopruso.
Se faccio nomi? Appariranno un giorno.
Io da ragazzo lessi questo detto:
«Protesta di plebeo è sacrilegio» —
finché avrò senno lo ricorderò.

LIBER QUARTUS

76

PROLOGUS

POETA AD PARTICULONEM

Cum destinassem terminum operi statuere,
in hoc ut aliis esset materiae satis,
consilium tacito corde damnavi (meum).
nam si quis etiam talis est tituli (appetens),
quo pacto divinabit quidnam omiserim,
ut illud ipse incipiat famae tradere,
sua cuique cum sit animi cogitatio
colorque proprius? ergo non levitas mihi,
sed certa ratio causam scribendi dedit.
quare, Particulo, quoniam caperis fabulis,
(quas Aesopias, non Aesopi, nomino,
quia paucas ille ostendit, ego pluris sero,
usus vetusto genere sed rebus novis,)
quartum libellum cum vacaris perleges.
hunc obtrectare si volet malignitas,
imitari dum non possit, obtrectet licet.
mihi parta laus est quod tu, quod similes tui,
vestras in chartas verba transfertis mea,
dignumque longa iudicatis memoria.
inlitteratum plausum nec desidero.

LIBRO QUARTO

76

DEDICA A PARTICULONE

Era deciso: qui volevo chiudere
e lasciare che altri continuasse.
Ma poi in silenzio mi son dato torto:
e se a qualcuno il titolo piacesse,
come indovinerà ciò che ho taciuto
(se proprio quello vorrà tramandare)
se il pensiero, il carattere,
l'anima, dico io, non si ripete?
Dunque non un capriccio mi fa scrivere,
è logica, è certezza. Concludendo,
Particulone (a te piacciono gli apologhi,
che io chiamo esopiani e non di Esopo,
scopritore fugace: il mio è un tessuto
di stile antico e d'argomento nuovo).
tu leggerai a tempo perso un quarto
libro mio. Se il malanimo vorrà
maltrattarlo, lo faccia a suo piacere
purché non sia capace di imitarlo.
C'è già la gloria. Quella che mi dai
tu, e chi ti somiglia, e trascrivete
ciò che scrivo, perché a vostro giudizio
è degno di lunghissima memoria.
Non mi occorre una claque d'incompetenti.

77

ASINUS ET GALLI

Qui natus est infelix, non vitam modo
tristem decurrit, verum post obitum quoque
persequitur illum dura fati miseria.

Galli Cybebes circum in quaestus ducere
asinum solebant, baiulantem sarcinas.
is cum labore et plagis esset mortuus,
detracta pelle sibi fecerunt tympana.
rogati mox a quodam, delicio suo
quidnam fecissent, hoc locuti sunt modo:
« Putabat se post mortem securum fore:
ecce aliae plagae congeruntur mortuo! »

78

POETA

Ioculare tibi videmur: et sane levi,
dum nil habemus maius, calamo ludimus.
sed diligenter intuere has nenias;
quantam in pusillis utilitatem reperies!
non semper ea sunt quae videntur: decipit
frons prima multos, rara mens intellegit
quod interiore condidit cura angulo.
hoc ne locutus sine mercede existimer,
fabellam adiciam de mustela et muribus.

Mustela, cum annis et senecta debilis
mures veloces non valeret adsequi,

77

ASINO

Chi è nato disgraziato, c'è la vita
brutta da vivere e la morte brutta:
gli va dietro il destino di miseria.

I preti celti di Cibele usavano
portare in giro un asino stracarico
per le loro elemosine. Ma lui
per le fatiche e le botte, morì.
Lo spelano e si fanno i tamburelli.
Un tale s'informò dov'era andato
(lo divertiva). Questa la risposta:
« Dopo morto credeva stare in pace:
adesso è morto e piglia sempre botte ».

78

DOPO ALCUNE GENERAZIONI

Sembrano svaghi, i miei. Sì, giochi lievi
fin che non ho di più che questa penna.
Ma osserva attentamente le mie « favole »,
e quante utili cose troverai.
Non sempre è come sembra. L'apparenza
inganna i molti. Penetrare, cogliere
ciò che è stato celato attentamente
nell'angolo segreto, è raro.
Ma perché tutto ciò non sia gratuito
ecco una fiaba su un topo e una donnola.

Una donnola già troppo vecchia e stanca
per inseguire ancora i topi svelti,

involuit se farina et obscuro loco
abiecit neclegenter. mus, escam putans,
adsiluit et comprensus occubuit neci;
alter similiter, deinde perit et tertius.
post aliquot venit saeculis retorridus,
qui saepe laqueos et muscipula effugerat;
proculque insidias cernens hostis callidi,
« Sic valeas », inquit « ut farina es, quae iaces! »

79

DE VULPE ET UVA

Fame coacta vulpes alta in vinea
uvam adpetebat, summis saliens viribus.
quam tangere ut non potuit, discedens ait
« Nondum matura est; nolo acerbam sumere ».
Qui, facere quae non possunt, verbis elevant,
adscribere hoc debebunt exemplum sibi.

80

EQUUS ET APER

Equus sedare solitus quo fuerat sitim,
dum sese aper volutat turbavit vadum.
hinc orta lis est. sonipes, iratus fero,
auxilium petiit hominis; quem dorso levans
rediit ad hostem laetus. hunc telis eques

si coprì di farina e si buttò
come uno straccio in un angolo buio.
E infatti un topo, credendola cibo,
ci saltò sopra e subito acciuffato
fu messo a morte. Così un altro, un terzo.
Ma dopo alcune generazioni
ne venne uno bruciato d'esperienza,
scappato a mille lacci e mille trappole,
che scorse da lontano la furbizia
dell'esperto nemico ed esclamò:
«Me la saluti tu, se sei farina!»

79

LA VOLPE CHE NON PERDE

Una volpe costretta dalla fame
alto balzava nella pergola alta
mirando all'uva e non riuscì a toccarla.
Andandosene via disse al suo cuore:
«Non è matura, acerba non la voglio».
Chi minimizza ciò che non sa fare
ripensi a questo apologo, è per lui.

80

VENDETTE COSTOSE

Il cinghiale guazzando intorbidò
il guado in cui il cavallo usava bere;
sorse una lite. Pieno di rancore
il destriero cercò l'appoggio umano,
e ritornò con l'uomo sulle spalle
e allegro al suo nemico, che fu ucciso

postquam interfecit, sic locutus traditur:
«Laetor tulisse auxilium me precibus tuis;
nam praedam cepi et didici quam sis utilis».
atque ita coegit frenos invitum pati.
tum maestus ille «Parvae vindictam rei
dum quaero demens, servitutem repperi».

Haec iracundos admonebit fabula
inpune potius laedi quam dedi alteri.

81

POETA

Plus esse in uno saepe quam in turba boni
narratione posteris tradam brevi.

Quidam decedens tres reliquit filias,
unam formosam et oculis venantem viros,
at alteram lanificam et frugi rusticam,
devotam vino tertiam et turpissimam.
harum autem matrem fecit heredem senex
sub condicione, totam ut fortunam tribus
aequaliter distribuat, sed tali modo:
«ni data possideant aut fruantur»; tum «simul
habere res desierint quas acceperint,
centena matri conferant sestertia».
Athenas rumor implet. mater sedula
iuris peritos consulit; nemo expedit,

dalle frecce dell'uomo. Il quale disse:
« Buona idea, ascoltarti e darti aiuto:
ho fatto buona caccia ed ho imparato
quanto mi servi ». Ed obbligò il cavallo
a sopportare, riluttante, il morso.
Poi diceva tra sé triste il cavallo:
« Per la vendetta d'una cosa minima
ebbi la schiavitù. Pazzo son stato ».

L'apologo consiglia all'irascibile
di non trovarsi mai in mano d'altri:
peggio che rinunciare a una vendetta.

81

IL SAVIO E LA FOLLA

Con un breve racconto dirò ai posteri
che spesso l'individuo vale più di una folla.

Morì un tale lasciando tre figliole:
la bella dallo sguardo cacciatore,
la seria, dal tirchio cuore rusticano.
la brutta, devotissima al buon vino.
Erede universale era la madre
a condizione che cedesse tutto
alle figliole ed in porzioni uguali
ma — questa era la clausola — purché
« senza la proprietà né l'usufrutto »;
dopo di che « la loro proprietà
cesserà, e alla madre verseranno
centomila sesterzi per ognuna ».
Ne parlò tutta Atene. La sollecita
madre chiese il parere dei legali:

quo pacto ni possideant quod fuerit datum,
fructumve capiant: deinde, quae tulerint nihil,
quanam ratione conferant pecuniam.
postquam consumpta est temporis longi mora,
nec testamenti potuit sensus colligi,
fidem advocavit, iure neclecto, parens.
seponit moechae vestem, mundum muliebrem,
lavationem argenteam, eunuchos glabros;
lanificae agellos, pecora, villam, operarios,
boves, iumenta et instrumentum rusticum;
potrici plenam antiquis apothecam cadis,
domum politam et delicatos hortulos.
sic destinata dare cum vellet singulis
et adprobaret populus, qui illas noverat,
Aesopus media subito in turba constitit:
«O si maneret condito sensus patri,
quam graviter ferret quod voluntatem suam
interpretari non potuissent Attici!»
rogatus deinde solvit errorem omnium.
«Domum et ornamenta cum venustis hortulis
et vina vetera date lanificae rusticae:
vestem, uniones, pedisequos et cetera
illi adsignate, vitam quae luxu trahit:
agros et villam et pecora cum pastoribus
donate moechae. nulla poterit perpeti,
ut moribus quid teneat alienum suis.
deformis cultum vendet ut vinum paret:

non si capiva come non avessero
la proprietà di ciò che ricevevano
(o l'usufrutto) e poi, non possedendo,
in che modo versassero il denaro.
Quando già molto tempo fu perduto
senza che il testamento fosse inteso,
la madre s'appellò alla sua coscienza
lasciando ogni questione di diritto:
alla figliola poco seria diede
il guardaroba, le «toilettes», tutto il completo
d'argento per il bagno, eunuchi e paggi;
campi bestiame fattoria e schiavi
stalle giumenti e attrezzatura agricola
alla severa; all'amica del vino
una cantina di bottiglie annose,
la bella casa e il delizioso parco.
Così stava per fare per ognuna
ed il popolo, che le conosceva,
era d'accordo, quando Esopo a un tratto
si levò tra la folla ed esclamò:
«Ah se il padre sepolto avesse vita,
gli peserebbe assai che gli Ateniesi
non sappiano intuire il suo volere!»
Richiesto, mise in chiaro l'aporia.
«Casa ornamenti giardini eleganti
e vino vecchio, dateli alla rustica;
vesti gioielli paggi e tutto il resto
assegnate all'amica della tavola;
fattoria, campi mandre e mandriani
alla civetta. Non ce la faranno,
a conservare ciò che non è loro
per natura. E la brutta venderà
tutti i belletti per comprare vino,

agros abiciet moecha ut ornatum gerat;
at illa gaudens pecore et lanae dedita
quacumque summa tradet luxuriam domus.
sic nulla possidebit quod fuerit datum,
et dictam matri conferent pecuniam
ex pretio rerum quas vendiderint singulae. »
Ita quod multorum fugit inprudentiam
unius hominis repperit sollertia.

82

PUGNA MURIUM ET MUSTELARUM

Cum victi mures mustelarum exercitu
(historia, quot sunt, in tabernis pingitur)
fugerent et artos circum trepidarent cavos,
aegre recepti, tamen evaserunt necem:
duces eorum, qui capitibus cornua
suis ligarant ut conspicuum in proelio
haberent signum quod sequerentur milites,
haesere in portis suntque capti ab hostibus;
quos immolatos victor avidis dentibus
capacis alvi mersit tartareo specu.

Quemcumque populum tristis eventus premit,
periclitatur magnitudo principum,
minuta plebes facili praesidio latet.

la poco seria butterà i suoi campi
per farsi bella, e quella che è felice
a filare e allevare gli animali
svenderà le delizie della casa.
Così nessuna avrà ciò che ebbe in dono
e tutte contribuiranno per la madre
col prezzo delle vendite di ognuna.»
L'insipienza dei molti non intese
ciò che intuì un solo uomo accorto.

82

LA DISFATTA

I topi quando furono battuti
da un'armata di donnole (episodio
dipinto in tutte quante le botteghe)
si pigiarono in rotta spaventati
presso gl'ingressi delle loro tane
in cui, per quanto a stento, si salvarono;
ma i duci, che portavano sul capo
corna vistose per guidare gli uomini
nella battaglia, in quelle sulle porte
s'impigliarono e furono beccati:
il vincitore li sacrificò
con i denti affamati e li sommerse
nel tartaro profondo delle pance.

In caso di sventura nazionale
è in forse la grandezza dei potenti,
ma la povera gente ha una difesa
molto semplice: quella di sparire.

83

PHAEDRUS

Tu qui nasute scripta destringis mea,
et hoc iocorum legere fastidis genus,
parva libellum sustine patientia,
severitatem frontis dum placo tuae
et in coturnis prodit Aesopus novis:

«Utinam nec umquam Pelii in nemoris iugo
pinus bipenni concidisset Thessala,
nec ad professae mortis audacem viam
fabricasset Argus opere Palladio ratem,
inhospitalis prima quae Ponti sinus
patefecit in perniciem Graium et Barbarum.
namque et superbi luget Aeetae domus,
et regna Peliae scelere Medeae iacent,
quae, saevum ingenium variis involvens modis,
illinc per artus fratris explicuit fugam,
hic caede patria Peliadum infecit manus».

Quid tibi videtur? «Hoc quoque insulsum est» ait
«falsoque dictum, longe quia vetustior
Aegea Minos classe perdomuit freta,
iustoque vindicavit exemplo impium».
quid ergo possum facere tibi, lector Cato,
si nec fabellae te iuvant nec fabulae?
noli molestus esse omnino litteris,
maiorem exhibeant ne tibi molestiam.

83

CRITICI E ARTE

Tu, critico maligno che mi stronchi,
e non credi sia il caso di occuparti
di un genere così poco impegnato,
sopporta questo libro ancora un po'
finché rischiarerò il tuo volto austero:
ecco un Esopo tragico esibirsi.

«Oh non fossero mai caduti i pini
sotto le scuri tessale sul Pelio,
né Argo avesse costruita mai
ispirato da Pallade la nave
per la via temeraria della morte,
che a rovina dei barbari e dei greci
svelò i golfi del Ponto senza gente.
Ed ora è in pianto la superba casa
di Eèta e spento è il reame di Pèlia
per l'orribile ordito di pensieri
e di delitti, per Medea che aprì
la propria fuga sulle membra sparse
d'un fratello e le mani delle figlie
di Pèlia profanò di parricidio.»

«Che te ne pare?» «Brutto pure questo.
E poi inesatto: il dominio del mare
Egeo da parte di Minosse è molto
anteriore, e fu giusta la vendetta
sul traditore.» O lettore Catone,
che posso dire a te, se non ti piace
la fiaba, né la grande né la tenue?
Non essere molesto alla poesia
che la poesia non lo diventi a te.

Hoc illis dictumst qui stultitia nausiant
et, ut putentur sapere, caelum vituperant.

84

SERPENS AD FABRUM FERRARIUM

Mordaciorem qui improbo dente adpetit,
hoc argumento se describi sentiat.

In officinam fabri venit vipera.
haec, cum temptaret si qua res esset cibi,
limam momordit. illa contra contumax,
«Quid me», inquit «stulta, dente captas laedere,
omne adsuevi ferrum quae conrodere?»

85

VULPIS ET CAPER

Homo magnum ut venit in periclum callidus,
reperire effugium quaerit alterius malo.

Cum decidisset vulpes in puteum inscia
et altiore clauderetur margine,
devenit hircus sitiens in eundem locum.
simul rogavit, esset an dulcis liquor
et copiosus, illa fraudem moliens
«Descende, amice; tanta bonitas est aquae,
voluptas ut satiari non possit mea».
inmisit se barbatus. tum vulpecula
evasit puteo, nixa celsis cornibus,
hircumque clauso liquit haerentem vado.

Così rispondo a certi schizzinosi
stupidi, che per fare la figura
di chi s'intende, criticano il cielo.

84

DENTI

Chi morde chi sa mordere anche meglio,
sappia che questo apologo è per lui.

Nell'officina capitò una vipera.
Questa, cercando cibo, diede un morso
alla lima. E la lima, superbiosa:
«Ehi, scema» fece «che mi mordi tu,
che è il mio mestiere masticare il ferro?»

85

LA VOLPE NEL POZZO

Il furbo, se si caccia in un pericolo,
cerca scampo nel male del suo prossimo.

La volpe cadde, ignara, dentro un pozzo
racchiuso in un profondo puteale.
Venne anche un caprone sitibondo
e domandò se c'era acqua buona
e in quantità. La volpe ordì la frode:
«Scendi giù, amico, scendi! è tanto buona
che non mi so saziare dal piacere».
Il barbuto si butta. La volpetta
gli balza sopra le alte corna e riesce
lasciando il becco all'umido e nel chiuso.

86

DE VITIIS HOMINUM

Peras imposuit Iuppiter nobis duas:
propriis repletam vitiis post tergum dedit,
alienis ante pectus suspendit gravem.
Hac re videre nostra mala non possumus;
alii simul delinquunt, censores sumus.

87

FUR ET LUCERNA

Lucernam fur accendit ex ara Iovis,
ipsumque compilavit ad lumen suum.
sacrilegio qui onustus cum discederet,
repente vocem sancta misit religio:
« Malorum quamvis ista fuerint munera
mihique invisa ut non offendar subripi,
tamen, sceleste, spiritu culpam lues,
olim cum adscriptus venerit poenae dies.
sed ne ignis noster facinori praeluceat,
per quem verendos excolit pietas deos,
veto esse tale luminis commercium ».
itaque hodie nec lucernam de flamma deum
nec de lucerna fas est accendi sacrum.
Quot res contineat hoc argumentum utiles
non explicabit alius quam qui repperit.

86

PESI

Ci mise addosso Giove due bisacce.
Ma quella ch'era piena delle nostre
colpe, dietro le spalle. Appese al petto
quelle degli altri. Pesava.
Così
non c'è dato vederlo il nostro male:
e siamo accusatori di peccati.

87

LUCE E LUCERNE

Il ladro accese la propria lucerna
all'altare di Giove e mise a sacco
alla luce del Dio il tempio suo.
Ma quando uscì col carico sacrilego
s'udì la voce di quel luogo santo:
« Offerte di maligni erano quelle,
offerte disamate, ed il tuo furto
non mi fa male. Eppure, scellerato
quando verrà il giorno della pena
sconterai la tua colpa con la vita.
E perché fiamma sacra, che s'accende
per la fede degli uomini agli Dei
non illumini mai delitti umani,
non si scambi così luce con luce ».
E ancora è religione non accendere
la lucerna alla fiamma degli Dei
né con una lucerna il fuoco sacro.
Ma il simbolo contiene insegnamenti
che chiarirà l'autore e lui soltanto.

significat primum saepe quos ipse alueris
tibi inveniri maxime contrarios;
secundum ostendit scelera non ira deum,
fatorum dicto sed puniri tempore;
novissime interdicit ne cum malefico
usum bonus consociet ullius rei.

88

MALAS ESSE DIVITIAS

Opes invisae merito sunt forti viro,
quia dives arca veram laudem intercipit.
Caelo receptus propter virtutem Hercules,
cum gratulantes persalutasset deos,
veniente Pluto, qui Fortunae est filius,
avertit oculos. causam quaesivit Pater.
«Odi» inquit «illum quia malis amicus est
simulque obiecto cuncta corrumpit lucro.»

89

DE LEONE REGNANTE

Utilius homini nil est quam recte loqui»
probanda cunctis est quidem sententia;
sed ad perniciem solet agi sinceritas.

Cum se ferarum regem fecisset leo,
et aequitatis vellet famam consequi,
a pristina deflexit consuetudine,
atque inter illas, tenui contentus cibo,
sancta incorrupta iura reddebat fide.

Primo: i tuoi avversari più ostinati
trovi spesso tra quelli che hai nutrito;
secondo: non lo sdegno degli Dei
fa giustizia, ma il tempo ed il destino;
terzo: con il maligno l'uomo onesto
non deve avere nulla da spartire.

88

VALORE E CASO

È giusto che l'eroe odi il denaro:
l'oro è il divieto della vera gloria.
Ercole, assunto per virtù al cielo,
rese a tutti gli Dei festanti omaggio;
solo a Plutone, figlio della Tyche,
voltò le spalle. Giove domandò
il perché. «Odio l'amico dei malvagi,
che corrompe, mostrando il lucro, il mondo».

89

REGALITÀ E ISTINTO

«Parlar giusto»: che mai c'è di più utile.
Così si penserebbe. No, di solito
la schiettezza è ragione di rovina.

Quando il leone nominò se stesso
il re degli animali, ed aspirò
alla fama di giusto, abbandonò
le sue vecchie abitudini, e si mise
a dieta, e cominciò tra gli animali
a rendere giustizia, incorruttibile.

postquam labare coepit paenitentia,

et mutare non posset naturam, coepit aliquos ducere in secreto, et fallacia quaerere, si ei os puteret. illos, qui dicebant, putet, et qui dicebant, non putet, omnes tamen laniabat, (...) cum de multis hoc faceret, vocat simium ad se interrogat (...) ille suavius cinnamomo dixit fraglare et quasi deorum altaria. leo vero erubuit laudatorem sed, ut laederet, mutavit fidem et quaesivit fraudem. languere se simulavat. continuo venerunt medici, qui ut venas consideraverunt pulsum sanum ut viderunt, suaserunt ei sumere cibum aliquem qui levis esset et tolleret fastidium pro digestione, ut regibus omnia licent. at leo, ignota est, inquit, mihi caro simii, vellem illam probare. ut est locutus, statim necatur beniloquus simius, ut eius carnem cito in escam sumeret.

90

DUO MILITES ET LATRO

Duo cum incidissent in latronem milites,
unus profugit; alter autem restitit,
et vindicavit sese forti dextera.
latrone occiso timidus accurrit comes,
stringitque gladium, dein reiecta paenula
«Cedo» inquit «illum; iam curabo sentiat
quos attemptarit.» tunc qui depugnaverat
«Vellem istis verbis saltem adiuvisses modo;
constantior fuissem, vera existimans.
nunc conde ferrum et linguam pariter futtilem,
ut possis alios ignorantes fallere;

Ma dopo, quando cominciò a pentirsi

e l'istinto si risvegliò, prese a convocare le bestie in udienza segreta, e domandò se gli puzzava il fiato; dicessero il vero o mentissero, le sbranava. Parecchie ne sbranò. Alla fine la domanda toccò alla scimmia: essa rispose che il suo alito sapeva di cinnamomo, pareva proprio un altare. Il leone arrossì. E, per sbranarla, dovette inventare un altro trucco. Si finse ammalato. I medici accorsero subito, ne tastarono il polso e trovarono che non aveva nulla di grave, anzi consigliarono di prendere cibo, purché leggero, per vincere l'inappetenza. Sua maestà poteva permettersi qualunque novità gastronomica... Il leone trovò che non aveva mai assaggiato un cibo, la carne della scimmia. Se l'avesse provata? Detto fatto. La scimmia che aveva «parlato giusto» fu subito fatta a pezzi e servita al leone.

90
I DUE SOLDATI

I due soldati incontrano un bandito,
il primo scappa, il secondo l'affronta
e col suo prode braccio lo fa fuori.
Era già a terra quando il pauroso
torna di corsa con la spada in pugno,
getta il mantello indietro sulle spalle
e fa: «Lascialo a me, ci penso io
ad insegnargli con chi ha a che fare».
Ma chi s'era battuto gli rispose:
«L'avessi detto prima, ti credevo,
e almeno mi facevi più coraggio.
Ma rinfodera adesso quella spada
e quella lingua che conta anche meno
ti servirà con chi non ti conosce.

ego, qui sum expertus quantis fugias viribus,
scio quam virtuti non sit credendum tuae».

Illi adsignari debet haec narratio,
qui re secunda fortis est, dubia fugax.

91

CALVUS ET MUSCA

Calvi momordit musca nudatum caput,
quam opprimere captans alapam sibi duxit gravem.
tunc illi inridens «Punctum volucris parvulae
voluisti morte ulcisci; quid facies tibi,
iniuriae qui addideris contumeliam?»
respondit «Mecum facile redeo in gratiam
quia non fuisse mentem laedendi scio.
sed te, contempti generis animal improbum,
quae delectaris bibere humanum sanguinem,
optem necare vel maiore incommodo».

Hoc argumentum venia donari docet,
qui casu peccat. nam qui consilio est nocens,
illum esse quavis dignum poena iudico.

92

ASINUS ET PORCELLI HORDEUM

Quidam, immolasset verrem cum sancto Herculi,
cui pro salute votum debebat sua,
asello iussit reliquias poni hordei.
quas aspernatus ille sic locutus est:

Io t'ho visto alla prova come scappi,
mica ti posso credere un eroe».

Quadretto per chi è forte se va bene,
e scappa se il pericolo è vicino.

91
I PICCOLI NEMICI

Una mosca pinzò la testa a un calvo
che per schiacciarla schiaffeggiò se stesso;
e la mosca beffarda: «Una puntura
della più piccolina delle alate
vendichi con la morte? E a te che fai,
che all'offesa hai aggiunto pure il danno?»
Rispose: «A me perdono volentieri,
lo so che non volevo farmi male.
Ma te che sei cattiva e trascurabile,
te che a succhiare il sangue ti diverti,
t'ammazzerei con danno ben più grave».

Questo apologo insegna l'indulgenza
per chi sbaglia per caso. Io condanno
senza pietà chi il male lo matura.

92
FORAGGIO RISCHIOSO

Uno sacrificò un verro ad Ercole
cui doveva la grazia della vita,
e fece dare l'orzo che restava
all'asino; ma questo lo sdegnò.

«Libenter istum prorsus adpeterem cibum,
nisi qui nutritus illo est iugulatus foret».

Huius respectu fabulae deterritus,
periculosum semper vitavi lucrum.
sed dicis «Qui rapuere divitias, habent».
numeremus agedum qui deprensi perierunt;
maiorem turbam punitorum reperies.
paucis temeritas est bono, multis malo.

93

SCURRA ET RUSTICUS

Pravo favore labi mortales solent,
et, pro iudicio dum stant erroris sui,
ad paenitendum rebus manifestis agi.

Facturus ludos dives quidam nobilis
proposito cunctos invitavit praemio,
quam quisque posset ut novitatem ostenderet.
venere artifices laudis ad certamina;
quos inter scurra, notus urbano sale,
habere dixit se genus spectaculi
quod in theatro numquam prolatum foret.
dispersus rumor civitatem concitat.
paullo ante vacua turbam deficiunt loca.
in scaena vero postquam solus constitit
sine apparatu nullis adiutoribus,
silentium ipsa fecit expectatio.
ille in sinum repente demisit caput,
et sic porcelli vocem est imitatus sua,
verum ut subesse pallio contenderent,

« Mi piacerebbe molto, non lo nego,
ma chi se ne ingrassava fu sgozzato. »

Mi ha sempre spaventato questo apologo,
e i guadagni rischiosi li ho evitati.
Dirai che la ricchezza anche maltolta
resta. No, guarda, se facciamo il conto
di chi è stato beccato ed annientato,
sono di più i puniti. Certo azzardo
porta bene a qualcuno, male a molti.

93

REALTÀ E ARTE

I pregiudizi sviano i mortali;
e riposano certi nell'errore
quando li fa pentire l'evidenza.

Un famoso signore indisse i ludi,
e mise pure in palio un premio pubblico
per un numero tutto originale.
Vennero vari artisti a farsi onore,
tra cui un attore noto per lo spirito
che preannunciò un tipo di spettacolo
inedito del tutto sulle scene.
La voce corre, il pubblico è in fermento,
i posti, prima vuoti, vanno a ruba.
Eccolo sulla scena, solo, senza
controfigure. La curiosità
zittisce tutti. Con mossa improvvisa
quello caccia la testa nella veste
ed imita il grugnito del porcello,
che giuravano tutti che era vero;

et excuti iuberent. quo facto, simul
nihil est repertum, multis onerant lancibus
hominemque plausu prosequuntur maximo.
hoc vidit fieri rusticus: «Non mehercules
me vincet» inquit; et statim professus est
idem facturum melius se postridie.
fit turba maior. iam favor mentes tenet,
et derisuros, non spectaturos, ciet.
uterque prodit. scurra degrunnit prior,
movetque plausus et clamores suscitat.
tunc simulans sese vestimentis rusticus
porcellum obtegere (quod faciebat scilicet,
sed, in priore quia nil compererant, latens),
pervellit aurem vero, quem celaverat,
et cum dolore vocem naturae exprimit.
adclamat populus scurram multo similius
imitatum, et cogit rusticum trudi foras.
at ille profert ipsum porcellum e sinu,
turpemque aperto pignore errorem exprobrans
«En, hic declarat quales sitis iudices!»

94

EPILOGUS

POETA AD PARTICULONEM

Adhuc supersunt multa quae possim loqui,
et copiosa abundat rerum varietas;
sed temperatae suaves sunt argutiae,
inmodicae offendunt. quare, vir sanctissime,

poi si volle vedere e si scoprì
che il porcello non c'era. Fu un subisso
d'applausi, fu una pioggia di regali.
Un contadino, visto il fatto, dice:
«No, per Ercole, quello non mi batte»,
e su due piedi dichiarò ai presenti
di fare lo stesso numero anche meglio,
all'indomani. Folla anche maggiore;
si tifava, non tanto per vedere
quanto per divertirsi a spese sue.
Eccoli entrambi sulla scena. Il comico
grugnì per primo e fu successo pieno.
Il contadino armeggiò come se
coprisse col mantello un porcellino
ciò che appunto faceva, ma siccome
prima avevano visto che era niente,
non badarono. Quindi al porco vero
torse forte un orecchio, ed il dolore
diede il grugnito della verità.
Ma la voce del popolo gridò
che il comico imitava molto meglio
e impose al contadino di sgombrare.
Ma lui tolse il porcello e l'ostentò,
prova lampante dell'abbaglio brutto:
«Ecco chi mostra i giudici che siete!»

94

EPILOGO A PARTICULONE

Ancora molte cose potrei dire
e la materia è ricca ancora e varia,
ma l'arguzia è gradita se ha misura,
se è troppa urta. Perciò, venerato

Particulo, chartis nomen victurum meis,
Latinis dum manebit pretium litteris,
si non ingenium, certe brevitatem adproba;
quae commendari tanto debet iustius,
quanto cantores sunt molesti validius.

Particulone – nome che vivrà
finché varranno lettere latine –
se non il genio apprezza la sveltezza,
che tanto più sarà raccomandata
quanto i cantori meno si sopportano.

LIBER QUINTUS

95

PROLOGUS

IDEM POETA

Aesopi nomen sicubi interposuero,
cui reddidi iam pridem quicquid debui,
auctoritatis esse scito gratia;
ut quidam artifices nostro faciunt saeculo,
qui pretium operibus maius inveniunt novis
si marmori adscripserunt Praxitelen suo,
trito Myronem argento, tabulae Zeuxidem.
adeo fucatae plus vetustati favet
Invidia mordax quam bonis praesentibus.
sed iam ad fabellam talis exempli feror.

96

DEMETRIUS REX ET MENANDER POETA

Demetrius rex, qui Phalereus dictus est,
Athenas occupavit imperio improbo.
ut mos est vulgi, passim et certatim ruit.
«Feliciter!» succlamans. ipsi principes
illam osculantur qua sunt oppressi manum,
tacite gementes tristem fortunae vicem.
quin etiam resides et sequentes otium,
ne defuisse noceat, repunt ultimi:

LIBRO QUINTO

95

CLASSICI E VIVENTI

Se a volte affiorerà il nome d'Esopo
(a cui da tempo ho reso ciò che devo)
è per la firma, non dimenticarlo.
Come fanno oggi certi artisti, al fine
di alzare il prezzo delle novità:
ci scrivono «Prassitele» se è marmo,
«Mirone» quando è argento fatto vecchio,
e sulle tele, «Zeusi». Già. Il malanimo
preferisce una falsa antichità
a cose buone fatte da chi c'è.
Ma ecco un esempio adatto a quanto dico.

96

MENANDRO PRIMA E DOPO

Il re Demetrio, detto del Falero,
s'insignorì di Atene in malo modo.
La gente, come sempre, si precipita,
prima sparsi, poi tutti quanti in gara:
«viva, viva», gridavano. Anche i signori
baciavano quella mano d'oppressore
maledicendo in cuore tempi e sorte.
Ultimi i pigri e gl'intellettuali
arrivano tardigradi, pensando

in quis Menander, nobilis comoediis,
quas, ipsum ignorans, legerat Demetrius,
et admiratus fuerat ingenium viri,
unguento delibutus, vestitu fluens,
veniebat gressu delicato et languido.
hunc ubi tyrannus vidit extremo agmine
«Quisnam cinaedus ille in conspectu meo
audet venire?» responderunt proximi
«Hic est Menander scriptor». mutatus statim
«Homo» inquit «fieri non potest formosior».

97

DUO CALVI

Invenit calvus forte in trivio pectinem.
accessit alter, aeque defectus pilis:
«Heia» inquit «in commune quodcumque est lucri!»
ostendit ille praedam, et adiecit simul:
«Superum voluntas favit; sed Fato invido
carbonem, ut aiunt, pro thensauro invenimus».
Quem spes delusit, huic querella convenit.

98

PROCAX TIBICEN

Ubi vanus animus, aura captus frivola,
arripuit insolentem sibi fiduciam,
facile ad derisum stulta levitas ducitur.

«non si sa mai». In questo gruppo c'era
Menandro, il commediografo famoso,
da Demetrio non visto di persona
ma da lui molto letto ed ammirato.
Avvolto di profumi e di mantelli
avanzava con passo raffinato
ed esausto. Nel fondo della fila
lo intravvide il tiranno e domandò:
«Chi è mai quell'invertito che ha il coraggio
di presentarsi alla mia vista?» Gl'intimi
gli dissero: «È Menandro, lo scrittore».
Demetrio cambiò faccia tutto a un tratto:
«Che bell'uomo, mai visto un più bell'uomo».

97

DELUSIONE

Un calvo trova un pettine in un trivio;
un altro, pure eluso dalla chioma,
s'accosta e dice: «Evviva, si fa a mezzo!»
Quello mostra il bottino e aggiunge: «Il cielo
ci vuole bene, ma la sorte è avversa:
ha trovato carbone chi cercava
il tesoro, per dirla col proverbio».
Tale il lamento della delusione.

98

IL FLAUTISTA PRINCIPE

Un vanesio, se un venticello facile
di successo ne accende la fiducia
cade, frivolo e stolto, nel ridicolo.

Princeps tibicen notior paulo fuit,
operam Bathyllo solitus in scaena dare.
is forte ludis (non satis memini quibus)
dum pegma rapitur, concidit casu gravi
necopinus et sinistram fregit tibiam,
duas cum dextras maluisset perdere.
inter manus sublatus et multum gemens
domum refertur. aliquot menses transeunt,
ad sanitatem dum venit curatio.
ut spectatorum molle est et lepidum genus,
desiderari coepit, cuius flatibus
solebat excitari saltantis vigor.
erat facturus ludos quidam nobilis,
is, ut incipiebat Princeps ad baculum ingredi,
perducit pretio precibus ut tantummodo
ipso ludorum ostenderet sese die.
qui simul advenit, rumor de tibicine
fremit in theatro: quidam adfirmant mortuum,
quidam in conspectum proditurum sine mora.
aulaeo misso, devolutis tonitrubus,
di sunt locuti more translaticio.
tunc chorus ignotum modo reducto canticum
insonuit, cuius haec fuit sententia
LAETARE INCOLUMIS ROMA SALVO PRINCIPE.
in plausus consurrectum est. iactat basia
tibicen: gratulari fautores putat.
equester ordo stultum errorem intellegit,
magnoque risu canticum repeti iubet.
iteratur illud. homo meus se in pulpito
totum prosternit. plaudit inludens eques:
rogare populus hunc coronam existimat.
ut vero cuneis notuit res omnibus,

Principe era un flautista non oscuro,
che si esibiva spesso con Batillo;
in certi ludi (non ricordo quali)
non vide in tempo il *pegma* e fu travolto:
una brutta caduta. Si spezzò
la tibia sinistra (preferiva
spezzare anche due tibie della destra).
A braccia lo portarono gemente
a casa sua. Passarono dei mesi,
finì le cure e ritornò in salute.
Il pubblico, si sa, è viziato e allegro,
e sentì la mancanza del flautista
che dava vita, energia al balletto.
Fu un signore famoso a indire i ludi;
egli convinse con un premio Principe,
che camminava già con il bastone,
a presentarsi almeno, per quel giorno.
Come giunse brusirono in platea
le voci più diverse, che era morto,
o che era lì lì per comparire.
Calò il sipario, il tuono rotolò,
parlarono, *ex machina*, gli Dei.
Quindi il coro intonò un canto, ignoto
al reduce recente, e che diceva:
«Sii lieta, Roma, salvo è il tuo Principe».
Tutti in piedi, plaudendo. Ed il flautista
getta baci: ahimé, pensa che l'amato
pubblico lo festeggi. I cavalieri
capiscono l'equivoco e ridendo
chiedono un bis. Il coro ricomincia.
Il poveretto si prosterna tutto,
i cavalieri divertiti applaudono,
il popolo pensava alla corona...
Quando anche la cavea capì,

Princeps, ligato crure nivea fascia,
niveisque tunicis, niveis etiam calceis,
superbiens honore divinae domus,
ab universis capite est protrusus foras.

99

TEMPUS

Cursu volucri pendens in novacula
calvus comosa fronte nudo corpore,
quem si occuparis, teneas, elapsum semel
non ipse possit Iuppiter reprehendere,
occasionem rerum significat brevem.
Effectus impediret ne segnis mora,
finxere antiqui talem effigiem Temporis.

100

TAURUS ET VITULUS

Angusto in aditu taurus luctans cornibus
cum vix intrare posset ad praesepia,
monstrabat vitulus quo se pacto flecteret.
«Tace»: inquit «ante hoc novi tu quam natus es.»
Qui doctiorem emendat, sibi dici putet.

Principe, tutto candido di bende,
con la tunica candida ed i sandali
pure candidi, fu, tutto trionfante
di quell'omaggio per la sacra Casa,
dalla totalità defenestrato.

99

ALLEGORIA DELL'OCCASIONE

In fuga, sopra il filo del rasoio,
nudo, calvo (ma ha un ciuffo sulla fronte):
che se lo cogli è tuo, ma se ti sfugge
non lo riprenderà neppure Giove:
simbolo del momento indovinato.
Così raffigurarono gli antichi
dannando il pigro indugio, l'Occasione.

100

SCIENZA SCONTATA

Un toro per passare alla sua greppia
scornava in un passaggio troppo angusto;
un vitello piegando le ginocchia
cercava d'indicargli come fare.
« Taci. Non eri nato e lo sapevo. »
Lo faccia suo chi emenda uno più esperto.

101

CANIS VETULUS ET VENATOR

Adversus omnes fortis et velox feras
canis cum domino semper fecisset satis,
languere coepit annis ingravantibus.
aliquando obiectus hispidi pugnae suis,
arripuit aurem; sed cariosis dentibus
praedam dimisit. Hic tum venator dolens
canem obiurgabat. cui latrans contra senex:
«Non te destituit animus, sed vires meae.
quod fuimus lauda, si iam damnas quod sumus».

Hoc cur, Philete, scripserim, pulchre vides.

101

CANE FEDELE

Contro tutte le fiere, forte e svelto,
il cane sempre per il suo padrone
aveva lavorato con coscienza.
Ma già era stanco e gli anni gli pesavano.
Un giorno, che fu aizzato contro un irto
cinghiale, l'afferrò per un'orecchia,
ma i suoi denti cariosi quella volta
mollarono la preda. Il cacciatore
se la prese deluso con il cane.
E il vecchio disse, il vecchio latratore:
«Non io, ma le mie forze t'abbandonano.
Se di già mi condanni come sono,
fammi anche l'elogio di chi ero».

Perché scrivo così lo sai, Fileto.

APPENDIX PEROTTINA

102
SIMIUS ET VULPES

Avarum etiam quod sibi superest non libenter dare

Vulpem rogabat partem caudae simius,
quam frustra tanta traheret longitudine, 1 b
contegere honeste posset ut nudas nates;
cui sic maligna « Longior fiat licet,
tamen illam citius per lutum et spinas traham,
partem tibi quam quamvis parvam impartiar. »

103
AUCTOR

Non esse plus aequo petendum

Arbitrio si Natura finxisset meo
genus mortale, longe foret instructius.
nam cuncta nobis attribuisset commoda
quae cui Fortuna indulgens animali dedit,
elephanti vires et leonis impetum,
cornicis aevum, gloriam tauri trucis,
equi velocis placidam mansuetudinem;
et adesset homini sua tamen sollertia.
nimirum in caelo secum ridet Iuppiter,
haec qui negavit magno consilio hominibus,
ne sceptrum mundi raperet nostra audacia.

APPENDICE PEROTTINA

102

IL SUPERFLUO DELLA VOLPE

Uno scimmiotto domandò alla volpe
un po' di quella coda smisurata
che si tirava dietro senza scopo:
per coprirsi, questione di decenza,
le sue natiche nude. E la cattiva:
«Anche se la mia coda è troppo lunga
la trascino nel fango e tra le spine
piuttosto che dividerla con te».

103

L'UOMO E IL CIELO

Se la natura avesse fatto l'uomo
come vorrei, sarebbe assai più armato:
all'uomo io avrei dato tutti i doni
di cui fu larga la sorte agli animali:
forze di elefante e balzo di leone,
l'età della cornacchia, l'imponenza
torva del toro, la docilità
mansueta dei rapidi cavalli:
e in più l'ingegno umano della vita.
Ma Giove ride in cielo: fu il suo alto
senno a negare tutto questo all'uomo,
perché una folle audacia senza fine
ci avrebbe fatto conquistare il cielo.

Ergo contenti munere invicti Iovis
fatalis annos decurramus temporis,
nec plus conemur quam sinit mortalitas.

104

MERCURIUS ET MULIERES

De eodem alia fabella

Olim Mercurium hospitio mulieres duae
inliberali et sordido receperant;
quarum una in cunis parvum habebat filium,
quaestus placebat alteri meretricius.
ergo ut referret gratiam officiis parem,
abiturus, et iam limen excedens, ait
« Deum videtis; tribuam vobis protinus
quod quaeque optarit ». mater suppliciter rogat,
barbatum ut videat natum quam primum suum;
moecha, ut sequatur sese quidquid tetigerit.
volat Mercurius; intro redeunt mulieres:
barbatus infans, ecce, vagitus ciet.
id forte meretrix cum rideret validius,
nares replevit umor ut fieri solet.
emungere igitur se volens prendit manu
traxitque ad terram nasi longitudinem,
et aliam ridens ipsa ridenda extitit.

Restiamo paghi dunque dei suoi doni,
viviamo il nostro tempo destinato
senza tentare ciò che ci trascende.

104

LA GRAZIA DI MERCURIO

Nel loro alloggio sporco e indecoroso
due donne ebbero ospite Mercurio.
La prima aveva un figlioletto in culla,
l'altra si dava alla prostituzione.
Andando via, volendo ricambiare,
l'ospite disse, sulla soglia: « È un Dio
davanti a voi, e voglio sul momento
darvi qualunque cosa mi chiediate ».
La madre supplicando lo pregò
di vedere suo figlio con la barba
al più presto, e la mecca sghignazzò:
« Mi stia attaccato tutto quel che piglio ».
Mercurio volò via, le donne entrarono,
e videro un lattante con la barba
che levava vagiti dalla culla;
la puttana ne rise tanto forte
che il naso le si riempì di moccio,
e quando con la mano si soffiò
si trovò il naso lungo fino a terra.
Così restò, risibile e ridente.

105

PROMETHEUS ET DOLUS

De Veritate et Mendacio

Olim Prometheus saeculi figulus novi
cura subtili Veritatem fecerat,
ut iura posset inter homines reddere.
subito accersitus nuntio magni Iovis
commendat officinam fallaci Dolo,
in disciplinam nuper quem receperat.
hic, studio accensus, facie simulacrum pari,
una statura, simile et membris omnibus,
dum tempus habuit, callida finxit manu.
quod prope iam totum mire cum positum foret,
lutum ad faciendos illi defecit pedes.
redit magister, quo festinanter Dolus
metu turbatus in suo sedit loco.
mirans Prometheus tantam similitudinem
propriae videri voluit artis gloriam;
igitur fornaci pariter duo signa intulit.
quibus percoctis atque infuso spiritu,
modesto gressu sancta incessit Veritas,
at trunca species haesit in vestigio.
tunc falsa imago atque operis furtivi labor
Mendacium appellatum est, quod negantibus
pedes habere facile et ipse adsentio.
Simulata interdum initio prosunt hominibus;
sed tempore ipsa tamen apparet veritas.

105

LE BUGIE HANNO LE GAMBE CORTE

Una volta Promèteo, il vasaio
che forgiò nell'argilla il nuovo genere,
fece la Verità, a regola d'arte,
perché rendesse agli uomini giustizia.
Convocato da Giove all'improvviso
affidò l'officina al furbo Inganno,
che era da qualche tempo suo apprendista.
L'Inganno, preso dall'ispirazione,
fin ch'ebbe tempo, abile com'era,
forgiò una statua dall'aspetto identico,
di taglia e membra uguali una per una:
era già quasi pronta (uno spettacolo)
che gli mancò l'argilla per i piedi.
Tornò il maestro, e l'altro in fretta e furia
si sedette al suo posto, spaventato.
Stupì Prometeo per la somiglianza
e la volle mostrare a gloria sua:
perciò infornò e l'una e l'altra statua.
Appresso la cottura, infusa l'anima,
la Verità cominciò il suo cammino
lento e prudente: ma l'imitazione
mutilata, non seppe andare avanti.
La copia, simulata nel segreto,
fu chiamata Menzogna. Ed usa dire
che essa ha le gambe corte ed io ci credo.
(Fingere a volte serve da principio,
ma poi, col tempo, il vero si fa chiaro).

106

AUCTOR

Sensum aestimandum esse, non verba

Ixion quod versari narratur rota,
volubilem Fortunam iactari docet.
adversus altos Sisyphus montes agens
saxum labore summo, quod de vertice
sudore semper irrito revolvitur,
ostendit hominum fine nullo miserias.
quod stans in amne Tantalus medio sitit,
avari describuntur, quos circumfluit
usus bonorum, sed nil possunt tangere.
urnis scelestae Danaides portant aquas,
pertusa nec complere possunt dolia?
immo, luxuriae quicquid dederis, perfluet.
novem porrectus Tityos est per iugera,
tristi renatum suggerens poenae iecur?
quo quis maiorem possidet terrae locum,
hoc demonstratur cura graviore adfici.
consulto involvit veritatem antiquitas,
ut sapiens intellegeret, erraret rudis.

107

AUCTOR

De oraculo Apollinis

Utilius quid sit nobis, dic, Phoebe, obsecro,
qui Delphos et formosum Parnasum incolis.

106

MITI E VERITÀ

La leggenda di Issione sulla ruota
vorticosa significa la sorte
che sempre muta e non dà requie mai;
Sisifo che incontro la montagna ardua
spinge con pena immensa il suo macigno
che dal vertice rotola e vanifica
la sua fatica sempre, rappresenta
la miseria dell'uomo senza fine;
Tantalo sitibondo in mezzo al fiume
è l'avaro cui i beni della vita
lambiscono ma non li sa toccare;
le ree Danaidi che portano acqua sempre
né colmano le giare perforate
sono il lusso che mentre dona dissipa.
E Titio che per nove iugeri giace
e il fegato ricresce alla sua pena
mostra che più è la terra posseduta
più pesante è l'angoscia che ne viene.
L'antico mondo non a caso avvolse
la verità di miti, perché il savio
capisse e il primitivo equivocasse.

107

LA RIVELAZIONE DIVINA

— Ti supplico, Dio Febo, che hai dimora
in Delfi e sul bellissimo Parnaso,
dimmi che è più utile per l'uomo.

subito sacratae vatis horrescunt comae?
tripodes moventur, mugit adytis religio,
tremuntque lauri, et ipse pallescit dies.
voces resolvit icta Pythia numine,
docetque gentes Delii monitus dei:
« Pietatem colite; vota superis reddite;
patriam, parentes, natos, castas coniuges
defendite armis; hostem ferro pellite;
amicos sublevate; miseris parcite;
bonis favete; subdolis ite obviam.
delicta vindicate; corripite impios;
punite, turpi thalamos qui violant stupro;
malos cavete; nulli nimium credite ».
haec elocuta concidit virgo furens,
furens profecto: nam quae dixit perdidit.

108

AESOPUS ET SCRIPTOR

De malo scriptore se laudante

Aesopo quidam scripta recitarat mala,
in quis inepte multum se iactaverat.
scire ergo cupiens quidnam sentiret senex
« Numquid tibi » inquit « visus sum superbior?
haud vana nobis ingeni fiducia est. »
confectus ille pessimo volumine
« Ego » inquit « quod te laudas vehementer probo;
namque hoc ab alio numquam continget tibi. »

D'improvviso la chioma della sacra
sacerdotessa s'agita selvaggia,
i tripodi si muovono, freme e urla
il nume antico dentro il penetrale,
tremano i lauri, impallidisce il giorno.
Ispirata dal Dio la Pizia parla,
sacri precetti giungono alle genti:
« Onorate la fede ed osservate
i voti; difendete con le armi
la patria e genitori figli spose;
ricacciate i nemici; sollevate
gli amici; siate umani con i miseri,
benigni con i buoni; combattete
gl'infidi; vendicate le ingiustizie;
bollate gli empi, punite l'adultero
che contamina il letto coniugale;
e guardatevi sempre dai maligni
né ad alcuno affidate mai voi stessi ».
Poi la vergine folle piombò a terra.
Folle davvero, dissipò i suoi detti.

108

LO SCRITTORE

Un tale lesse a Esopo brutti scritti
in cui molto e da scempio si esaltava,
e avendo grande voglia di sapere
che ne pensava il vecchio, domandò:
« Forse ti sembra che c'è troppo orgoglio?
Però, se ho fede in me, ne ho le ragioni ».
Quel rotolo l'aveva consumato:
« Sì, lòdati, fai bene, fai benissimo,
perché un altro non lo farà più ».

109

POMPEIUS ET MILES

Quam difficile sit hominem nosse

Magni Pompeii miles vasti corporis
fracte loquendo et ambulando molliter
famam cinaedi traxerat certissimi.
hic insidiatus nocte iumentis ducis
cum veste et auro et magno argenti pondere
avertit mulos. factum rumor dissipat;
arguitur miles, rapitur in praetorium.
tum Magnus «Quid ais? tune me, commilito,
spoliare es ausus?» ille continuo exscreat
sibi in sinistram et sputum digitis dissipat:
«Sic, imperator, oculi exstillescant mei,
si vidi aut tetigi». tum vir animi simplicis
id dedecus castrorum propelli iubet,
nec cadere in illum credit tantam audaciam.
breve tempus intercessit, et fidens manu
unum de nostris provocabat barbarus.
sibi quisque metuit; primi iam mussant duces.
tandem cinaedus habitu sed Mars viribus
adit sedentem pro tribunali ducem,
et voce molli «Licet?» illum virum eici,
ut in re atroci, Magnus stomachans imperat.

109

IL SOLDATO DI POMPEO IL GRANDE

Un grosso legionario di Pompeo
dal passo molle e dalla voce bianca
si fece chiara fama d'invertito.
Una notte che fece un'imboscata
come bottino portò via i muletti
del Generale, con il guardaroba
l'oro e molto denaro. La notizia
si sparpaglia. S'incrimina il soldato,
lo si arresta e si porta nel pretorio.
Pompeo il Grande dice: «Che mi fai?
tu hai osato, un mio commilitone,
mettermi a sacco?». Quello, svelto, sputa
nella sinistra, sperde con le dita
la saliva giurando: «Comandante,
che questi occhi mi si facciano acqua
se io ho veduto» dice «e se ho toccato».
Il Capo era galantuomo, e ordina
di liberare il campo da quell'onta;
e poi in cuor suo non ci credeva molto
che quello lì avesse osato tanto.
Poco più avanti un barbaro di fegato
venne e sfidò a duello uno dei nostri.
C'era paura. Fino i comandanti
nicchiavano. Finché dal Comandante
assiso in tribunale si presenta
quell'invertito, forte come Marte,
e fa «permesso?» con la blanda voce.
Il Grande, in quella situazione brusca,
ha uno scatto e comanda di scacciare

tum quidam senior ex amicis principis
«Hunc ego committi satius fortunae arbitror,
in quo iactura levis est, quam fortem virum,
qui casu victus temeritatis te arguat».
assensit Magnus, et permisit militi
prodire contra; qui, mirante exercitu,
dicto celerius hostis abscidit caput,
victorque rediit. his tunc Pompeius super:
«Corona, miles, equidem te dono libens,
quia vindicasti laudem Romani imperi;
sed exstillescant oculi sic» inquit «mei»,
turpe illud imitans ius iurandum militis,
«nisi tu abstulisti sarcinas nuper meas».

110

IUNO, VENUS ET GALLINA

De mulierum libidine

Dis et deabus (omnibus) praesentibus 1a
cum castitatem Iuno laudaret suam 1
iocunditatis causam Venus haud repudiat. 1b
nullamque ut affirmaret esse illi parem,

. . . . 3b
interrogasse sic gallinam dicitur:
«Dic, sodes, quanto possis satiari cibo?»
respondit illa «Quidquid dederis, satis erit,
sic ut concedas pedibus aliquid scalpere».

quel ... soldato lì. Ma uno del seguito,
un anziano signore, fa: «Per me
manderei quel soldato al suo destino.
Non ci si perde molto. Un valoroso,
se capita che sia battuto, dopo
accuseranno te di leggerezza.»
Pompeo il Grande approva e dà il consenso.
Il soldato va fuori, e sotto gli occhi
stupefatti e ammirati dell'armata
in men che non si dica taglia il capo
dell'avversario e torna vittorioso.
Ma Pompeo volle dirla: «Volentieri
la corona al valore te la do
perché hai salvato il nome dell'esercito.
Ma questi occhi mi si facciano acqua
(e ripeté il rito dello sputo)
se i miei bauli non li hai presi tu».

110

RAZZOLARE MALE

Giunone innanzi a tutti, Dei e Dee,
fece l'elogio della sua onestà;
Venere stette al gioco, per scherzare.
Quando Giunone ripeté ben certa
che non c'era nessuna come lei,
(...)
si racconta che chiese alla gallina:
«Che ti occorre per toglierti la fame?»
«Quanto mi dai» rispose «sempre basta,
purché mi lasci un poco razzolare».

«Ne scalpas,» inquit «satis est modius tritici?»
«Plane immo nimium est; sed permittes scalpere?»
«Ex toto ne quid scalpas, quid desideras?»
tum denique illa fassa est naturae malum:
«Licet horreum mi pateat, ego scalpam tamen».
risisse Iuno dicitur Veneris iocos,
quia per gallinam denotarit feminas.

III

IUVENCUS ET BOS VETULUS

Quomodo domanda sit ferox iuventus

Paterfamilias saevum habebat filium.
hic, e conspectu cum patris recesserat,
verberibus servos afficiebat plurimis,
et exercebat fervidam adulescentiam.
Aesopus ergo narrat hoc breviter seni:
«Quidam iuvenco vetulum adiungebat bovem.
is cum refugiens impari collo iugum
aetatis excusaret vires languidas,
"Non est quod timeas" inquit illi rusticus
"non ut labores iunxi, sed ut istum domes,
qui calce et cornu multos reddit debiles".
et tu nisi istum tecum assidue detines,
eiusque ingenium comprimis clementia,
vide ne querella maior accrescat domus».
Atrocitati mansuetudo est remedium.

«E per non razzolare, t'accontenti
d'un bel moggio di grano?» «Oh grazie, è troppo.
Ma mi permetterai di razzolare?»
«No, per non razzolare affatto, chiedo
quanto hai bisogno». Qui confessò il male
di cui soffriva: «Se anche mi spalanchi
i tuoi granai, io voglio razzolare».
E Giunone sorrise dello scherzo
perché in quella gallina, ecco la donna.

III

IL METODO DELLA MITEZZA

Un figlio di famiglia tristo e discolo
niente niente che il padre non vedesse
frustava a sangue i servi della casa
e sfogava i bollori dell'età.
Così Esopo narrò la cosa al padre:
«Un contadino mise al giogo insieme
un giovane giovenco e un vecchio bove, il quale
ne svincolava il collo diseguale
accusando l'età e la debolezza.
«Non dartene pensiero» disse l'uomo:
«non perché lavorassi t'ho aggiogato,
ma per domare quello, che ha sfiancato
troppi buoi con le corna e con gli zoccoli».
Anche tu, se non sempre lo sorvegli,
né forzi con dolcezza il suo carattere,
guarda che avremo ancora dispiaceri».
La mitezza guarisce la ferocia.

112

AESOPUS ET VICTOR GYMNICUS

Quomodo comprimatur aliquando iactantia

Victorem forte gymnici certaminis
iactantiorem Phryx cum vidisset sophus,
interrogavit, an plus adversarius
valuisset; saevus ille «Ne istud dixeris;
multo fuere vires maiores meae».
«Quod» inquit «ergo, stulte, meruisti decus,
minus valentem si vicisti fortior?
ferendus esses fortem si te diceres
superasse eum qui te esset melior viribus.»

113

ASINUS AD LYRAM

Quam ingenia saepe calamitate intercidant

Asinus iacentem vidit in prato lyram;
accessit et temptavit chordas ungula.
sonuere tactae. «Bella res mehercules;
male cessit ea», ait «artis quia sum nescius.
si repperisset aliquis hanc prudentior,
divinis aures oblectasset cantibus».
Sic saepe ingenia calamitate intercidunt.

114

MULIER VIDUA ET MILES

Quanta sit inconstantia et libido mulierum

Per aliquot annos quaedam dilectum virum
amisit, et sarcophago corpus condidit.

112

MERITI SPORTIVI

Il saggio della Frigia, quando vide
un campione sportivo vittorioso
darsi troppa importanza, domandò
se era stato più forte del rivale.
E quello, truce: «Questo si capisce.
Certo che ero più forte io, e come».
«E allora scemo il merito dov'è,
se eri più forte a battere il più debole?
Saresti più simpatico, dicendo
che sei forte perché hai battuto un altro
che era, in fatto di fisico, più in gamba».

113

L'ASINO E LA MUSICA

L'asino scorse in mezzo al prato un'arpa.
S'avvicinò, con l'unghia ne tentò
le corde, e le corde tocche risuonarono.
«Dio, che cosa gentile!» disse l'asino,
«che non sia del mestiere, che peccato!
Se la trovava uno più istruito
quali divine, dolci melodie!»
Così il talento spesso è sfortunato.

114

LA VEDOVA INCONSOLABILE

Una donna perdette suo marito
dopo anni d'amore e lo portò

a quo divelli nullo cum posset modo,
et in sepulchro lugens vitam degeret,
claram assecuta est famam castae coniugis.
interea, fanum qui compilarant Iovis,
cruci suffixi luerunt poenas numini.
horum reliquias ne quis posset tollere,
custodes dantur milites cadaverum,
monumentum iuxta, mulier quo se incluserat.
aliquando sitiens unus de custodibus
aquam rogavit media nocte ancillulam,
quae forte dominae tunc adsistebat suae
dormitum eunti; namque lucubraverat,
et usque in serum vigilias perduxerat.
paulum reclusis foribus miles prospicit,
videtque egregiam facie pulchra feminam.
correptus animus ilico succenditur,
uritque sensus impotentis cupiditas.
sollers acumen mille causas invenit,
per quas videre possit illam saepius.
cotidiana capta consuetudine,
paullatim facta est advenae submissior,
mox artior revinxit animum copula.
hic dum consumit noctes custos diligens,
desideratum est corpus ex una cruce.
turbatus miles factum exponit mulieri.
at sancta mulier «Non est quod timeas» ait;
virique corpus tradit figendum cruci,
ne subeat ille poenas neglegentiae.
sic turpitudo laudis obsedit locum.

alla tomba. E nessuno più riuscì
a staccarla; viveva in quel sepolcro,
piangendo ed acquistandosi una fama
luminosa di sposa virtuosissima.
Fu allora che i ladri del tempio di Giove
scontarono i peccati sulla croce,
e ci misero anche sentinelle
perché non ne rubassero le spoglie;
proprio presso il sepolcro della donna
in clausura. Successe che un soldato,
avendo sete, in piena notte andò
a chiedere un po' d'acqua alla servetta
della donna, che allora riposava
(vegliava al lume fino a notte fonda).
La porta era socchiusa, vi sbirciò,
e vide un volto splendido di donna.
Ne restò folgorato, una passione
travolgente dei sensi. Escogitò
mille pretesti per vederla spesso,
con intuito felice. Un po' alla volta
divenne un'abitudine per lei,
si fece col suo ospite più mite,
finché il contatto conquistò lo spirito.
Mentre così il custode consumava
le notti, ad una croce mancò il morto.
Il soldato, sconvolto, riferì
alla donna. Ma quella santa donna
lo confortò: « Ma che paura hai? »
e gli passò la salma del marito
perché inchiodasse quella sulla croce
e non fosse punita l'infrazione.
Poi il peccato successe alla virtù.

115

DUO PROCI

Fortunam interdum praeter spem hominibus favere

Unam expetebant virginem iuvenes duo.
vicit locuples genus et formam pauperis.
ut nuptiarum dictus advenit dies,
amans, dolorem quia non poterat perpeti,
maerens propinquos contulit se in hortulos,
quos ultra paulo villa splendens divitis
erat acceptura virginem e matris sinu,
parum ampla in urbe visa quod fuerat domus.
pompa explicatur; turba concurrit frequens,
et coniugalem praebet Hymenaeus facem.
asellus autem, qui solebat pauperi
quaestum referre, stabat portae in limine.
illum puellae casu conducunt sui,
viae labores teneros ne laedant pedes.
repente caelum Veneris misericordia
ventis movetur; intonat mundi fragor
noctemque densis horridam nimbis parit.
lux rapitur oculis; et simul vis grandinis
effusa trepidos passim comites dissipat,
sibi quemque cogens petere praesidium fuga.
asellus notum proxime tectum subit,
et voce magna sese venisse indicat.
procurrunt pueri, pulchram adspiciunt virginem
et admirantur: deinde domino nuntiant.
inter sodales ille paucos accubans
amorem crebris avocabat poculis.

115

AMORE, CASO E MIRACOLO

Due giovani aspiravano alla stessa
fanciulla; soldi e nascita sconfissero
la bellezza del povero. L'amava,
e quando venne il giorno delle nozze
non sopportando quella pena andò
triste in un orticello lì vicino.
Poco oltre, la villa luminosa
del ricco s'apprestava già a ricevere
la fanciulla dal grembo della madre
(la casa di città sembrò modesta).
S'apre il corteo, il popolo fa ressa;
« regge Imeneo la face coniugale ».
Sulla porta del povero era dritto
l'asino suo, vettura degli affari;
la gente della sposa lo sequestra
perché la lunga strada e la fatica
non offenda quei piedi delicati.
Ma d'improvviso il vento agita il cielo
come se fosse la pietà di Venere,
e l'universo è tutto un tuono, pare
che nubi dense portino la notte.
Chi vede più; e giù la grandinata
che fa scappare gente e testimoni
chi qua chi là in cerca di rifugio.
L'asino sa la casa, presso, e torna
svelandosi coi ragli più solenni;
accorrono i ragazzi. Ecco la sposa
davanti a loro, sostano ammirati,
poi vanno dal padrone ad annunciarla.
Era tra pochi amici nel triclinio
per scacciare l'amore con il vino;

ubi nuntiatum est, recreatus gaudiis
hortante Baccho et Venere, dulcis perficit
aequalitatis inter plausus nuptias.
quaerunt parentes per praeconem filiam;
novus maritus coniuge amissa dolet.
quid esset actum postquam populo innotuit,
omnes favorem comprobarunt caelitum.

116

AESOPUS ET DOMINA

Quam noceat saepe verum dicere

Aesopus turpi cum serviret feminae,
quae se expingendo totum intricaret diem,
vestem uniones aurum argentum sumeret,
nec inveniret, digito qui se tangeret,
« Licetne paucis? » inquit « Dicas ». « Censeo,
quidvis efficies, cultum si deposueris. »
« Adeone per me videor tibi meliuscula? »
« Immo, ni dederis, sponda cessabit tua. »
« At non cessabunt latera » respondit « tua »;
et obiurgari iussit ferula garrulum.
post paulo armillam tollit fur argenteam.
eam non apparere ut dictum est mulieri,
omnis furore plena vocat, ac verbera
proponit gravia, verum si non dixerint.

la gioia alla notizia balenò.
Bacco, Venere stessa consigliarono
non senza festa della gioventù
di completare le nozze interrotte.
I genitori fecero cercare
per mezzo dell'araldo la figliola
e già lo sposo si piangeva vedovo.
Ma quando poi si seppe come andò
si rese lode alla bontà divina.

116

LIBERTÀ DI PAROLA

Esopo era lo schiavo di una brutta,
sempre in faccende tutto il santo giorno
a verniciarsi, a scegliere «toilettes»,
gioielli, ori ed argenti. E non trovava
chi la toccasse solo con un dito.
«Permetti una parola?» fece. «Parla».
«Il mio pensiero è che abbandonando
i cosmetici, avrai quello che vuoi».
«Ti sembro un poco meglio, al naturale?...»
«No: se non paghi, il letto starà in pace...»
«Ma non staranno in pace le tue spalle»
rispose lei e subito ordinò
di fustigare il servo linguacciuto.
Più tardi le rubarono una spilla
d'argento, e quando le fu riferito
che non la si trovava, s'infuriò,
convocò tutti e minacciò la sferza
se non le si diceva tutto il vero.

« Aliis minare; me » inquit « non falles, era;
flagris sum caesus, verum quia dixi modo ».

117

GALLUS ET FELES LECTICARII

Nimiam securitatem saepe in periculum homines ducere

Feles habebat gallus lecticarios.
hunc gloriose vulpes ut vidit vehi,
sic est locuta: « Moneo praecaveas dolum.
istorum vultus namque si consideres,
praedam portare iudices, non sarcinam ».

postquam fera esurire coepit societas,
discerpsit dominum, et fecit partes funeris.

118

SCROFA ET LUPUS

Faciendum prius de homine periculum quam eius
te committas fidei

Premente partu scrofa cum gemeret iacens,
accurrit lupus, et obstetricis partibus
se posse fungi dixit, promittens opem.
quae vero nosset pectoris fraudem improbi,
suspectum officium repudiavit malefici,
et « Satis est » inquit « si recedis longius ».

quodsi perfidiae se commisisset lupi,
sero dolore fata deflesset sua.

« Minaccia un altro » disse Esopo. « A me
signora, non la fai. Quando ti dissi
la verità, mi hai fatto bastonare ».

117

GALLO IN LETTIGA

Marciava il gallo gonfio e pettoruto
in lettiga portato da dei gatti;
ma la volpe gli disse: « Ti consiglio
di premunirti contro un brutto tiro.
Guardali in faccia, i gatti: non ti sembra
che non portino un peso, ma una preda? »

(...)

venne fame alla fiera compagnia
che divise padrone e funerali.

118

FINEZZE SOSPETTE

Una scrofa gemeva per le doglie.
Accorse il lupo che si disse in grado
di fungere da ostetrico e si offrì.
Lei conosceva quella mala bestia
e rifiutò la sua bontà sospetta:
« Ti chiedo solo questo, sta lontano ».

(...)

Già. Si fosse fidata di quel perfido
avrebbe pianto tardi la sua sorte.

119

AESOPUS ET SERVUS PROFUGUS

Non esse malo addendum malum

Servus profugiens dominum naturae asperae,
Aesopo occurrit, notus e vicinia.
« Quid tu confusus? » « Dicam tibi clare, pater,
(hoc namque es dignus appellari nomine),
tuto querella quia apud te deponitur.
plagae supersunt, desunt mihi cibaria.
subinde ad villam mittor sine viatico.
domi si cenat, totis persto noctibus;
sive est vocatus, iaceo ad lucem in semita.
emerui libertatem, canus servio.
ullius essem culpae mihi si conscius,
aequo animo ferrem. numquam sum factus satur,
et super infelix saevum patior dominium.
has propter causas et quas longum est promere
abire destinavi quo tulerint pedes ».
« Ergo » inquit « audi. cum mali nil feceris,
haec experiris, ut refers, incommoda:
quid si peccaris? quae te passurum putas? »
tali consilio est a fuga deterritus.

119

LO SCHIAVO

Uno schiavo che aveva per padrone
un uomo senza cuore, fuggì via,
corse da Esopo, noto nei dintorni.
«Che hai, così sconvolto?» chiese. «Padre,
(tu meriti davvero questo nome),
a te lo voglio dire, non tradisci
chi viene a confidarti le sue pene.
Laggiù ci sono botte e poco cibo,
a volte vado in villa senza viatico,
quando si cena in casa resto in piedi
tutta la notte, se si cena fuori
aspetto sul sentiero fino all'alba.
La libertà l'avrei già guadagnata
e invece sono vecchio e ancora servo;
la mia coscienza avesse qualche colpa,
sopporterei in pace. Ho sempre fame,
e oltre a tutto debbo sopportare
per mia sfortuna un padrone crudele.
Per questo, e ciò che è troppo lungo dire,
ho deciso di andare, dove capita.»
Esopo disse: «Ascoltami tu, dunque.
Nulla hai fatto di male e tanto soffri:
se anche sbagli, quanto soffrirai?»
Questo pensiero gli impedì la fuga.

120

EQUUS CIRCENSIS

Ferendum esse aequo animo quidquid acciderit

Equum ex quadriga, multis palmis nobilem,
abegit quidam et in pistrinum vendidit.
productus ad bibendum cum foret a molis,
in circum aequales ire conspexit suos,
ut grata ludis redderent certamina.
lacrimis obortis «Ite felices», ait
«celebrate sine me cursu sollemnem diem:
ego, quo scelesta furis attraxit manus,
ibi sorte tristi fata deflebo mea».

121

URSUS ESURIENS

Famem acuere animantibus ingenium

Si quando in silvis urso desunt copiae,
scopulosum ad litus currit, et prendens petram
pilosa crura sensim demittit vado;
quorum inter villos haeserunt cancri simul,
in terram arripiens excutit praedam maris,
escaque fruitur passim collecta vafer.

Ergo etiam stultis acuit ingenium fames.

120

IL CAVALLO DA CORSA

Un cavallo da corsa, un illustre
cavallo molte volte vittorioso,
fu rubato e venduto ad un mugnaio.
Una volta, staccato dalla mola
per bere, vide dall'abbeveratoio
gli uguali suoi partire per il circo,
alle gare, alla gioia delle corse,
e pianse: «Andate e siate lieti» disse
«e senza me vivete il grande giorno.
Io dove mi portò una mano ladra
piangerò il mio destino e la mia pena».

121

IL GENIO DELLA FAME

Quando l'orso si trova senza mezzi
nella foresta, corre alla scogliera,
artiglia un sasso e cala le pelose
zampe nell'acqua mossa, piano piano;
come i granchi s'appigliano al suo pelo
balza all'asciutto e scuote giù la sua
preda marina. La raduna tutta
e se ne ciba, l'orsacchiotto furbo.

La fame, al mondo, rende intelligenti.

122

VIATOR ET CORVUS

Verbis saepenumero homines decipi solere

Quidam per agros devium carpens iter,
AVE exaudivit, et moratus paululum,
adesse ut vidit nullum, corripuit gradum.
iterum salutat idem ex occulto sonus.
voce hospitali confirmatus restitit,
ut, quisquis esset, par officium reciperet.
cum circumspectans error haesisset diu
et perdidisset tempus aliquot milium,
ostendit sese corvus, et supervolans,
AVE usque ingessit. tum se lusum intellegens
« At male tibi sit, » inquit « ales pessime,
qui festinantis sic detinuisti pedes ».

123

PASTOR ET CAPELLA

Nihil ita occultum esse quod non reveletur

Pastor capellae cornu baculo fregerat:
rogare coepit ne se domino proderet.
« Quamvis indigne laesa reticebo tamen;
sed res clamabit ipsa quid deliqueris. »

122

QUADRETTO CAMPESTRE E SIMBOLICO

Spesso le parole ingannano

Presa una scorciatoia per i campi
ode una voce: *Ave*. Sosta, aspetta,
non c'è nessuno. Riprende il cammino.
Si ripete il saluto, dal mistero.
La parola gentile l'assicura,
sosta a rendere uguale cortesia,
si guarda attorno, cerca qua e là,
e intanto perde il tempo di più miglia:
quando si svela un corvo che volando
ripete *ave*, *ave*. Ma che scherzo.
« E va in malora uccello maledetto,
con la fretta che ho mi fermi il passo. »

123

IL FATTO GRIDA

Un pastore spaccò con il bastone
un corno alla capretta e poi si diede
a pregarla che non lo denunciasse
al padrone. « Per me, io tacerei
anche se mi hai ferita senza merito:
ma è il fatto in sé che grida la tua colpa ».

Ciò che è coperto sarà visto un giorno.

124

SERPENS ET LACERTA

Ubi leonis pellis deficit, vulpinam insuendam esse, hoc est ubi deficiunt vires, astu utendum

Serpens lacertam forte adversam prenderat,
quam devorare patula cum vellet gula,
arripuit illa prope iacentem surculum,
et pertinaci morsu transversum tenens
avidum sollerti rictum frenavit mora.
praedam dimisit ore serpens inritam.

125

CORNIX ET OVIS

Multos lacessere debiles et cedere fortibus

Odiosa cornix super ovem consederat;
quae dorsum cum tutudisset invitae diu,
«Hoc» inquit «si dentato fecisses cani,
poenas dedisses». illa contra pessima
«Despicio inermes, eadem cedo fortibus;
scio quem lacessam, cui dolosa blandiar.
ideo senectam mille in annos prorogo».

126

SOCRATES ET SERVUS

Nullum maledictum esse gravius conscientia

Cum servus nequam Socrati male diceret,
uxorem domini qui corrupisset sui,
idque ille sciret notum circumstantibus
«Places tibi» inquit «nam cui non debes, places;
sed non impune, quia cui debes, non places».

124

QUADRETTO IN BAROCCO

Di scarto acciuffa il serpe una lucertola,
già l'inghiottisce nella vasta gola,
lei ghermisce un rametto lì vicino,
stringe forte tra i denti, sghembo, blocca
il ghigno avido del serpe, astuto freno:
il serpe lascia la sua vana preda.

125

IL SEGRETO DELLA LUNGA VITA

La cornacchia, l'antipatica cornacchia,
si piazzò sulla schiena della pecora
e la picchiò (non fu un piacere) a lungo.
Quella disse: «Facessi così al cane,
quello che ha i denti, pagheresti caro».
Le rispose la peggio delle bestie:
«Sprezzo i deboli, ai forti cedo sempre,
so chi sfidare e chi falsa blandire,
e così invecchio fino ai mille anni».

126

PIACERE A CHI DI DOVERE

Uno schiavo malvagio, seduttore
della padrona, calunniava Socrate.
Egli, sapendo che tutti sapevano,
disse: «Tu ti compiaci, perché piaci
a chi non devi: ma la pagherai
perché, a chi devi piacere, tu non piaci».

127

LUPUS ET BUBULCUS

Multos verbis esse blandos, pectore infideles

Cum se sequentem celeri pede fugeret lupus,
et a bubulco visus veprem inreperet,
« Per te oro superos perque spes omnes tuas
ne me indices, bubulce; nil umquam mali
huic agro feci ». et rusticus « Ne timueris;
late securus ». iamque venator sequens:
« Quaeso, bubulce, numquid huc venit lupus? »
« Venit, sed abiit hac ad laevam » et dexteram
demonstrat nictu partem. venator citus
non intellexit, seque e conspectu abstulit.
tunc sic bubulcus « Ecquid est gratum tibi,
quod te celavi? » « Linguae prorsus non nego
habere atque agere maximas me gratias;
verum oculis ut priveris opto perfidis. »

128

MERETRIX ET IUVENIS

Multa esse nobis iucunda, quae tamen sunt incommoda

Cum blandiretur iuveni meretrix perfida,
et ille laesus multis saepe iniuriis
tamen praeberet sese facilem mulieri,
sic insidiatrix « Plures muneribus licet
contendant, ego te plurimi facio tamen ».
iuvenis, recordans quotiens deceptus foret,

127

PAROLE E CENNI

Un lupo era braccato e s'acquattò
sotto un cespuglio, ma ci fu un bovaro
che lo vide. «Ti prego per gli Dei,
per tutto ciò che speri dalla vita,
non mi tradire, bovaro» gli disse
«a questo campo mai non feci danno».
Il campagnolo disse: «Non temere,
sta nascosto e tranquillo». Sopraggiunse
il cacciatore: «Scusa un po', bovaro,
un lupo è mica capitato qui?»
«E come, e se n'è andato là a sinistra»
ma con l'occhio ammiccava alla sua destra.
Quel frettoloso non intese e sparve.
Disse il bovaro al lupo: «Mi sei grato,
che ti ho coperto?» «Sì, ringrazio
di cuore la tua lingua, ma i tuoi occhi
traditori ti caschino dal capo».

128

VULT DECIPI

L'astuta cortigiana traditrice
adulava il giovanotto, mille volte
ingannato, ma che tornava sempre
senza porre problemi: «Sono molti
a regalarmi, a corteggiarmi, eppure
tu sei tanto per me, soltanto tu».
Avendo in cuore tutti i tradimenti
il giovane rispose: «Luce mia,

« Lubenter » inquit « mea lux, hanc vocem audio,
non quod fidelis, sed quod iucunda es mihi ».

* *

129

FIBER

Multi viverent si salutis gratia parvi facerent fortunas

Canes effugere cum iam non possit fiber
(Graeci loquaces quem dixerunt castorem
et indiderunt bestiae nomen dei,
illi qui iactant se verborum copia),
abripere morsu fertur testiculos sibi,
quia propter illos sentiat sese peti.
divina quod ratione fieri non negem;
venator namque, simul invenit remedium,
omittit ipsum persequi et revocat canes.
Hoc si praestare possent homines ut suo
vellent carere, tuti posthac viverent;
haud quisquam insidias nudo faceret corpori.

130

PAPILIO ET VESPA

Non praeteritam sed praesentem aspiciendam esse fortunam

Papilio vespam prope volantem viderat:
« o sortem iniquam! dum vivebant corpora,
quorum ex reliquiis animam non accepimus,
ego eloquens in pace, fortis proeliis,

mi è dolce ciò che dici non perché
ci creda, ma perché sei tu la gioia ».

(Giocarono così con le parole).

129

I TESTICOLI DEL CASTORO

Il bìvero (o castoro, come dicono
i greci chiacchieroni, che con tutta
la ricchezza di lessico che vantano,
han chiamato una bestia come un Dio),
il bìvero, se si vede già raggiunto
dai cani – così dicono – si strappa
con un morso i testicoli: capisce
che gli fanno la caccia per quei cosi.
La provvidenza, e come no. E infatti
il cacciatore, avuto il suo prodotto,
richiama i cani e sospende la caccia.
Perché se al mondo ci si rassegnasse
a rinunciare a tutto ciò che è nostro
si godrebbe la pace del filosofo.
Chi va a insidiare un uomo nudo bruco.

130

L'UNICO PRESENTE

La farfalla adocchiò la vespa presso
e disse: « Mio amarissimo destino!
Erano vivi i grandi corpi un giorno
che mi diedero vita dissolvendosi;
si era eloquenti in pace e in guerra forti,

arte omni princeps inter aequalis fui;
en cuncta levitas putris et volito cinis:
tu, qui fuisti mulus clitellarius,
quemcumque visum est laedis infixo aculeo».
at vespa dignam moribus vocem edidit:
«Non qui fuerimus, sed qui nunc simus, vide».

131

TERRANEOLA ET VULPES

Pravis non esse fidem adhibendam

Avis, quam dicunt terraneolam rustici,
in terra nidum quia componit scilicet,
forte occucurrit improbae vulpeculae,
qua visa pinnis altius se sustulit.
«Salve» inquit illa «cur me fugisti obsecro?
quasi non abunde sit mihi in prato cibus,
grylli, scarabaei, locustarum copia;
nihil est quod metuas; ego te multum diligo
propter quietos mores et vitam probam».
respondit cantrix «Tu quidem bene praedicas.
in campo non par, <par> sum sublimis tibi.
quin sequere; tibi salutem hic committo meam».

132

EPILOGUS

De his qui legunt libellum

Hoc qualecumque est, Musa quod ludit mea,
nequitia pariter laudat et frugalitas:
sed haec simpliciter, illa tacita irascitur.

si era primi tra i primi in ogni arte.
Eccomi ora levità e polvere,
un po' di trista cenere che vola.
Tu non fosti che un mulo da fatica
e ferisci e trafiggi a tuo piacere».
Non si smentì la vespa che rispose:
«Si è ciò che si è, non che si era».

131

QUELLA VOLTA LA VOLPE

La terragnola, come i contadini
la chiamano perché fa il nido in terra,
s'imbatte nella volpe furbacchiona
e subito alza un poco il volo; e quella:
«Buongiorno! ma perché, scusa, mi eviti?
non ho sui prati cibo in abbondanza,
scarabei, grilli, e cavallette, poi:
tu di che temi, a te io voglio bene,
perché vivi tranquilla, onestamente».
E la canora a lei: «Predichi bene,
ma sui campi non siamo uguali, e in aria sì:
vieni tu qua, quassù son tutta tua».

132

EPILOGO

Ora, come che sia l'opera mia,
l'onesto loda e il disonesto pure:
quello col cuore, questo odia e tace.

133

(*Ad.* - *Th. IV*)

mus quo transire posset facilius flumen, petiit ranae auxilium. illa posteriori cruri suo lino alligat pedem priorem muris et natantes venerunt in medium amnem. mutata fide submersit se rana et traxit secum sub aquis soricem. qua mortua surgiens cum fluctuaretur, conspexit praedam milvus volans. mure rapto comitemque ranam abstulit. perfida quae vitam alterius perdiderat, experto simul exitu ipsum ulta est. – qui nocent aliis... interimunt.

134

(*r.g.* - *Th. VII*)

gallus dum cum alio gallo saepius intenderet pugnam, requirit accipitrem sibi vindicem. † accipitrem vero sperabat, ut dum ambo ad eum venissent, ipsum † quem secum exhiberet, devoraret. cum venissent ante iudicem, ut causam suam exponerent, accipiter ipsum comprehendit, qui eius primo petierat forum. at ille clamabat, non sum ego, sed ille qui fugam petit. cui accipiter dixit, non tu credas ex meis unguibus hodie liberari, quia, quod tu alio

PARAFRASI MEDIOEVALI

133

«DOV'EL PARLÒ DELLA RANA E DEL TOPO...»
(Dante, Inf. XXIII, 6)

Un topo, per facilitarsi il guado di un corso d'acqua, chiese a una rana che l'aiutasse. Quella con un filo di lino si legò a una zampa di dietro la zampetta anteriore del topo e così, nuotando, arrivarono in mezzo al fiume. Qui la rana tradì. Si calò sotto trascinando il topo che affogò.

Un nibbio, volando, adocchiò il cadavere che oscillava sul pelo dell'acqua, e pigliò, col topo, la compagna rana. La traditrice che aveva dato la morte fece con la morte vendetta del topo.

Chi fa del male perde se stesso.

134

GIUSTIZIE DELLA LEGGE

Un gallo che muoveva sempre guerra a un altro gallo, andò a cercarsi un nibbio-rivendicatore. Sperava poi che, una volta comparsi davanti a lui, divorasse quel gallo lì, che gli metteva davanti. (Invece) quando si presentarono al giudice per esporre le loro ragioni, il nibbio acciuffò giusto quell'altro, che aveva intentato causa. Certo lui strillava: «Non sono mica io! È lui, quello che scappa!» Disse il nibbio: «Non ci sperare, per oggi dal-

intendere voluisti, aequum est, ut ipse sustineas. — qui aliorum necem tractant, et de ipsorum quid agatur, ignorant.

135

(*Ad. - Th. IX*)

coclea repperit spiculum, quem dum nimium fulgeret vidisset, adamavit eum. et statim ascendens super eius ordem, coepit eum delingere. nil vero ei visa est contulisse, nisi ut splendorem salivis vel sordidus pollueret. simia invenit eum taliter inquinatum et ait. qui talibus se calcari permittunt, talia sustinere merentur. — mulieribus, quae se stultis et inutilissimis viris coniungunt.

136

(*Ad. - Th. XV*)

hospitio quondam mus urbanus exceptus est rustici et humili glande coenavit. causam perfecit perduxit precibus post in urbem rusticum cellamque intravit plurimo refertam cibo. in qua cum variis perfruitur, hostiis cellarario repulsis, urbanus nota facile se abscondit caverna. at miser rusticus ignota trepidat domo mortemque metuens circa parietes cursitat. cellararius quae voluit sustulit clausitque limen. iterum urbanus rusticam ad escam hor-

le mie unghie non ti liberi: perché se capita a te quello che volevi fare a un altro è giustizia».

Per chi prepara la rovina degli altri e non sa quello che l'attende.

135

LA LUCE DELLO SPECCHIO

La chiocciola trovò uno specchio e se ne innamorò, perché vide che splendeva troppo.

E subito salì nel suo cerchio e cominciò a sbavarlo. Le sembrò di averlo insudiciato di saliva e sporcizia, e niente più.

Una scimmia che lo trovò già contaminato disse: «Chi si lascia così calpestare, merita ciò che subisce».

(Alle donne che si uniscono con uomini sciocchi, con i più inutili).

136

I DUE TOPI

Un giorno il topo di città fu ospite del topo campagnolo: una capanna e una cena di umili ghiande. Poi a forza di preghiere lo convinse a venire in città (...) Il campagnolo fece il suo ingresso in una dispensa zeppa di cibarie; e là dentro si beava di questo e di quello, quando il dispensiere spinse i battenti (ed entrò). Il cittadino si nascose con disinvoltura nel solito buco, ma il campagnolo, poveraccio, in quella casa sconosciuta, dovette correre lungo le pareti col cuore in gola e con una gran paura di lasciarci la pelle. Il dispensiere prese quello che voleva e chiuse la porta. Il cittadino (uscito fuori) invitò

tatur. at ille vix possum — valde perterritus — putasne veniet ille? tantum ergo metuens ait. — haud has tu poteris invenire delicias. — cui respondit me glans securam pascat et liberam. — quia melius est in paupertatula sua secum vivere, quam divitiarum carpi sollicitudine.

137

(*r.g. - Th. XVIII*)

grus et cornix inter se coniuratione unita firmaverunt, ut grus cornicem ab aliis avibus defensaret et cornix illi futura praevidendo narraret quae dum ad agrum cuiusdam saepius advenirent et grana, quae olim sata fuerant, radicitus vellerent, videns dominus agri doluit et ait puero, da mihi petram ... monuit gruem et caute se egerunt. Alia vero die audiens cornix quod petram quaereret, commonuit gruem, ne mali aliquid pateretur. Perpendit homo ille, quia cornix divinaret, dicit puero: quando dixero, da mihi offam, porrige lapidem: ille veniens dixit puero, ut daret offam, at ille porrexit lapidem, qui gruem percussit et crura eius fregit. Vulneratus grus dixit cornici, ubi sunt divina hauspicia tua? cur me non monuisti, quia mihi taliter habuit provenire? Respondit, mea hic intelligentia culpabilis non est, sed omnium malorum sunt dolosa consilia, qui aliud dicunt et aliud agunt. — Qui promissionibus innocentes inducunt, quos postea laedere non cessant.

il campagnolo a mangiare, ma quello, ancora pieno di spavento, dice: «Quasi non ce la faccio... Quello là, credi che torni?» «Ma hai tanta paura? (E mangia! Da altre parti) questi manicaretti non li trovi». E quello gli rispose: «(...) di ghiande voglio nutrirmi, in pace e in libertà».

Piuttosto che l'angoscia della ricchezza, meglio vivere in poverella pace, in compagnia di se stessi.

137

LA VERITÀ DEL PROFETA

Una gru e una cornacchia fecero un patto, stabilendo che la gru avrebbe difeso la cornacchia dagli altri uccelli e la cornacchia avrebbe rivelato, con la sua arte divinatoria, l'avvenire.

Poi frequentarono il campo di un tal contadino, strappando le granaglie da tempo seminate con le radici e tutto. Vedendo (quello scempio) il padrone del campo, angosciato, disse allo schiavetto: «Dammi un sasso». (La cornacchia) avvisò la gru e stettero sul chi va là. Un altro giorno (tornarono sul campo, e) la cornacchia appena sentì (il padrone) chiedere un sasso mise ancora sull'avviso la gru, che non le capitasse un guaio. L'uomo capì il segreto di quelle divinazioni e disse al ragazzo: «Quando ti dirò "dammi una focaccia", allungami un sasso». Tornando quello chiese al ragazzo la focaccia e l'altro gli allungò un sasso, che colpì la gru e le spaccò le zampe. La gru ferita disse alla cornacchia: «Dove sono le tue sacre divinazioni? Perché non mi hai avvisata di quello che mi aspettava?» Rispose: «Non la mia intuizione è in colpa: solo che le intenzioni dei malvagi sono sempre traditrici; e una cosa dicono e un'altra fanno».

138

(*r.g.* - *Th.* XXI)

asinus cum quotidie videbat catellum blandiri dominum et de mensa saturari, et a familia illi largiri plura, sic dixisse fertur asinus. si animal immundissimum sic diligit dominus meus et tota familia, quanto me, si obsequium illi fecero? plus enim melior sum cane, qui multis rebus sum utilis. aqua ex sanctis fontibus alor, cibus mundus mihi datur; meliori vita frui possum et maximum honorem habere. cum haec asinus secum cogitasset, vidit dominum introire, occurritque velocius, clamans prosilivit, et suprastetit, levatosque pedes priores imposuit ambobus humeris domini sui, lingua eum lingens, linit et maculis vestem, fatigat dominum pondere suo. clamore autem domini concitatur omnis familia, fustes et lapides arripiunt (...), asinum faciunt debilem, membris costisque fractis sic abiciunt ad praesepia lassum atque semivivum.

haec fabula monet, ne quis indignus se ingerat, ut melioris officium faciat.

139

(*Ad.* - *Th.* XXII)

dormiente leone in silva mures agrarii ludentes unus ex eis super leonem non voluntate transiit. experrectus leo celeri manu miserum murem apprehendit. ille rogabat

138

FINEZZE DI ASINO

Un asino vedeva tutti i santi giorni un cagnolino che faceva moine al suo padrone, e si toglieva la fame alla sua tavola, e la servitù gli era anche più generosa. Allora sembra che l'asino si dicesse: «Se a quell'animale lercissimo il mio padrone vuole tanto bene, nonché l'intera servitù, chissà a me, se gli faccio qualche complimento. Eh, io sono sempre meglio di un cane: io gli servo. E in molte cose. Io a sacre fonti mi nutro, cibo puro mi viene offerto. Ho tutte le risorse per una vita più alta; per il maggiore dei riconoscimenti.» Così l'asino aveva meditato, quando scorse il padrone che entrava. Gli andò incontro di buon passo, gli balzò addosso schiamazzando, gli si levò davanti, piazzò le zampe anteriori sulle spalle del signore suo, lo leccò, lo lisciò, gli macchiò il vestito, lo sopraffece, il signore, con tutto il suo peso. Alle grida del padrone la servitù intera si mise in agitazione, diede mano a bastoni e pietre e misero l'asino fuori combattimento, poi con le costole rotte e le membra ammaccate lo rimandarono mezzo morto alla greppia.

La favola consiglia di non farsi avanti, quando non si hanno meriti, né di offrire servigi di più alta competenza.

139

LA GRATITUDINE DEL TOPOLINO

Il leone dormiva nella foresta, e alcuni topi dei campi gli giocavano vicino; uno di loro senza volere finì per saltargli addosso. Il leone si svegliò e con una zampata svelta agguantò il povero topo. Lui domandò di perdo-

veniam sibi dari, quia non voluntate fecerat. leo cogitabat, si occidere, crimen esset et non gloria, ignovit et dimisit. post paucos dies leo in foveam cecidit, captus rugire coepit. mus ut audivit, cucurrit. ubi captum cognovit, ait, non sum immemor beneficii tui. tunc illius ligaturas lustrare coepit, nervos secare et laxare illius artis ingenia. sic mus leonem captum liberum silvis restituit. — ne quis minimos laedere praesumat.

140

(*Ad. - Th. XXIII*)

milvus iacebat pressus pondere gravis morbi qui rogavit † matrem cum gemitu cordis, ut illa daret superis vota pro ipso. Illa inquit, o mi nate, tu saepe lesisti numina. quapropter poena fuit tibi saepe metuenda. illi tunc sument medicamenta de tuo crimine? praesens dolor cogit te esse fidelem, sed ista pietas tarda venit cum morte. — nemo immundus debet tangere munda sacra, et qui plenus est vitiis, vix poterit alios mundare.

141

(*r.v. - Th. XXIV*)

qui non audit bonum consilium, inveniet malum.

spargi et arari lini semen cum omnes aves viderent,

narlo, perché non aveva fatto apposta. Il leone rifletté che ammazzandolo c'era il delitto ma non c'era la gloria; perdonò e lo lasciò. Pochi giorni dopo il leone cadde in un trabocchetto; prigioniero, cominciò a ruggire. Il topo sentì e accorse. Riconobbe il prigioniero e disse: «Il bene che mi hai fatto mica l'ho scordato!», quindi si diede a perlustrare le legature, poi a tagliare corde e allentare esperti nodi. Così fu che un topo restituì un leone alla libertà della foresta.

Affinché non si presuma di svalutare del tutto le persone piccole piccole.

140

PER UNA LAGRIMETTA

Il nibbio giaceva oppresso da un grave malanno. E domandò a sua madre, gemendo nel cuore, di fare voti agli Dei per lui. «Creatura mia», disse lei, «gli Dei li hai offesi tante volte, tanto è vero che hai avuto paura tante volte di essere punito. Ora vuoi che ti diano la medicina, per il male che hai fatto? È il dolore di adesso che ti fa devoto: la tua pietà viene tardi, a fianco della morte».

(Nessun immondo deve toccare le cose monde e sante, e chi è pieno di vizi a stento potrà mondare altri).

141

LA PARABOLA DELLA RONDINE E DEL SEME DI LINO

Ci si trova male a non ascoltare i buoni consigli.

Tutti gli uccelli che videro arare e seminare il lino cre-

pro nihilo habuerunt, hirundo autem hoc intelligens convocatis avibus retulit malum esse omnibus illis hoc. dissimulantes aves autem omnes riserunt. deinde, quando fructicavit † in terra, hirundo ait avibus, malum est hoc, venite, eruamus illud. nam cum creverit, retia ex hoc machinantur, ut humanis manibus capi possimus. sed tunc, sicut prius, omnes deriserunt consilium hirundinis ac verba eius penitus spreverunt. animadvertit hirundo hoc, et contulit se ad homines, ut tuta esset sub tectis eorum. ast ceterae aviculae, quae monita eius subsannaverunt, ad hoc sunt ... ut semper in retibus cadant.

142

(*r.g.* - *Th. XXXIV*)

perdix dum in loco eminentiori sederet, advenit vulpis et dixit ei, quam formosa est facies tua? crura tua ut † rostrum, os tuum sicut corallum. nam si dormires, pulchrior esses. credens ei perdix clausit oculos; atque eam illico vulpis rapuit. at perdix fletu permixta locuta est, per artium tuarum virtutes te quaeso, ut antea nomen meum dicas, et sic me devorabis. at ubi vulpis perdicem voluit nominare, aperuit os et evasit perdix. dolens vulpis ait, heu me quid opus fuerat loqui? respondit perdix, heu me dormire quid necesse erat, cui somnus non venerat? — qui ubi eis necessarium non est, loquuntur, et ubi eos vigilare oportet, dormiunt.

devano che fosse nulla; ma la rondine capì, e convocò tutti gli uccelli, e annunciò che era una rovina per tutti. Gli uccelli finsero di non capire e risero tutti. Più tardi il seme cominciò a germogliare. La rondine gridò agli uccelli: «Eccolo il male vostro! Venite! Estirpiamolo, perché quando sarà cresciuto, se ne ordiranno reti, e le mani degli uomini ci prenderanno!» Anche allora, come prima, tutti si fecero beffe del pensiero della rondine, disprezzarono le sue parole dal profondo del cuore. La rondine intuì tutto: perciò emigrò tra gli uomini, a trovare sicurezza sotto i tetti loro.

Invece gli altri piccoli uccelli, che agli ammonimenti avevano sghignazzato, cadono ancora nelle reti.

142

COSE VANE

Una pernice posava in un luogo un po' elevato, quando arrivò la volpe, che le disse: «Ma come sei bella! gambe, becco, volto, sembrano di corallo! Nel sonno, saresti più bella ancora». La pernice chiuse gli occhi, e la volpe l'acciuffò immediatamente. Quella parlava e lagrimava insieme: «Per la tua virtù d'ingegno, io ti prego, pronuncia il mio nome, poi mi divorerai». Allora la volpe volle dire il nome della pernice, aprì la bocca e quella fuggì via. Dolente la volpe disse: «Ahi, che bisogno c'era di parlare?» E la pernice: «E io che bisogno avevo di dormire, se non avevo sonno?» (Ma c'è chi parla senza necessità e dorme quando c'è bisogno d'essere svegli).

143

(*r.W. - Th. XXXV*)

qui sustinere non potest malum... strepitum magnum venit ad lepores dicunt se propter adsiduos metus iam vitam velle finire venerunt a † quendam lacum quo se praecipites darent leporum vero magnis adventum territae ranae fugientes heu inquit unus leporum sunt quos malorum tetigit timor sequamur ut ceteri vita.

144

(*r.g. - Th. XXXVI*)

praecepta parentum audire natorum salus est, sicut haec fabula docet. –

capella cum esset feta et ad pastum vellet ire, ignarum haedum ammonuit ne aperiret alicui, sciens quod multae ferae stabula pecorum circuirent. monuit et exinde abiit. venit lupus vocem assimilans matris ac aperire iussit. et haedus per rimas aspiciens ait, vocem matris audio (non figuram). sed tu fallax et inimicus es, et sub matris voce nostrum quaeris sanguinem. – sic qui monetur caute vivit.

143

L'ANGOSCIA

Chi non sa superare l'angoscia, (dia uno sguardo a quella degli altri).

Alle orecchie delle lepri giunse all'improvviso uno strepito grande: e decisero (ad un sol uomo) di porre termine alla vita, perché la paura non le lasciava mai. Arrivarono a un lago, col proposito di buttarsi. All'arrivo di quell'esercito di lepri le ranocchie fuggirono terrorizzate. (Le lepri fecero alt). «Però!» disse una «c'è chi ha più paura di noi. Riprendiamo la vita. Come fanno tutti gli altri.»

144

PER I PICCOLI

Nell'obbedienza verso i genitori è la salute dei figli: come la seguente favola insegna.

Una capra, dopo il parto, voleva andare alla pastura; al capretto ignaro ammonì di non aprire ad anima viva (sapeva quante bestie feroci facevano la corte agli ovili), e subito uscì. Arrivò il lupo, e imitando la voce della madre, chiese di aprire. Il capretto adocchiò attraverso le fessure e fece: «La voce di mia madre la sento, ma l'aspetto non lo vedo. Tu sei un imbroglione e un nemico, e con la tua voce materna chiedi il nostro sangue».

Ricordarsi: vivere con le dovute cautele.

145

(*r.g.* - *Th. XXXIX*)

suspectus esse debet semper, qui aliquem laesit aliquando sicut probat haec fabula.

in domo cuiusdam pauperis venire semper consueverat serpens ad mensam et inde fovebatur ex micis. non longo post tempore factus est pauper (ditior) et coepit irasci serpenti, quem secure vulneravit. interposito tempore ille ad egestatem rediit. intellexit fortuna serpentis hoc accidisse et causa illius divitem fieri, antequam ab illo laceraretur. venit deprecans, ut ignosceret peccanti. contra sic serpens ait, quia paeniteris † sceleris tui, † ignoscam, sic ... dum cicatrix clauserit, non credas in me integram fidem. nam redeo tecum in gratiam si obliviscar securis perfidiam.

146

(*Ad.* - *Th. XLI*)

asellus et bos uno sociati iugo traebant. bos dum conatur paulo validius incedere aegro cornu. asellus ipse negabat nullum levamen accipere. solus † atm bos cornu et confestim mortuus est. asinum bobulcus carne bovis exaggerat. qui multas inter plagas ruptus cecidit et expiravit media pondere collapsus via. volucres advenientes ad praedam convolant dicentes: si te precanti mitem exhibuisses bovi, non iam immaturo nos interitu pasceres tuo.

145

PERDONARE E NON DIMENTICARE

Se uno ti ha fatto del male una volta, non ti devi fidare del tutto mai più: ciò che mostra la seguente favola.

Un serpente aveva preso l'abitudine di andare in casa di un poveretto; presso la tavola, al tepore, si nutriva delle briciole. Dopo qualche tempo quello divenne ricco, e cominciò ad avercela col serpente, e finì per ferirlo con la scure. Passò tempo ancora e tornò poveraccio. Allora capì che la sorte sua dipendeva dal serpente e che per lui era diventato ricco, prima di dilaniarlo. E andò a supplicarlo che perdonasse il suo errore. «Se della tua colpa sei pentito ti perdono» rispose «ma quella che si dice la fiducia non l'avrò finché la ferita non si sia rimarginata. Bisogna che mi dimentichi di quella scure traditora.»

146

QUANDO C'È LO STESSO GIOGO

L'asino e il bove erano sotto lo stesso giogo. Tiravano. Ma il bove faticava a tirare avanti, a darci un po' di forza, col suo corno malato. (Chiese aiuto all'asino:) ma quello disse no. Disse che aiuti non ne riceveva, che era solo, lui. Intanto il bue dal corno malato (stramazzò) e morì alla svelta. Il bovaro caricò l'asino delle enormi carni del bue; e l'asino poi cascò, tra le bastonate, e lì in mezzo alla strada dov'era stramazzato sotto il carico, esalò l'anima.

Vennero gli avvoltoi a far bottino, e svolazzavano dicendo: «Se quando quel bue ti scongiurava avessi avuto un po' di cuore, la tua immatura morte non ci darebbe da mangiare».

147

(*Ad. - Th. LI*)

leo errans spinam calcavit et ilico ad pastorem cauda blandiens venit, cui ait, non perturberis, auxilium a te imploro, non indigeo esca. sublatum hominis posuit in gremio pedem. pastor spinam exemit pede. redit in silvas leo. post autem pastor falso incusatur crimine et ludis proximis emissus bestiis proiicitur. passim dum discurrunt ferae, agnovit leo (...) qui pridem fuerat. sublatum rursus pastori ponit in gremio pedem. hoc rex ut cognovit leoni iussit parci et mansuetum pastorem dimitti parentibus.

(ne potentes immemores sint prateritorum baeneficiorum).

148

(*r.g. - Th. LII*)

equum pascentem vidit leo fortissimus in prato. hunc vero ut subtiliter falleret, se ei approximavit veluti familiaris, qui se diceret medicum. equus praesensit dolum, sed tamen non repudiavit officium. denique mente ad locum invenit cito ingenium. finxit se stipem calcatum habere levato pede. «frater, inquit, succurre gratulor, quia venisti, libera me, quia stipem calcavi». leo quasi patiens accessit fraudem dissimulans. cui velociter equus calces turbulentos dedit. cadit corpus hostile leonis et incubuit

147

IL LEONE CHE RICORDA

Un leone, passeggiando, posò il piede su uno spino (...); e subito andò da un pastore, e scodinzolando gli disse: «Non ti spaventare: vengo a supplicare il tuo aiuto, non ho bisogno di mangiare». Sollevò la zampa e gliela pose in grembo. Il pastore gli cavò la spina dalla zampa e il leone tornò alla foresta. Più tardi, quel pastore fu accusato di un delitto non commesso e condannato alle belve. Fu esposto nei primi spettacoli che si diedero. Le belve correvano, qua e là: e un leone – proprio quello che era stato curato quella volta – lo riconobbe (...) E di nuovo sollevò la zampa e gliela pose in grembo. Quando il re seppe la cosa, ordinò di risparmiare il leone e di rimandare il buon pastore ai suoi genitori.

Perché i potenti si ricordino delle buone azioni del passato.

148

LO STILE DEL LEONE

Il fortissimo leone scorse un cavallo che pascolava in un prato; e con l'intento di fargli un tiro fine, gli si accostò con aria confidenziale, presentandosi come medico. Il cavallo fiutò il tradimento, ma non ricusò la cortesia; anzi inventò lì per lì uno stratagemma. Fece finta d'aver urtato un ceppo d'albero, levò la zampa, e disse: «Fratello, aiutami; una fortuna che tu sia venuto. Liberami, che ho picchiato in un ceppo d'albero». Il leone simulando la frode s'accostò tutto paziente, e il cavallo d'improvviso gli tirò un turbinio di calci. Stramazzò a terra il corpo nemico del leone che giacque un bel po' privo di

amens in terra diutius. at ubi memor sui factus nusquam vidit equum, intellexit caput et faciem et toto corpore se esse laesum et ait, digne haec passus sum, qui semper lanius veniebam atque nunc quasi familiaris et medicus fallax accessi, qui inimicus, ut consueveram, venire debui. — ideo quisquis haec audis, quod es esto, et mentiri noli.

149

(*Ad. - Th. LIII*)

insolens faleris asino occurrit equus, qui fatigatus malis transeunti tardius dedit viam. vix, inquit, me teneo, ut non te rumpam calcibus. reticuit ille et gemitu testatur deos. equus currendo raptus parvo in tempore ad villam est missus hunc onustum stercore ut vidit asinus, tali eum irrisit verbum, quid tibi gloriose quondam faleris? modo ad contemptam redisti miseriam.

felices, qui ullum despiciunt, dubii meminere debent, quia nesciunt, quid futuri sunt.

150

(*Ad. - Th. LIV*)

bellum gerebant volucres cum quadrupedibus et modo vincentes iterum vincebantur. vespertilio dubios eventus timens superiorem quem primo vidisset, ad eam se conferebat. in pacem cum redisset pristinam, utroque generi fraus decepta apparuit. damnatus ergo tam pudendo cri-

sensi. Quando gli tornò la memoria e non vide più il cavallo da nessuna parte, capì che aveva rotte la testa, la faccia e tutto quanto: «Mi sta bene» disse «ho sempre fatto il macellaio e adesso mi avvicinavo alla gente come uno di famiglia, come un medico! Da nemico dovevo venire, come si è sempre usato».

Sii quello che sei (chiunque tu sia): non darla a bere.

149

L'UMILTÀ DEL DOMANI

Un cavallo, nell'arroganza delle sue decorazioni, incontrò galoppando un asino, il quale, esausto di malanni, cedette il passo troppo lentamente. «Non so perché mi trattengo dal fracassarti di calci», fece il cavallo. Non rispose l'asino; sospirò e chiamò gli Dei a testimoni. Il cavallo a forza di galoppare in breve tempo schiattò, e fu mandato al lavoro in campagna. Un giorno l'asino, al vederlo carico di letame, gli disse ridendo: «E le tue patacche, dì, le tue vanterie? Sei tornato alla povertà, tu che la sdegnavi tanto».

Il fortunato che disprezza deve ricordarsi, nell'incertezza, che una cosa non conosce: il domani.

150

I DISPONIBILI

Le bestie con le ali erano in guerra con quelle a quattro zampe, e alternavano vittorie a sconfitte. Il pipistrello, intimorito dall'incertezza degli eventi, passò dalla parte del primo che vide vittorioso. Al ritorno della pace e dello statu quo, la frode apparve chiara ad entrambe le

mine lucem refugiens atris se condidit tenebris noctis.
quia quisquis a duabus partibus se vindicari desiderat, utrisque ingratus turpiter vivit.

151

(*r.v.; Ad. - Th. LV*)

in nido lusciniae cum sederet accipiter auras speculari, parvos illic inveniebat pullos. sed cito superveniens luscinia cum esca rogabat parcere pullis. faciam quod vis, inquit, si mihi bene cantaveris. at illa, quamvis animus excideret ex metu cantabat coacta. accipiter vero praedam desiderans rupit sponsionem dicens, non bene modo cantasti, et apprehendens unam de aviculis lacerare coepit. sed e diverso quidam auceps venit et calamo silenter levato accipitrem contractum visco in terram deiecit. — sic, qui alii insidiatur, timere debet, ne capiatur.

152

(*r.g. - Th. LVI*)

lupus praedam multam in cubili congregaverat per tempus, ut plures menses haberet quo posset delicatus vivere. vulpis, ut haec agnovit, venit ad eius cubile, tremula voce † dixit lupo: quo meo merito non vidi te per tot dies? tristis fui, et quia non peragrasti mecum. cui lupus, ut agnovit livorem, ait, non de me sollicita venisti, sed ut

parti, e fu così severamente giudicato per una colpa così poco pulita, che si rifugiò nel buio profondo della notte.

Chi pretende di essere rivendicato da due gruppi, finisce per non piacere né all'uno né all'altro e vive nel disonore.

151

L'ORRIBILE NIBBIO

Il nibbio, posato sul nido d'un usignolo per scrutare l'aria, ci trovò gli usignoletti. In quella venne la madre con il cibo, e si mise a pregarlo di risparmiarglieli. «Farò quello che vuoi tu» disse «se mi farai una bella cantata». Quella, anche se quasi veniva meno, costretta dal terrore, cantò. Il nibbio, che aveva già trovato il suo bottino, ruppe la parola data e dicendo «hai cantato proprio male», afferrò uno dei piccoli e cominciò a straziarlo. Ma alle sue spalle arrivò un uccellatore, levò su zitto zitto la canna col vischio, vi impigliò il nibbio e lo buttò giù.

Chi tende agguati agli altri si guardi dall'esser preso.

152

LA RIVALE

Il lupo aveva ammassato per tempo nella sua tana un bel bottino, da poter vivere con finezza per qualche mese. La volpe, come lo seppe, venne alla tana e con voce trepidante fa: «Ma che ti ho fatto? Sono tanti giorni che non ti vedo! Ero così triste che tu non venissi con me a passeggiare!». Il lupo indovinò l'invidia; e disse: «Mica perché eri in pensiero per me sei venuta: sei venuta

aliqua rapias. non gratis venisti scio te fraudem petere. his verbis valde irata vulpis pastorem ovium adiit et dixit, agis mihi gratias, inquit, si tibi inimicum gregis tui in manus hodie tradidero, ut iam non sis sollicitus? pastor ait, ego serviam tibi et tribuam, si quid volueris. tunc clausum illa ostendit lupum, quem lancea ille peremit et aemula(m) de alieno satiavit. deinde ipsa non multo post tempore in venatorem cum incidisset, comprehensa a canibus ac laniata sic ait. iam ego mala feci et modo pereo, quia alterum laesi. qui aliis nocet timeat ne noceatur ab altero.

153

(*Ad. - Th. LXIII*)

oves et lupi cum certassent proelio, vicerunt oves tutae praesidium canum. lupi legato mittunt, fictam quaerunt pacem, ut dederent se ipsis custodibus suis. sperantes illae aeternum statuere foedus, dederunt, quod ipsi petierant. post pace facta irrita coeperunt carpere nullo existente defensore. sero poenitentes consilium, quem primo dudum habuerunt, accusabant. — qui auxilio vult tradere se alio, frustra postmodum requirit, quod invenire nequit.

per rubare qualcosa. Lo so bene che non sei qui per niente: tu cerchi di farmela». Queste parole riempirono la volpe di rabbia. Andò da un pastore e gli disse: «Se ti consegno nelle tue mani il nemico del tuo gregge, e ti faccio vivere tranquillo, mi sarai grato?». «Ma sarò il tuo schiavo» rispose quello «ti darò tutto quello che vorrai.» Allora lei gli mostrò dove il lupo era nascosto; il pastore lo uccise con la sua lancia e con i beni dell'altro saziò la rivale.

Più tardi anche lei s'imbatté nei cacciatori, e presa e dilaniata dai cani, disse: «Ho già fatto anche di peggio a un altro, e ora tocca a me morire».

Chi fa il male deve temere il male.

153

LE PECORE

Tra le pecore e i lupi ci fu battaglia, e con la difesa dei cani, la vittoria fu delle pecore. I lupi mandarono ambasciatori e proposero una pace fantastica: che le pecore si affidassero alla loro protezione. Esse, credendo di fare una pace eterna, accettarono le condizioni richieste. Dopo, il trattato non contò più; e cominciarono a prenderle, giacché difensori non ce n'erano. Si pentirono loro, e se la prendevano con la loro decisione, ma era tardi.

Chi per sostenersi si dà in balia di altri, dopo cerca invano quello che non trova più.

154

(*r.g.; Ad. - Th. LXIV*)

auxilium hosti dare suam necem facere est (...) securi facta homo postulabat ab arboribus, ut illi manubrium darent de ligno, quod esset firmum. omnes oleastrum iusserunt (dare); sumpsit homo manubrium, aptatum securi et ramos ac robora magna omniaque, quae voluit, coepit indubitanter incidere. tunc quercus fraxino ait, digne et bene patimur, qui roganti hosti nostro manubrium dedimus. ideo quisquis caute cogitet, ne hosti aliquid praestet.

155

(*r.v.; Ad. - Th. LXVI*)

qui suos deserit, decipietur.

nemo aliquid sine suis valet, ut partes humani corporis, de quibus dicitur indignatas esse manus ac pedes nolentes ventri cibum dare neque servire. esuriens autem venter personuit, ut ei cibum donaretur, et nemo ei ministrabat, manibus ac pedibus conspirantibus. sed ieiuno ventre membra omnia coeperunt lassescere. post haec iterum voluerunt afferre, sed recusavit venter, quia iam clauserat venas. sic venter et membra simul lassa interierunt.

hinc constat maiores et minores sequestratos privatim non vivere.

154

GLI ALBERI E LA SCURE

Aiutare un nemico significa procurarsi la rovina.

L'uomo, fattasi la scure, volle il manico: e lo chiese, di legno buono, agli alberi. Tutti invitarono l'oleastro a procurarglielo. L'uomo prese il manico, l'adattò alla scure, e cominciò senza pensarci a dare colpi. Picchiava con tutte le sue forze i tronchi e i rami. Allora una quercia disse al frassino: «Ci sta troppo bene, perché a un nemico abbiamo fornito il manico che ci chiedeva».

Pensaci per tempo a provvedere di qualcosa un nemico tuo.

155

L'ORGANISMO SOCIALE

È un illuso, chi abbandona la sua gente.

Nessuno ha forza senza la sua gente. È come degli organi del corpo, di cui si racconta questo: mani e piedi si sdegnarono di mantenere il ventre e fargli da schiavi. Il ventre ebbe fame e brontolò, perché gli dessero cibo: nessuno gliene serviva più: mani e piedi solidarizzavano. Ma il digiuno del ventre cominciò a indebolire tutte le membra, che, dopo, volevano portargliene ancora, ma il ventre non ne volle sapere perché aveva già bloccato le vene. Così morirono tutti insieme, di debolezza, ventre e membra.

È ovvio: la classe superiore e l'inferiore, se separate, individualisticamente muoiono.

156

(*r.v.* - *Th.* *LXXVI*)

dum quis opportunitatem habeat, sibi provideat. verveces in collectu cum essent una cum arietibus, lanium inter se intrare † dissimulabant se videre. cum autem ex sese unum cernerent manu lanii teneri mortifica, trahi et interfici, nec sic metuerunt, sed inter se incauti dicebant; me non tanget, trahat quem trahit. novissime remansit unus. cum et ipse similiter trahi se videret, sic dixisse lanio fertur. digne sumus laniati singuli ab uno. qui hoc novissime † prospeximus, qui, cum simul essemus, quando te in medio nostri positum aspeximus, capitinis impulsibus quassatum fractumque non occidimus.

157

(*r.g.*; *r.v.* - *Th.* *LXXVIII*)

veritas odium parit, obsequium amicos.

duo homines, unus fallax et alius verax, simul iter agebant. cum ambularent, venerunt ad provinciam simiorum. quos homines ut vidit unus ex multitudine simiorum, qui se aliis priorem constituerat, iussit eos teneri et interrogari, quid illi homines de illo dixissent, et iubet omnes simios sibi similes adstare ante se, ordine longo, dextra laevaque, et sibi sessum contra parari, sicuti viderat iam imperatorem aliquando facere, taliter ante se eos stare fecit. iubentur ergo adduci illi homines in medio. ait ille maior simius, quid sum ego? fallax dixit, tu es imperator. iterum interrogavit. et isti, quos ante me videtis

156

L'INDIVIDUALISMO DEI CASTRATI

Si pensi al proprio meglio finché ci sono i mezzi.

I castrati erano in compagnia dei montoni, alla rinfusa. Vedevano spesso entrare il macellaio fra di loro, ma facevano conto di niente. Poi sbirciarono uno di loro che veniva preso dalle mani assassine del macellaio e ammazzato; però dicevano tra loro: «A me non tocca: pigli chi vuole», e non se ne guardavano. Alla fine ne restò uno solo. Quando vide che veniva preso anche lui, dicono che al macellaio dichiarasse: «È merito nostro se ci squartano uno alla volta: non l'abbiamo previsto finché si era insieme, e quando ti si vide in mezzo a noi mica ti abbiamo fracassato e ammazzato a cornate».

157

CORTE DI SCIMMIE

La verità, madre di odio. (Ma gli omaggi procurano i patroni).

Due uomini, il bugiardo e il sincero, facevano lo stesso viaggio. Camminando, giunsero al paese delle scimmie. Quando uno scimmione del branco, che si era autonominato loro capo, vide i due uomini, ordinò di trattenerli e di chiedere loro che dicessero di lui. Tutte le scimmie della sua razza le fa stare davanti a lui, in piedi, a destra e a sinistra, in lunga fila, e per sé si fa dare un trono, proprio come aveva visto fare una volta l'imperatore; così li fece stare al suo cospetto. (I due) uomini infine sono fatti condurre in mezzo. La scimmia più grossa fa: «Io, che sono?». Il bugiardo dichiarò: «Tu sei l'imperatore!» «E costoro» chiese ancora «che vedete in

stare, quid sunt? idem fallax respondit; hi sunt comites tui, primicerii, campiductores et cetera officia. et pro hoc ille, qui in mendacio laudatus est cum turba sua, iussit illum remunerari, quia adulatus est et omnes illos fefellit. ille autem verax homo haec apud se aiebat. si iste, qui mendax est et omnia mentitur, sic est acceptus atque remuneratus, quid, si ego verum dixero? cum haec secum deliberaret, ait simius ille, qui se imperatorem dici volebat, dic tu, quid sum ego, et quos ante me vides? at ille, qui veritatem amaverat semper et loqui verum consueverat, respondit. tu simius es et hi omnes simii sunt similes tui. continuo iubetur lacerari dentibus et unguibus, qui, quod fuit, dixit.

158

(*r.g. - Th. LXXX*)

ciconia dum ad solitum devenisset stagnum, invenit anserem se creberrimis mergentem undis. inquirit ab ea, cur hoc faceret. respondit, consuetudo nobis est, nam escam in limo reperimus et accipitris impetum ad nos venientis sic evadimus. cui ciconia, sum accipitri ipsa fortior. sed tene amicitiam mecum et faciam te illi insultare. credidit et protinus eius petivit auxilium. quae dum illa foras in agrum exiret, ilico accipiter supervenit et comprehensum anserem unguibus devoravit. cui ... ansere contra. qui se tam flebili patrono coniungit, peiori nece finiri debet.

qui se ab illis defendi desiderant, qui tutationem praestare non possunt.

piedi al mio cospetto, che sono?» «Ma la gente del tuo seguito» risponde il bugiardo (...). Così glorificato insieme a tutta la sua compagnia, quello ordinò di compensarlo, giacché l'aveva adulato e aveva preso in giro tutti. Ma il sincero diceva tra sé: «Se quel bugiardo lì con le sue frottole ha ricevuto tali accoglienze e ricompense, figurarsi io, se gli dirò la verità». Aveva già deciso, quando lo scimmione che pretendeva di essere chiamato imperatore dice: «Parla tu: io, che sono? e costoro che vedi al mio cospetto?» Ma quello, che della verità aveva l'amore e l'abitudine, rispose: «Sei una scimmia, e le altre scimmie, scimmie come te». Immediatamente ordinò di sbranarlo coi morsi e con le unghie, perché aveva detto quello che era.

158

RESPONSABILITÀ DI PATRONO

La cicogna, tornando al suo solito stagno, trovò un'oca che si tuffava continuamente nell'acqua. Le domandò la ragione di quella operazione. «È una nostra usanza» rispose «così troviamo cibo nel fango e sfuggiamo agli attacchi del nibbio.» La cicogna fece: «Sono più forte io del nibbio. Serba la mia amicizia, e farò in modo che gli salterai addosso, a quello là». L'oca si fidò e si affrettò a sollecitare l'appoggio della cicogna.

Quando uscì all'aperto, per i campi, piombò immediatamente il nibbio, l'acciuffò tra le unghie e la divorò (...) E l'oca di rimando: «Chi si mette con un patrono così fiacco, deve finire anche peggio!»

Per chi ha voglia di farsi difendere da coloro che non sono in grado di offrire protezioni.

159

(*Ad. - Th. LXXXII*)

equum cum rogaret asinus parum sibi hordei dare, libenter, inquit, si possem, et pro dignitate nostra large tribuerem. sed cum venerimus ad praesepia vespere, dabo tibi folliculum plenum farre. et asellus, qui rem tam parvam negas, quid in maiori te facturum existimem?

qui, cum magna promittunt, parva negant. est in dando nolens tenax pollicitando.

160

(*Ad. - Th. LXXXIV*)

culex cum taurum provocasset viribus, venerunt populi cuncti, ut spectacula cernerent. tunc parvus culex, satis, inquit, habeo, quod venisti comminus. † par tibi factus sum iudicio tuo. hic se per auras sustulit penna levi lusitque turba et tauri destituit minas. quod si fuisset validae cervicis memor, pudendum contempserat inimicum et ineptae matheriae non fuisset gloriatio.

quia ille sibi famam diminuit, qui se indignis comparat.

159

IL COMPLESSO DELLA SIGNORILITÀ

L'asino domandò al cavallo se gli dava un po' di orzo. «Volentieri, se potessi» disse quello «e generosamente te ne darei, secondo il decoro della mia posizione... Però, quando saremo arrivati alla stalla, stassera, ti darò un sacchetto pieno di farro». Il povero asino gli fa: «Se a una cosa così piccola dici di no, come posso pensare alle grandezze dell'avvenire?»

Per chi promette molto e nega il poco; per chi dare non vuole, ma a promettere insiste.

160

IL TRIONFO DELLA ZANZARA

Una zanzara sfidò il toro a una gara di forza. Accorsero allo spettacolo popoli interi. Ma qui la piccola zanzara disse: «Mi basta che tu mi sia venuto di fronte. Ero piccola, e il tuo giudizio mi ha fatta pari a te.». E si levò a volo nell'aria sulle ali lievi, prese in giro la folla e sgonfiò la burbanza del toro. Il quale, se si fosse ricordato della forza che ha nelle spalle, non avrebbe dato peso – per pudore – a un simile avversario; né ci sarebbe stata materia per glorificare una piccola sciocca.

Chi si mette al livello di chi tanto non merita, avvilisce il suo nome.

161

(*Ad. - Th. XCII*)

pulex dum forte in cameli dorso morasset cum omnibus sarcinis, deinde saliens dixit, ideo me ocius ad terram mitto, ne te attritum gravem. at ille, gratum est, inquit, sed ne imposito sentire pondus potui nec deposito levamen.

qui se superiori absque ordine coaequare nititur, in despectum notatus devenit.

162

(*r.g. - Th. XCIV*)

gladium viator, dum ambulabat, iacentem invenit in via. quem interrogavit, quis te perdidit? cui contra telum, me quidem unus, ego vero multos.

haec fabula narrat malum posse perire, sed ante multos nocere.

163

(*r.W. - Th. XCVII*)

naturam turpem nulla fortuna obtegit.

humanam speciem cum se vertisset Iupiter vulpem legitimis ut sedit. thoro. scarabeum vidit prorepente ex an-

161

IL PESO DELLA PULCE

A una pulce capitò di soffermarsi sul dorso di un cammello, tra le bisacce del basto. Dopo, saltando via, disse: «Mi calo in fretta subito, non vorrei gravarti col mio peso!» «Grazie» fece lui «solo che non ho sentito il tuo peso quando mi eri sopra, e neppure un alleggerimento quando sei scesa».

Chi si affanna per mettersi al livello di un superiore, viene bollato dal disprezzo.

162

CHI DI SPADA FERISCE... (MA IL CONTO NON TORNA)

Un viandante passeggiando trovò una spada caduta sulla strada. Le chiese: «Chi t'ha perduta?» E l'arma: «Me, un uomo solo: io, parecchi!»

Questo apologo dice che anche se il malvagio perisce le sue vittime furono molte.

163

TYCHE E NATURA

Il Caso non nasconde mai una natura maligna.

Giove, assunto l'aspetto d'un mortale, (scelse per moglie) la volpe. Quando fu nel suo letto coniugale, essa

gulo notamque ad predam celerius silivit. superi gradu risere magnis. erubuit pater vulpemque repudiatam talixmis expudit his prosequutus. vive quod digna es modo quia digne nostris meritis non potest esse.

scorse uno scarafaggio che strisciava fuori da un angolo, e con un rapido balzo si lanciò su quella preda famigliare. Gli Dei lassù risero, e il Padre Grande arrossì. Ripudiò e scacciò dal talamo la volpe accompagnandola con queste parole: «Vivi alla maniera che meriti, perché non sai meritare ciò che mi devi».

NOTE

Quasi tutte le favole hanno una storia, a volte lunga e molto indicativa come sezione diacronica. Qui ne sono dati solo alcuni materiali e vengono indicate, in funzione di Fedro, certe tappe obbligate: Esopo (sec. VI), *Fabulae, rec. Ae. Chambry, Les Belles Lettres*, Paris 1925; Babrio (fine II secolo), *Fabulae, ed. O. Crusius, Teubner*, Lipsia 1897; Ignazio Diacono (sec. VI), *ibid.*; Aftonio di Antiochia (sec. IV), *Progymnasmata*; Tzetze (sec. XII), *Chiliades*; Gualtiero Anglico (Walter), Maria di Francia e Vincenzo di Beauvais, reperibili anche nella edizione di L. Hervieux (mentre i semplici parafrasti, di cui si veda nella *Nota sul testo*, p. 78, che qui interessano soprattutto per il testo, sono indicati subito dopo il numero della favola, con la sigla *—Th.—* del curatore principale, G. Thiele); G. Faerno (1511?-1561), *Fabulae centum*, 1564, postume; J. de La Fontaine (1621-1695), *Fables choisies*; G. E. Lessing (1729-1781), *Fabeln*, 1759. Gl'innumerevoli favolisti del Settecento attingono soprattutto — e soprattutto per lo spirito — a La Fontaine.

Non è stato scelto come normativo il testo dell'Havet, troppo innovatore nei particolari, e si è preferito quello assennatamente conservatore di I. P. Postgate della Oxoniense; in senso conservatore sono anche le numerose divergenze e le nuove proposte, queste e quelle sempre indicate.

(Si avverte che, per ragioni editoriali, è stata ripristinata la v semivocalica.)

LIBRO PRIMO

1. (I prol.) Il primo intervento personale — tenue ma soppesatissimo — di Fedro e insieme il primo prologo attestato della favolistica occidentale. Con spunti che diventeranno topici:

quello della «menzogna» e dell'umorismo che sono sapienza e quello dell'*inventor*, «l'iniziatore» del genere (ma qui *auctor* sarebbe tautologico senza l'accezione, non solo letteraria, della «responsabilità»). Cfr. per tutti La Fontaine nella dedica alle *Fables*: «*encor que mensongères...*; *et même les poissons...*» (in Fedro, e dopo di lui in Aviano, erano gli «alberi»); «*legères peintures*» (qui al v. 7 *iocari*)...

2. (I, 1 - Th. 3) V. *Introduzione* p. 59. Cfr. Esopo 222; Babrio 89; Faerno 81; La Fontaine I, 10.
Lupus et agnus: titolo, come tutti gli altri, non originario. Ciò incoraggia a sostituirli tutti nella traduzione (ed è uso del «genere» oggi: ricordiamo per tutti l'esempio dell'*Esopo moderno* di P. Pancrazi, Vallecchi, Firenze 1934).

3. (I, 2 - Th. 27) V. *Introduzione* p. 22. Cfr. Esopo 66 (Il cod. *Ba* ha innovazioni che possono essere traccia di un rifacimento perduto di Babrio); Servio, *ad Verg.* G. I, 387; Camerarius, *De ranis et Jove*; La Fontaine III, 4.
v. 5: *Pisistrato*: il famoso «tiranno» di Atene, dal 560 a.C. (anno della «occupazione» dell'Acropoli) alla morte (528), non senza un periodo di esilio. Scarso, inutile dirlo, l'impegno storico del favolista.
v. 34: *Mercurio*: il Dio messaggero dell'Olimpo.

4. (I, 3 - Th. 45) Contaminazione di due apologhi di Esopo, 162 (sul gracchio che si fa bello delle penne altrui) e 161 (con la variante 163) sul medesimo che aspira a farsi corvo e viene scacciato dall'una come dall'altra «razza»; fedriane l'annotazione sociale e l'innovazione oggi proverbiale del pavone. Apologo fortunatissimo (soprattutto nell'età neosofistica, v. Schwabe, exc. IV, ma già familiare al tempo di Orazio, v. *Epist.* I, 3, 19-20 e relativi scolii); cfr. poi Gerolamo, *Ep.* 108, 5; Tzetze, *Ch.* VIII, 500; Gualtiero Anglico 35; Maria di Francia 58...; ma soprattutto, per la loro esemplarità, due notevolissime rielaborazioni, Babrio 72, vero pezzo di bravura in chiave epica, e La Fontaine, IV, 9.

5. (I, 4 - Th. 6) Cfr. Esopo 185; Babrio 79 (da Esopo); Aftonio 35; Maria di Francia 5. *Exemplum* «*contra cupidos*» an-

cora nello *Speculum historialis* di Vincenzo di Beauvais. Alessandro Neckam (sec. XII) deviò per primo l'attenzione sul simbolo dell'*umbra* della carne, dell'inganno. La Fontaine ne fece addirittura l'apologo dell'illusione umana: «*chacun se trompe ici-bas...*» (VI, 17).

6. (I, 5 - Th. 8) Cfr. Esopo 208; Babrio 67 (da Esopo); Maria di Francia 11 e 12; Faerno 83; La Fontaine I, 6 (da Fedro).

7. (I, 6 - Th. 10) Cfr. Esopo 127; Babrio 24 (da Esopo); Maria di Francia 6; La Fontaine VI, 12. V. *Introduzione* p. 21. L. Herrmann, che abbassa tutta la cronologia fedriana, rinviene l'occasione nel fidanzamento di Tito con Berenice (Svetonio, *Tit.* 7); ma oltre tutto «ladro» è epiteto che s'addice tanto poco a un monarca assoluto quanto facilmente viene presunto in un ministro (ma c'è anche la testimonianza esplicita di Tacito, *An.* IV, 1: «*intus summa apiscendi libido*»).

8. (I, 7 - Th. 44) Cfr. Esopo 43; Faerno 8; Lessing II, 14; La Fontaine IV, 14.
v. 1: *mascherone*: la *persona* latina non ha corrispondente moderno e perciò neppure traduzione italiana: era la maschera (comica o, come qui e non a caso, tragica) usata dagli attori sulla scena (e significava anche il personaggio, sia della scena come della vita).
Il v. 2 è rifacimento di Postgate, dedotto dalle parafrasi.

9. (I, 8 - Th. 11) Sul motivo della guerra dichiarata all'*improbus* v. *Introduzione* p. 65). Cfr. Esopo 224; Babrio 94; Aftonio 9 e 25; anche nel *Roman de Renard* Ysengrin, quando la volpe gli chiede un compenso, reagisce con la stessa logica di lupo; Maria di Francia 7; La Fontaine III, 9.

10. (I, 9 - Th. 81) Non esopica (ma cfr. per una certa analogia la 297). Ripresa da La Fontaine, V, 17.

11. (I, 10 - Th. 48) La battuta finale è del repertorio cinico (v. Diogene Laerzio VI, 54; cfr. anche Perry p. 253); il *promitio* è tutto fedriano, tra il generico e l'allusivo. Cfr. La Fontaine II, 3.

12. (I, 11 - Th. 83) Cfr. Esopo 208; Maria di Francia 67; La Fontaine II, 19.
Al v. 5 «*ut ille insueta*» è la lez. del ms. (D), che senza appesantire il testo meglio lega le due subordinate ad *admonuit* (per *insueta* trisillabo, v. Havet, p. 214). Postgate toglie il pronome.

13. (I, 12 - Th. 57) Cfr. Esopo 103; Babrio 4 (che deriva da Fedro); Aftonio 18; Maria di Francia 32; La Fontaine VI, 9 (il quale contrappone l'utile al bello; per Fedro ci sono invece gradi diversi di «utile», e perciò cose più utili, *utiliora*, e l'errore di giudizio sull'utile «proprio» - *utilia mihi*: problematica stoica).

14. (I, 13 - Th. 19) Cfr. Esopo 166; Babrio 77 (che in parte deriva da Fedro); Aftonio 29; Maria di Francia 14; La Fontaine I, 2; Lessing II, 15; Tzetze, *Chil.* X, 352. Meritamente famosa e proverbiale fin dall'antichità (v. Orazio, *Epist.* I, 17, 50 e Apuleio, *Flor.* 23). Il gustoso e misogino (e *difficilior*) femminile *quae* del v. 1 è in D (*qui* in P e nella maggioranza delle edizioni).

14 bis. Forse morale di una favola perduta o (molto più probabilmente) goffa interpolazione non fedriana; ma certo antichissima, perché è già nelle fonti delle parafrasi medioevali e forse perfino nel testo utilizzato da Babrio (al v. 10 *sophé* può esserne una reminiscenza).

15. (I, 14) Novellina di fonte sconosciuta (i grecismi, più che attestare un'ipotetica origine greca, fanno parte del racconto, tra il favoloso e il folcloristico).
Al v. 18 è conservato *imprudentia*, sempre corretto, a cominciare dal Rigault, nell'immediato ma generico *impudentia*.

16. (I, 15) Favola originale; ripresa da La Fontaine VI, 8.
Al v. 1 i codd. hanno *civium saepius*, metricamente impossibile (Postgate omette *saepius*); al v. 2 *nomen* è antica congettura (Bongars), seguita da Postgate, che lascia in dubbio (*mores* dei codd. potrebbe essere più sottile e «filosofico»: mutano i costumi di altri, ma non già i propri); e *meas* dei codd. al v. finale potrebbe confermarlo.

17. (I, 16 - Th. 40) *Exemplum* nuovo e forse personale; v. nota 134.

18. (I, 17 - Th. 5) Senza precedenti esopici e forse molto personale; v. *Introduzione* p. 14, 20 e 58. Cfr. Maria di Francia I, 14; Camerarius, *De cane et ove*.

19. (I, 18) Battuta popolare, riferita anche da Plutarco (*Con. praecepta* 39). Per la morale analoga, cfr. Esopo 9 (da cui deriva Babrio 12).

20. (I, 19 - Th. 12) Non esopica. Riferita anche da Giustino (che attinge da un contemporaneo di Fedro, Pompeo Trogo), *Hist.* 43, 44. Per la massima, cfr. Publilio Siro: «*Habet suum venenum blanda oratio*». — Cfr. La Fontaine II, 7.

21. (I, 20 - Th. 2) Cfr. Esopo 177; Fedro è più aspro e intollerante verso l'errore di giudizio dei cani. Una connotazione di disprezzo per l'avidità del cane è anche nel passo diatribico di Orazio — *Epist.* I, 18, 16-17 — che probabilmente allude a questa favola. — Cfr. Maria di Francia 49; La Fontaine VIII, 25.

22. (I, 21 - Th. 20) Non esopica. Imitata da La Fontaine, V, 14. Caso di apologo divenuto proverbio («il calcio dell'asino»).

23. (I, 22 - Th. 49) L'origine esopica non è attestata. La citata fav. 89 Halm è la parafrasi di Babrio 27, che deriva dal modello fedriano, inorpellato e destituito del sottinteso sociale. Lo spunto esopico è piuttosto nella 286, «L'uccellatore e la pernice» (analoga alla 301, versificata), della quale sopravvive il motivo del tradimento verso la propria gente.

24. (I, 23 - Th. 29) Lo spunto è in Esopo, 164 Halm. È l'apologo della fedeltà, non senza una sfumatura dello stile «cinico» (cfr. Orazio: «*vere quod placet, ut non acriter elatrem?*»). Cfr. Maria di Francia 28; Vincenzo di Beauvais IV, 115.

25. (I, 24 - Th. 50) Spunto esopico, ma l'originale è perduto. Le imitazioni tra loro indipendenti di Orazio (*Sat.* II, 3, 314-

320) e di Babrio (27) ne accertano l'esistenza e ne lasciano anche indovinare la semplicità e l'arguzia, che il moralismo posteriore ha appesantito e drammatizzato. Nel linguaggio comune *rana* significò il povero diavolo in senso sociale (« *qui fuit rana, nunc est rex* », si dice in Petronio, *Sat.* 77), e questa accezione sottintesa c'è anche nel testo oraziano sopra citato. Per la sentenza, cfr. Publilio: « *ubi coepit ditem pauper imitari perit* ». Marziale ricorda probabilmente Fedro: « *Grandis ut exiguam bos ranam ruperat olim / sic, puto, Torquatus / rumpet Otacilium* » (X, 79, 9-10). Cfr. Maria di Francia 65; La Fontaine I, 3.

26. (I, 25 - Th. 37) V. Plinio: « è certo che (i cani) lungo il fiume Nilo ne toccano appena l'acqua con la lingua per non offrire un'occasione all'avidità dei coccodrilli... » (VIII, 48, 148); cfr. anche Eliano, *De an.* VI, 53, e Macrobio, I, 2, 27. E ne era nato un proverbio.

27. (I, 26 - Th. 43) L'originale esopico è perduto; ma v. Plutarco, *Quaest. conv.* I, p. 614 EF. Cfr. La Fontaine I, 18.

28. (I, 27 - Th. 38) Originale e non imitata. L'immagine oraziana dell'argento che riempie di inerzia affascinata (*Sat.* I, 4, 28, *Epist.* I, 6, 14), o varroniana dell'oro che abbacina e ottunde (*Sat. Men.* VIII, fr. 6), si fissa in un'esemplarità quasi gotica, dantesca. Il cane « maledetto » ricorda il serpe della fav. *69*.
v. 5: *I Mani*: gli spiriti benigni dei trapassati (*larvae* erano quelli maligni).

29. (I, 28 - Th. 16) Cfr. Esopo 3. Tra gli esempi più felici del « tradurre » fedriano (qui in chiave umana e insurrezionale). Cfr. Maria di Francia 10.

30. (I, 29 - Th. 14) Lo stesso motivo della fav. *160*.
v. 5: *fratello*: titolo confidenziale (come *pater* era di rispetto) che non si poteva dare se non a uguali.

31. (I, 30) V. *Introduzione*, pp. 122-23. Originale. Ripresa da La Fontaine (II, 4) con la morale, valida in ogni tempo, dell'ora-

ziano «*quidquid delirant reges, plectuntur Achivi*» (*Epist.* I, 2, 14).
Al v. 7 viene conservato *est* dei mss. (*sit* Postgate).

32. (I, 31 - Th. 28) Originale; e il tono fa pensare a una profezia politica. Si adombra anche qui (v. *Introduzione*, pp. 24-26) il futuro Caligola (al potere nel 37 d.C.), in cui il popolo, accarezzando il sogno dell'imperatore democratico e cesariano, poneva le sue speranze (Svetonio, *Cal.* 13), e che Fedro poteva aver già osservato nella casa imperiale? Cfr. Aftonio 21. L'ultimo v. è proposto da Postgate sulle parafrasi: «*nostrum spiritum tali credidimus inimico*», *Ad.*; «*qui nos praedoni commisimus*», *Wiss.*; «*qui nos tali commisimus (defensori)*», *Ro.*

LIBRO SECONDO

33. (II prol.) Rispetto al primo prologo, la rivendicazione del valore del «genere» è molto più esplicita e perciò anche polemica.
Al v. 5 è conservato *locus* dei mss., nel senso retorico-giudiziario di argomento, oggetto contenuto (*iocus* in quasi tutti gli editori, compreso Postgate; lo scambio *i/l* è in effetti paleograficamente comunissimo).

34. (II, 1) Esopo (196) aveva inaugurato il simbolo – fortunatissimo e sempre risorto, fino al *Roman de Renard* e molto oltre – del leone come ottimo re. Emblema che può, in certe circostanze, offrirsi alla speranza. Fedro, rispondendo, lo inchioda tra gli impossibili. V. *Introduzione*, pp. 23 e 61.

35. (II, 2) Trovata popolare, che si ritrova in Esopo (52) e in Bilpay. Cfr. Babrio 22 (che ha certo presente Fedro); e, naturalmente, La Fontaine (I, 17). La misoginia è motivo obbligato non solo della diatriba stoico-cinica, ma quasi di ogni moralismo. Per quella, tranquilla, di Fedro, v. *Introduzione*, p. 55.

36. (II, 3) Lo spunto è in una superstizione popolare a cui si ispira Esopo (178) e di cui non siamo meglio informati. Fedro la

riprende in chiave etica, sul motivo della «nessuna complicità» con il male. Lessing, nel Settecento, la rifarà ingegnosamente in chiave illuministica (II, 20), come satira della medicina arretrata e superstiziosa.
Al v. 2 è conservata la lez. *inmisit* dei mss. (*misit* Postgate, da J. F. Gronovius e con molti editori).

37. (II, 4) Originale. Imitata da La Fontaine, III, 6.

38. (II, 5 - Th. 38) V. *Introduzione*, p. 26.
v. 9: *villa di Miseno*: la *Misenensis villa*, come la chiama Plinio (XVIII, 6), fu edificata da Mario sul famoso promontorio, ma restò legata al nome del posteriore proprietario, L. Licinio Lucullo, il vincitore di Mitridate e di Tigrane (e *Luculliana* la chiama anche Svetonio, *Tib.* 73). Passò poi a Tiberio, che vi si trovava al tempo della sua morte (v. Tacito, *An.* VI, 50; Dione Cassio LVIII, 28; Svetonio, luogo citato).
v. 11: *in faccia al mare siciliano, scruta / l'etrusco*: il mare siciliano è il Tirreno meridionale, e propriamente Tirreno (o «etrusco», come suonava a orecchio romano) quello verso nord.
v. 14: *Pelusio*: città egiziana sul Delta, famosa per la lavorazione di lini finissimi.
v. 31: *certi schiaffi*: lo schiaffetto, *àlapa*, o un piccolo tocco di verga, erano il segno rituale dell'affrancazione.
Al v. 10 conserverei la lez. *perspicit* di P (*respicit* Postgate con molti, dopo il Gronovius), tutt'altro che esclusa dall'ubicazione del tutto congetturale della villa. Al v. 16 la lez. *come* (*iactans officium come*, nei mss.) «cortese», riferita a *officium*, metricamente non sostenibile, può suggerire questa nuova proposta (*comae* Postgate); in ogni caso alla comicità di questa cortesia del povero servo — che Fedro vede con l'acume impietoso dei conservi — non si deve rinunciare. Il v. 20, zeppa probabilmente neppure di origine fedriana, non è stato tradotto.

39. (II, 6 - Th. 17) Solo lo spunto in Esopo (352); in Fedro c'è il quadro umano e morale, con il cattivo consigliere. *Altis ab astris* è espressione solenne (inusata oggi) che fa pensare a possibili «eliminazioni» dalla casa imperiale. Cfr. Babrio

115 (da Esopo); Maria di Francia 13; La Fontaine VIII, 16 (che si ricorda dell'irriverente aneddoto della morte di Eschilo, dovuta a una tartaruga lasciata cadere da un'aquila che aveva scambiato per una roccia il capo calvo del poeta) e X, 3.

40. (II, 7) Originale. Cfr. Faerno 85; La Fontaine I, 4.
Sauciant del v. 8, lez. seguita da Postgate e dalla maggioranza degli editori, si fonda su NV; ma è ben sospettabile che Perotti abbia corretto un originario *trucidant*, che è in PR e che non è spiegato da *sauciant*, impossibile per il senso (oltre che per il metro, che però Perotti non conosce). Lez. questa che invoglierebbe non poco a un pittoresco *trusitant* (adombrato dalla traduzione...), non attestato ma chiaramente deducibile dal catulliano *trusare* e analoghi. Curiosamente, il *Dictionnaire Etymologique* di Ernout e Meillet lo registra attribuendolo a Fedro, ma senza l'indicazione del passo.

41. (II, 8 - Th. 69) Originale. Fiaba felice che si conclude con un buon consiglio e un proverbio universale («l'occhio del padrone ingrassa il campo». La Fontaine traduce: «*il n'est pour voir que l'oeil du maitre*». Per restare nell'antichità, v. Aristotele, *Oecon.* I, 6; Catone, *Agr.* 4; Plinio XVIII, 31; Columella IV, 18 e III, 21; La Fontaine IV, 21.
v. 21: *chi ha cento occhi*: è il padrone, ma l'espressione ricorda Argo, il *panoptes* («tutt'occhi»), il grande vegliatore della fiaba antica.

42. (II, 9 - Th. pag. 304) La rivendicazione del valore, e del proprio valore, è appassionata e superba. Sulla *Fortuna*, v. *Introduzione*, p. 40 e altrove.
Al v. 5 conserverei *ne* di P: Fedro ha gareggiato con Esopo sperando di superarlo, o almeno di uguagliarlo, di continuare, appunto, l'opera dell'*inventor*. La lacuna dopo il v. 11 è attestata da *tuas* immediatamente seguente.
Al v. 15 ho preferito un lieve ritocco (*ab illis doctus* in P, dove simili trasposizioni sono frequenti) alla congettura *rabulis* di Bährens, seguita anche da Postgate.
Al v. 18 *exitium* di P è corretto in *exilium* anche da Postgate, sulle orme di Havet, v. *Nota sul testo*, pp. 83 e 88.

43. (III prol.) Su questo fondamentale prologo-diàtriba, v. *Introduzione*, pp. 27-31.
v. 2: *Eutico*: «il fortunato», l'uomo della Tyche, nome o fittizio (la paronomasia era figura retorica, v. *Rhetorica ad Herennium*, IV, 21) o gustosamente reale, ma certo personaggio autentico a cui, in altra sede (cfr. *75*) si invoca un atto di giustizia.
v. 21: *Pieria*: regione dell'attuale Macedonia greca.
v. 22: *Mnemosine*: Dea della memoria e madre delle nove muse.
v. 25: *schola*: con questo termine si indicava anche la sede di un *coetus* o *collegium* (v. 28).
vv. 33-34: «*sarà ciò che sarà...*»: parole di Sinone, nell'*Eneide* (II, 77), il greco astuto che convinse Priamo (il «re della Dardania») a introdurre nella città il fatale cavallo di legno.
v. 51: *Seiano*: ministro di Tiberio e di fatto suo sostituto dopo il ritiro dell'imperatore a Capri (26 d.C.): l'ambizione, la spietatezza e i delitti del personaggio, infine smascherato da Tiberio, che lo fece processare e uccidere nel 31, lasciarono un terribile ricordo anche popolare. È più che probabile che Fedro scrivesse questi versi non troppo dopo la caduta del ministro.
v. 62 e sgg.: si noti il crescendo, che è insieme sociale e geografico: Esopo è della Frigia, in Asia Minore, ma la Frigia era la terra antonomastica degli schiavi; Anacarsi (uno dei «sapienti» dell'età soloniana, scorcio del VII sec. a.C.) era della barbara Scizia; Lino e Orfeo, i primogeniti della poesia, erano della Tracia (subito a nord della Macedonia): Fedro è dunque il più vicino alla luce della Grecia, anzi per poco non ci è nato (v. 65: inutile dire che scherza).
Al v. 4 è conservato il discorsivo (e diatribico?) *inquit* impersonale (di cui si veda R. Kühner, *Ausfr. Grammatik der Lat. Sprache*, II, 4 *e*), sempre corretto con *inquis* (analoga emendazione si trova tra i probabili *auctores* di Fedro, Seneca, *De const. sap.* VII, 3).
Al v. 20 è appena ritoccata la lez. dei mss. (*in ipsa natus sim paene schola*; per *paene*, Havet propose *Phoebi* e Postgate *Paeanis*); analogamente al v. 22 (mss.: *et laude invita in hanc*

vitam...; *nec Pallade hanc invita vitam in vitam...* Postgate). Al v. 40 è pure conservato *diligens* in luogo di *deligens*, «scegliendo» (Postgate e forse tutti gli editori).

44. (III, 1) Molte e non dotte le interpretazioni dei dotti su questo oscuro, bellissimo simbolo. Lo spunto può essere dato dalla statua ellenistica attribuita a un Mirone omonimo del grande (sulla base di Plinio XXXVI, 33), molto nota in Roma a giudicare dalle molte copie che ne furono fatte, una delle quali conservata al Museo Capitolino di Roma (v. l'illustrazione a p. 98).

45. (III, 2 - Th. 75) Allegoria di Tiberio e del suo «esilio» a Rodi? L'imperatore non dimenticava, sapeva vendicarsi e anche manifestare gratitudine per chi lo aveva onorato nel periodo della sua relegazione (v. Tacito, *An.*, IV, 48). È antica proposta del Guyet (1663) che particolari troppo umani, come quel «pane» pietoso, sembrano confermare.
Al v. 5 conservo *nemo* di P (*nullum* Postgate) ben più significante e coerente. Anche al v. 19 non c'è ragione di emendare *laeserant* dei mss. con *laesĕrunt*.

46. (III, 3) Cfr. Plutarco *Sept. sap. 149 E*, che attribuisce una battuta analoga a Talete.
Ai vv. 1 e 14 le due lezz. di P, *velocior* e *sibi*, restano non poco convincenti.

47. (III, 4) Battuta colta a volo e relativa meditazione. Il sale consiste nel gioco di parole tra *sapor* e il verbo *sàpere*, che significa sia «aver sapore» che «aver senno», ciò che nell'intellettualismo etico antico è anche fonte di ogni valore morale.

48. (III, 5) Ripresa poi da La Fontaine, XII, 22.

49. (III, 6 - Th. 47) Ripresa da La Fontaine (VII, 1); e anche in questo caso il piccolo capolavoro fedriano nulla guadagna dai molti particolari, dal brio generico, dal generico realismo di La Fontaine. Dal quale pare derivare il titolo della famosa polemica carducciana (1897).

50. (III, 7 - Th. 65) Notevolissima creazione. Esopo 227 non è che lo spunto — da cui derivano Babrio 100, Aviano 37 e La Fontaine I, 5.
Dopo il v. 10 Postgate integra una lacuna non necessaria e non dimostrata dalle parafrasi.

51. (III, 8) Socrate «pensava che i giovani dovessero costantemente guardarsi nello specchio o per adeguare la bellezza, quando c'è, al comportamento o per nascondere i loro difetti con l'educazione.» (Diogene Laerzio, II, 33). Cfr. anche Plutarco, *Con. praec.* 25 p. 141 D.

52. (III, 9) Favola particolarmente «ideologica»: c'è l'esaltazione della *philia*, l'amicizia, che nell'antichità fu valore, e c'è protesta di fedeltà al maestro e martire di ogni «filosofo». Da altri il detto fu attribuito a Temistocle (Ateneo, XII, 45).

53. (III, 10) Caricatura delle tesi ambivalenti, di origine sofistica, ora trionfanti nelle scuole di retorica (Seneca padre ne è il massimo documento) e destinate a un incredibile futuro. Venivano di regola raccomandati *exempla* mitici, molto ironizzati dai satirici; e Fedro preferisce offrirne uno tratto dall'esperienza personale. Sornioneria non priva di sottintesi diretti al dedicatario, Eutico.
v. 3: *Ippolito*: il figlio di Teseo, maledetto dal padre e ucciso da Posidone per la calunnia della matrigna, Fedra. Soggetto della tragedia omonima di Euripide e della *Fedra* di Seneca.
v. 6: *Cassandra*: la profetessa dannata dall'amore deluso di Apollo a non essere creduta.
v. 40: *centumviri*: tribunale di 105 membri competente per le questioni, anche penali, di eredità.

54. (III, 11) L'eunuco, o «guardiano del talamo», era lusso orientale sempre più diffuso in Roma; un senatoconsulto dell'83 vieterà la *eviratio*.
Al v. 5 è conservato *integritatis* di P (*integritati* Postgate).

55. (III, 12 - Th. 1) La posizione primaria che ha spesso nelle parafrasi medioevali è dovuta all'aspra evidenza dell'allegoria. Cfr. Maria di Francia 1; La Fontaine I, 20.

56. (III, 13) V. *Introduzione*, p. 30. Ripresa poi da La Fontaine, I, 21.

57. (III, 14) Fonte sconosciuta. Per la sentenza, cfr. Publilio: « *Arcum intensio frangit, animum remissio* ».
v. 3: il gioco « alle noci » era tipico dell'infanzia romana.

58. (III, 15 - Th. 32) Dolorosa favola autobiografica?
Diversamente da Postgate, il v. 18 è incluso nella risposta dell'agnello e all'epimitio sono tolte le parentesi quadre, non meritamente dubitative.

59. (III, 16) Contro gl'instancabili lettori pubblici di se stessi, probabilmente, motivo ironico in Orazio (*Epist.* II, 2, 92 sgg.) e poi sempre più, con lo sviluppo della cosa, inspessito e inasprito (Marziale, Giovenale...). Poco male poi se ci rimetteva l'attica cicala, simbolo della poesia, nutrita di rugiada, secondo Esopo (e la scienza), anzi, qui, di nettare (v. 14).

60. (III, 17) Il sugo della mitologia: la « sapienza » (Pallade) sposa l'« utile », cioè l'utile etico.
v. 14: *ti diranno*: metro e senso permettono sia la lettura *dìceris* (presente) che *dicèris*: abbiamo preferito, in questo mondo idealmente preumano, il futuro.

61. (III, 18 - Th. 74) Cfr. Maria di Francia 43; La Fontaine II, 17.

62. (III, 19) Una sentenza esemplare di Diogene il Cinico (Diogene Laerzio VI, 2, 41) poteva ben essere anche dell'Esopo fedriano; piuttosto è incerta l'interpretazione. Gli ultimi versi sono ironici, sottolineano cioè solo l'insipienza del « volgo » non filosofico? In tal caso l'interpretazione, già allora problematica, è taciuta. Oppure Fedro vuole davvero difendere chi bada al suo lavoro e va per la sua strada (quotidianità in cui si realizza la propria « filosofia »; v. anche *122*.)

63. (IV, 14); 64. (IV, 15) *Aitia* (cause, origini) popolari e giocosi, che fingono di spiegare, con un mito caricaturale, ma ricco di senso, l'origine delle cose. Il primo non è ricostruibile. Il secondo non si può dire che manchi di attualità e ne

loderemo la tolleranza. Che Prometeo avesse creato il genere umano dall'argilla era leggenda piuttosto tardiva, ma diffusa; e date certe carenze del medesimo è comprensibile che gli si attribuiscano distrazioni, magari dovute al vino (v. anche Marziale XIV, 182).

65. (IV, 16) Nel costume antico, la barba, com'è noto, faceva parte della divisa dei « filosofi »; e ce n'erano molti che di filosofico non avevano che la barba (« chiusi nella barba e nel mantello », li dirà Gellio XIII, 8). È protesta o beffa larghissima, da Orazio a Luciano, a Minucio, a Lattanzio e molti altri. E questa è la favola seria dell'essere (*virtus*) e del parere (*habitus*), la protesta quasi amara e rassegnata (« accettalo ») contro l'apparenza che insidia la dignità e anche la sicurezza della virtù. « Virilità », dunque, non come sesso ma come metafora (usuale, e magari abusiva, nel linguaggio « filosofico »).
Al v. 2 è conservato *merentes* di P, non significante paleograficamente ma molto per il senso; *maerentes*, « tristi », Postgate.

66. (IV, 17) La nave è uno dei grandi simboli esistenziali. Per limitarci al nostro ambito, ricordiamo che è anche in Esopo (309) e che nei filosofi morali diviene simbolo della virtù, verso il porto della sicurezza, sul mare della Tyche (v. l'Orazio della seconda epistola, Seneca, Giovenale...).

67. (IV, 18) Non abbiamo idea di quale comunità (un *coetus* rivale?) è stata qui così spassosamente mimata (e identificata, assolutizzata nel « cane ». Giove è certo l'imperatore).
Sono stati conservati dei mss. l'ordine dei vv. 12-13, scambiati da Postgate, *adeunt* del v. 21 e *iudicio* del v. 30, dove Postgate emenda con *abeunt* e *ludibrio*.

68. (IV, 19 - Th. 13) Sul motivo della guerra all'*improbus*, v. *Introduzione*, p. 65. Da Esopo 82. Cfr. Babrio 147 e *ibid. Fab. iamb.* 1, fr. 234, e Ignazio Diacono I, 17 (pervenuta parafrasata in una delle due tavolette cerate « *Assendelftianae* » di Leida, riprodotte in appendice all'ed. Crusius); La Fontaine VI, 13 e X, 10.

69. (IV, 20) Favola e invettiva diatribica sul tema d'obbligo dell'avaro. Due ruoli scontati: quello nuovo della volpe «sapiente» e quello mitico-culturale del drago (o serpe) ctonico, custode dei tesori sepolti.

70. (IV, 21) Realistica e in sostanza realizzata profezia. Al v. 1 è conservato *cogitur* di P (*cogitas* Postgate).

71. (IV, 22) v. 2: *Simonide*: di Ceo (556-468 a.C.) fu il più fecondo, il più brillante, il più antico dei maggiori poeti «melici» o corali; e anche il primo a chiedere una vera parcella per le sue composizioni celebrative, cosa che gli fu' rimproverata e che ora gli ottiene — col concorso di altre qualità — la forse non disinteressata stima del favolista. Né minore, a quanto pare (v. *74*) fu l'approvazione degli Dei. Simonide viaggiò molto, ospite di grandi «tiranni», tra cui Ierone di Siracusa; ma proprio questo viaggio asiatico, non attestato da altre fonti, può essere una gioviale invenzione di Fedro. Come, inutile dirlo, la paternità della massima famosa (*omnia mea mecum porto*) che Cicerone attribuisce a Biante (*Parad.* I, 1). D'obbligo, poi, il «topos» della *iactura* dei beni, del «getto» cioè dei beni materiali che sono la zavorra della vita. Cfr., tutta ispirata a questo motivo, la dodicesima satira di Giovenale. Lo scherzo di Fedro s'intona, ma senza perdere serietà intima, al proprio ruolo e al proprio «genere».
vv. 31-32: *la loro / tavoletta dipinta*: raffigurante, secondo l'uso (v. anche Orazio, *Ars*, 20-21, e Giovenale XIV, 301 sgg.), la loro sventura.

72. (IV, 23 - Th. 31) La fonte è un proverbio: v. Orazio, *Ars* 139; Plutarco, *Ages.* 36; Ateneo 14, 6. Cfr. La Fontaine V, 10. Boileau, *Ars poétique* III, 274, deriva da Orazio. Proverbio sopravvissuto e favola inconsciamente ricordata e in mille luoghi reperibile.

73. (IV, 24 - Th. 46) V. *Introduzione*, p. 11. Cfr. Maria di Francia 86; La Fontaine IV, 3.

74. (IV, 25) V. *71*. Il fatto era notorio (v. Cicerone, *De or.* II, 26; Quintiliano *Inst. orat.* XI, 2, 11; e il contemporaneo Va-

lerio Massimo I, 8, *ext.* 7, che commenta: «Quale maggior ricchezza di tanta fortuna che neppure l'ira del mare e della terra poterono soffocare?»). Fedro ha trovato una causa religiosa di tanta «fortuna».

v. 16: *Gemelli*: Castore e Polluce, fratelli di Elena, nati da Leda e da Zeus, presente in forma di cigno.

Le lezz. *reliquum* (v. 12) e *sentiam* (v. 14) di PR sono preferite a *reliquas* e *sentiant* della spesso infedele copia perottina; così al v. 13 è conservato *laudes* di PR (*laudis* Postgate; *partes* è arbitrio perottino).

75. (IV epilogo) Cfr. *43*. E qui, alla fine del libro, il discorso si fa più drammatico e più esplicito.

v. 9: *sveltezza*: ma è la *brevitas* letteraria, virtù primaria della poesia satirica e ideale implicito dell'epoca; con un po' d'ironia.

v. 35: verso di una tragedia perduta di Ennio, il *Telefo*.

LIBRO QUARTO

76. (IV prologo) Da questo, che si potrebbe dire il libro di Particulone — per ora il «quarto», e sarà il penultimo dei «cinque libretti» attestati da Aviano, v. *Testimonianze e giudizi*, p. 71 — la oscura *calamitas* e le angosce di Fedro sembrano riposare e anche all'incomprensione, pare, subentra l'orgogliosa rassegnazione di chi si appaga del proprio valore e del giudizio dei pochi. Soggetti e toni sembrano farsi meno o meno spesso drammatici, diatribici, personali, e la polemica sentirsi più vittoriosa (*83*), ma non ci sono elementi precisi; più certa è la frequenza delle novelline non aneddotiche (finora solo la *15*, da ora tre, *81*, *83*, *96*), ma non possiamo dire da quali libri Perotti ha raccolto le sue (*109*, *114*, *115*).

77. (IV, 1 - Th. 68) Cfr. Esopo 237. Per quella di Babrio (*141*), pervenuta troncata attraverso tarde citazioni, non si può attestare la derivazione da Fedro.

v. 4: *i preti celti di Cibele*: il culto di Cibele, orgiastico e mistico, originario e tipico dell'incandescente Asia Minore, è fondamentale nella storia della spiritualità antica (v. F. Cumont,

Le religioni orientali nel paganesimo romano, Laterza, 1967; 1ª ed. 1913, cap. III); e ormai era diffuso e familiare in tutto l'Occidente (a Roma era stato introdotto fin dal 204 a.C., in circostanze eccezionali). Estraneo e avversato dallo spirito romano più genuino (Catullo e Orazio sono un esempio), avrà lasciato indifferente lo scettico Fedro, che si limita al quotidiano quadretto esteriore. I *Galli* erano sacerdoti, ma di origine, pare, celtica (dalla Galazia, dove popoli celti erano immigrati) e come «celti» suonavano a un orecchio romano.

78. (IV, 2 - Th. 72) Da Esopo 13. Ma è la versione fedriana quella a cui Persio allude, presupponendola nota, classica e meditata dal suo lettore (V, 115-118). Cfr. Babrio 17; Faerno 53; La Fontaine III, 18.

79. (IV, 3 - Th. 71) Da Esopo 32; felice «traduzione» quella di Fedro; sovraccarico di preziosismo il tipico rifacimento di Babrio (19). Cfr. poi Faerno 6; L. Lippi, *Malmantile*, VII, 49; La Fontaine III, 11; Lessing II, 2... Apologo famoso e «proverbio» inesauribile.
Al v. 4 è conservato *est* di P (*es* Postgate).

80. (IV, 4 - Th. 79) Cfr. Esopo 329. Il poeta Stesicoro di Imera narrò un apologo consimile ai concittadini che per difendersi dai Cartaginesi pensavano di chiedere l'alleanza di Falaride, nell'anno 480 a.C. (Aristotele, *Rhet.* II, 20,5). Orazio (che deve aver presente Stesicoro) ne fece l'apologo della libertà dalla «avidità» (*Epist.* I, 10, 34-41). La favolosa redazione lafontainiana ritorna alla morale di Fedro: «*Quel que soit le plaisir que cause la vengeance...*». Cfr. poi Babrio 166; Ignazio I, 5; Teone, *Progymn.* 2.

81. (IV, 5) Sul motivo della *sollertia* (v. 49), virtù elementare e specificamente umana (cfr. *103*, 8; e non univocamente traducibile). V. *Introduzione*, p. 66.

82. (IV, 6) Apologo esopico (237) divenuto dunque (vv. 2-3) popolare e soggetto di pitture folkloristiche (non solo romane, v. R. Marchianò, pp. 229 e sgg.; e non solo classiche. Perfino nel Faust goethiano i frequentatori della cantina di Auerbach cantano una canzone topesca). Le corna furono per

tutta l'antichità simbolo di potenza; Orazio – per non citare che una fonte prossima – esclama che il vino «*addit cornua pauperi*», «dà un pennacchio al povero»: in questo caso, la fortuna è appunto non avere pennacchi. Cfr. Babrio 31; La Fontaine IV, 6.

83. (IV, 7) *Oh non fossero mai caduti i pini*... (dal v. 7): il soggetto sottinteso del «pezzo» è Medea, la maga, figlia di Eeta re della Colchide, selvaggiamente innamorata di Giasone, venuto dalla tessala Iolco e dal Pelio, sulla nave costruita da Argo, per riprendere e riportare in patria il «vello d'oro» (tale la condizione posta dal re di Iolco Pelia per cedergli il regno legittimo). A Giasone Medea diede i mezzi per compiere l'impresa, fuggì con lui, per favorire la fuga uccise il proprio fratello (e ne fece cadere brani del cadavere sulla rotta, fermando gl'inseguitori), poi per eliminare Pelia che non stava ai patti lo fece diabolicamente uccidere dalle stesse figlie, e infine, quando l'amato si apprestò a lasciarla, uccise i due figli avuti da lui. Questo attacco è una tipica «origine dei mali» (*archè kakôn*) euripidea, e perciò tipicissima del teatro romano e in particolare di quello, molto letterario, del tempo di Fedro. Anzi qui viene imitata proprio l'euripidea *Medea exul* di Ennio, che la *Rhetorica ad Herennium* (II, 2) aveva fatto canonica. Ma, si osservi, Fedro fa un abile rifacimento e non una parodia: al contrario dei satirici puri, Persio e Giovenale, non condanna e non esclude il «genere»; e questo «lettore Catone» non solo è «censore», ma è censore moralista (l'eliminazione di Pelia, dice, fu legittima) e vacuamente erudito (la navigazione – forse ha anche confuso il Ponto Eusino con il *pontus* in genere, il mare – risale nell'Egeo, precisa, a Minosse). Impoetica erudizione di poesia che doveva essere caratteristica della scolastica età fedriana, e lo stesso Tiberio non ne era esente, v. Svetonio, *Tib.* 70. Così quella di Fedro non è solo una difesa della favola esopica (*fabella*) ma, elegantemente, di tutta la fiaba (*fabula*) e di tutta la poesia. E quella di La Fontaine (II, 1) non è imitazione, ma lontana solidarietà di poeta.

84. (IV, 8 - Th. 62) Cfr. Esopo 77 (a questa allude Orazio, *Sat.* II, I, 77-78); La Fontaine V, 16 (che deriva da Fedro); lo spagnolo Yriarte (1750-1791), *Favole* 97.

85. (IV, 9) Cfr. Esopo 40; Babrio 182; Faerno 43; La Fontaine III, 5.

86. (IV, 10) È un'arguta immagine di Esopo quella delle due bisacce (304), proverbiale nell'antichità e famosa in ogni tempo, che Fedro rende cupa con pochi ritocchi. Occasione vicina del piccolo mito poté essere il problema della «delazione», un'immoralità che il diritto rendeva quotidiana e perfino necessaria. Cfr. Babrio 66 (che contamina le due fonti, ma togliendo al modello fedriano la triste serietà: *gravem* diventa «maggiore», i *mala* le «sventure», e scompare Giove); Catullo 22, 21; Orazio, *Sat.* II, 3, 299; Seneca, *De ira* 2, 28; Stobeo III, 23, 6, Perry p. 253; Temistio XXI, p. 262 B; Tzetze, *Chil.* IX, 443; Rabelais, *Pant.* III, 15...; e La Fontaine I, 27.

87. (IV, 11) Lo spunto è dato da una particolare *religio* che pare attestata, il divieto di accendere ogni fuoco sacro con quello profano dell'uso.

88. (IV, 12). Apologo particolarmente grave, v. *Introduzione* p. 45. Cfr. Esopo 130.
v. 5: *il figlio della Tyche*: nel tempio della Fortuna a Tebe in Beozia si vedeva una statua della Dea reggente tra le braccia Pluto fanciullo: «savio pensiero veramente, porre Pluto tra le sue braccia, quasi fosse la Tyche la sua madre o la sua nutrice» (Pausania IX, 16, 2). Fedro preferisce volentieri questa genealogia simbolica a quella tradizionale e arcaica che fa Pluto figlio di Iasione e Demetra (cfr. Esiodo, *Theog.* 969 e Igino 2, 4).

89. (IV, 13) Pervenuta mutila, viene qui integrata con r.g. (Th. 70), testo molto deforme e tradotto con un minimo di libertà. Cfr. La Fontaine VII, 7. V. *Introduzione*, p. 25.
Postgate e altri, interpretando diversamente, isolano il promitio ritenendolo di altra favola perduta.

90. (V, 2) Novellina originale.
Al v. 4 è conservato *occiso* di P (confermato dalla lez. *exciso* di NV); Postgate, *excusso*.

91. (V, 3 - Th. 42) Al v. 10 è conservato *necare* di PR, molto più di *carere* (NV, seguiti da Postgate) energico e accordato con la morale della favola e con il furore del calvo.
v. 11: *hoc argumentum venia donari docet* è proposta eclettica e incerta (*ei dari* Rigaltius 1599); *argumento... dari docet* mss.; *argumento... donari decet*, Postgate.

92. (V, 4) v. 12: *certo azzardo*: ma la parola latina, *temeritas*, oltre che comune era, per i « filosofi », precisa e giudicante, come l'opposto della *ratio*. Fedro, anche per poco intellettualismo, ne fa uso parco.

93. (V, 5) Lo stesso racconto è in Plutarco, *Quaest. conv.* V, 1. Al v. 1 *pravo* è nel titolo perottino (spesso dedotto dal contesto e confermato dal *parvo* di PR; *prono* Postgate.
Al v. 2 *pro iudicio* è di PR (*praeiudicio* Postgate). Al v. 26 *ciet* può essere *lectio difficilior* male intesa da PR (*sit et*): *scias* Postgate.

94. (IV epilogo) v. 7: la *sveltezza*: (*brevitas*); cfr. *33*, 12; *75*, 9 e note. Cfr. La Fontaine VI, epilogo.

LIBRO QUINTO

95. (V prologo) Sul possibile dedicatario, v. *101*.
vv. 6-8: *Prassitele*: uno dei vertici dell'arte antica (sec. IV a.C.), di cui sopravvive un originale, l'*Ermete* di Olimpia. *Mirone*: l'autore del *Discobolo* (sec. V a.C.). *Zeusi*: tra i più celebrati pittori dell'antichità (sec. IV a.C.).
Per *trito* (Bongars) del v. 7 cfr. *detrito* (non possibile per il metro) di P; *detrito Myn* (per *Myronem*) Postgate.

96. (V, 1) v. 1: *Demetrio, detto del Falero*: colto e tollerante, Demetrio Falereo governò Atene in un periodo difficile (317-307 a.C.) lasciando un buon ricordo di sé; inoltre conosceva bene Menandro, di cui era stato condiscepolo. Fedro deve avere equivocato con Demetrio Poliorcete, che s'impadronì di Atene (cfr. il v. 2) dopo un duro assedio al quale se-

guì, con una certa generosità, molta ostentazione di dominio (v. Plutarco, *Dem.*, XXXIV e altrove). Esattezza storica che a Fedro doveva restare non poco indifferente.
Venire del v. 16 è dei mss. (*cevere* Postgate).

97. (V, 6) Un'istantanea e un proverbio greco («il tesoro si mostrò carbone», v. Erasmo, *Chil.* I, *cent.* 9, 31). Cfr. Marziale, XIV, 25.
v. 5: *il cielo... la sorte*: grandi parole e problematica antica, in questa caricatura un po' malinconica; al tempo di Fedro, la letteratura stoica e stoicizzante tendeva ad assimilare il «fato», in quanto non-io, alla *Tyche*.

98. (V, 7) v. 4: *Principe*: un'iscrizione attesta: *L. Cassi Principis Tibicinis Capra* (*Dessau, Inscr. Lat. sel. 529*).
v. 5: *Batillo*: di Alessandria, venuto a Roma intorno al 23 a.C. (Svetonio, *Fragm.* p. 22 Reiff.), creatore del pantomimo comico, come il contemporaneo Pilade di quello tragico, che avrà poi prodigiosa fortuna sulla scena romana. L'enorme successo di Batillo (che fece nascere una scuola, ancora viva al tempo di Plutarco, e lasciò addirittura antonomastico il suo nome, v. Giovenale, VI, 63) fu favorito dal patrono illustre, Mecenate (v. Tacito, *An.* I, 54).
v. 6: *in certi ludi*: ai quali Fedro dovette essere presente; la *rentrée* di Principe, secondo Havet, fu in occasione dei *ludi Augustales* del 9 d.C. ricordati da Plinio (VII, 158): ma questi ludi furono fatti anche altre volte (v. Dione Cassio, LVI, 4) e forse, poiché celebravano il genetliaco dell'imperatore, anche annualmente (Tiberio poi li continuò come omaggio alla memoria di Augusto, *ibid.*). Piuttosto l'essere allestiti da un privato, o almeno non da un collegio di magistrati, e la durata di un solo giorno (v. 20), fanno pensare che si trattasse di uno spettacolo in qualche cittadina, non lontana dalla capitale.
v. 7: *pegma*: macchina basata su leve e contrappesi, sempre più usata in ogni genere di spettacoli col continuo crescere, nell'età augustea e dopo, d'una scenografia raffinata e a volte gigantesca (un esempio potrebbe essere quella descritta da Apuleio nel libro decimo delle *Metamorfosi*), fenomeno già lamentato da Orazio (*Epist.* II, I, 185-207) e, al tempo di Fedro, da Seneca (*Ad Luc.* 88, 22).

v. 10: *due tibie*: si chiamavano *tibiae* anche quelle duplici del flauto, la «destra» e la «sinistra».

v. 26: *un canto*: cfr. quello citato da Svetonio, *Cal.* 6. Si trattava di uno di quei *cantica* che, con grande sdegno di Orazio, assumevano nel teatro — l'arte della parola per eccellenza — un ruolo sempre maggiore (v. *Ars*, 193-195).

v. 31: *i cavalieri*: la classe dei ricchi, a cui erano riservati i primi posti, erano tradizionalmente il pubblico colto (v. Orazio, *Ars*, 384), nonostante le molte ironie dei satirici su certe loro velleità letterarie; ed erano loro a proporre il premio degli spettacoli (Orazio, *Ars*, 250), la corona *donatica* di foglie di edera d'oro e d'argento (v. Plinio XXI, 6).

v. 37: *la cavea*: oggi si direbbe «la platea».

Al v. 34 è stato portato un minimo ritocco a P (*coronam estimat*). *choro veniam aestimat* Postgate.

99. (V, 8) Soggetto celeberrimo di allegorie figurative, con i due attributi essenziali del ciuffo e del rasoio (simbolo dell'attimo e del momento decisivo, espressione idiomatica risalente ad Omero, *Il.* X, 173). Una «occasione» (*kairós*) di Lisippo di Sicione è descritta nell'*Antologia Palatina* (XVI, 275) e un'altra di Fidia da Ausonio (*Epit. Her. 12*); cfr. poi Imerio in Fozio, 243; Tzetze, *Chil.* VII, 200 e X, 223. Il simbolo travalicherà l'antichità, continuerà come espressione idiomatica, ispirerà ancora le arti figurative. Nell'età della «fortuna», il Rinascimento, ricompare con Leonardo (*Traduzioni e trascrizioni*, 5), Erasmo (*Adagia, Nosce tempus*, p. 101), l'Ariosto (*Sat.* VI, 181-183), il Tasso (*Aminta*, Epil., 84 sgg.) e, naturalmente, Machiavelli (v. *Capitolo dell'Occasione* e *Capitolo di Fortuna*). Per altre citazioni v. anche E. Panofsky, *Studi di iconologia*, Torino, 1975. Foscolo, lettore di Fedro, nella lettera in data 10 aprile 1812: «io sono afflitto dalla Fortuna, bruttissima deità, calva, guercia e dispettosissima». V. illustrazione a p. 97.

100. (V, 9 - Th. 98) Per il significato del toro, v. *Introduzione* p. 43 (e di *doctus*, p. 35).

101. (V, 10 - Th. 33) v. 14: *Fileto*: forse dedicatario di questo ultimo libro e — certo — testimone di questa lunga «fedeltà» mal compensata, sottaciuta e per noi ignota.

Al v. 6 *dimisit. Hic tum*, da PR (*hic tunc*); Postgate propone *rictus*. Al v. 7 *latrans contra senex* ritocca solo l'ordine delle parole di PR; Postgate, *senex contra Lacon*.

102. (App. I - Th. 67) Il v. 1 b è proposto in base alla parafrasi del Wissemburgensis, che in genere guasta piuttosto che aggiungere (*frustra* è dedotto da *sine causa*); Postgate: *per humum quam tanta traheret longitudine*. Dopo il v. 5 Postgate ricostruisce dalle parafrasi un verso troppo esplicativo e qui omesso: *meo ut tetigisse tu videaris pulchrior*.

103. (App. II) « Teofrasto in punto di morte, si dice, accusò la natura per aver dato vita lunga a cervi e cornacchie cui non importa nulla, e così breve all'uomo a cui importerebbe più di tutto... » (Cicerone, *Tusc.* III, 69). Ecco la risposta, insieme prometeica e scettica, del favolista.

104. (App. III) v. 2: *Mercurio*: il Dio messaggero e viaggiatore, accorto e anche giocoso; è il Dio della favola esopica.
Olim del v. 1 è integrazione di Iannelli; *viduae* Postgate (al penultimo piede).

105. (App. IV) v. 1: *Prometeo, il vasaio*: cfr. *63* e *64*, e note.
v. 25: *le gambe corte*: come suona in italiano un proverbio di molti luoghi e antichissimo (non pare ricostruibile quello latino, parafrasato ai vv. 21-22 del testo).

106. (App. V) Meditazione sugli Inferi, sui grandi dannati della mitologia, nella chiave (secolare) dell'interpretazione allegorica. Al v. 10 *scelestae* (Cassitto) è forse più convincente di *scelestas* di NV (conservata da Postgate).

107. (App. VI) V. *Introduzione* pag. 50. È in ogni particolare la scena della Pizia, la profetessa di Delfi, invasata dal Dio (e che infine « disperde » le sue parole). L'oracolo al tempo di Fedro era ancora attivissimo (non « tacque » che nel 67 d.C., secondo la testimonianza di Dione Cassio, LXIII, 14, 2). L'espressione *furens*, poco traducibile in italiano, indica insieme l'invasamento (la *mania*) divino e la follia umana.

Al v. 6 preferiremmo *Pythia* a *Python* di N, voce fantomatica e in questo senso non classica, probabilmente correzione «dotta» di Perotti, al cui orecchio era più familiare.

109. (App. VIII) v. 1: *Pompeo*: «il Grande», vincitore dei pirati e di Mitridate, infine esponente del Senato e del partito conservatore nella guerra civile cesariana; vinto a Farsalo (48 a.C.) e poco dopo fatto uccidere in Egitto da Tolomeo. Subì la sua *damnatio memoriae*; e il titolo di *Magnus* poteva essere, negli scrittori del tempo, indicativo d'una presa di posizione politica (Caligola vietò di pronunciare non solo il titolo, ma anche il nome, v. Dione Cassio LX, 1). La fonte dell'aneddoto è sconosciuta.
v. 25: *in tribunale*: o meglio il *tribunal*, una sorta di palco riservato al comandante in campo.
v. 41: *la corona*: ricompensa militare di grado superiore.
illum virum eici al v. 20 è proposta che vuole conservare della lez. dei mss. (*enim vero eiici virum*) la parola più gustosa (*eum vero eici* Postgate).

110. (App. IX - Th. 58) Giunone è la Dea delle unioni legittime; Venere dell'amore.

111. (App. X - Th. 6). L'allusione al futuro Caligola, il *saevus* antonomastico, è più che sospettabile (v. *Introduzione*, p. 24). Il contemporaneo Passieno diceva che «non c'era stato mai schiavo migliore né peggior padrone» di lui (v. Tacito, *An.* VI, 20 e Svetonio, *Cal.* 11); la successione pareva inevitabile, e non c'era da sperare se non che gli fosse affiancato un moderatore.

112. (App. XI) La lez. *fortem* del v. 8, la più prossima a *forte* della trascrizione perottina (corretta con *arte* da Postgate), forse restituisce il senso della battuta.

113. (App. XII) Apologo nato da un'espressione proverbiale (*Asinus ad lyram*, *ónos lýras akoûon*, in Diogene Laerzio, VII, 33, e altrove) e, anche in grazia dell'apologo, continuato fino al mondo moderno (nella letteratura italiana, dall'Angiolieri — «Stando lo baldovino dentro un prato» — a Leopardi, *E-*

pistolario, 30 maggio 1817). Oggetto di una «satira Menippea» di Lucilio (LX) e di uno dei *fabliaux* medioevali.
Al v. 3 è tolto *sed* inserito da Postgate dopo *res*.

114. (App. XIII - Th. 59) Del genere di quelle «favole Milesie» raccolte da Aristide di Mileto (II sec. a.C.) e tradotte da Sisenna; che fosse proprio una di quelle favole non è dimostrato mentre è nell'abitudine di Fedro attingere dalla cronaca, più o meno immediata e diretta (e il particolare *per aliquot annos* sa di cronaca e non d'invenzione). La riportò a Mileto Petronio rifacendola brillantemente (*Satyr.* 111-113). Ripresa da Brantôme, *Dames galantes*, dis. 4, e da La Fontaine, *Contes*, V parte.
Virginis (v. 5) dei mss., conservato da Postgate, pare non felicemente enfatico (*coniugis* è proposto da Housman); coerentemente conservato, al v. 28, *mulier* dei mss., lez. confermata anche da alcuni compilatori medioevali (Postgate ripete *virgo*).

115. (App. XIV) Il titolo perottino, ricavato dalla morale fedriana, conserva ancora la eco del senario (*fortuna interdum hominibus contra spem favet?*): quanto dire che il diavolo non è sempre brutto come si pensa.

116. (App. XV) «Dire la verità porta spesso dei guai», asserisce la morale da cui fu ricavato il titolo latino (cfr. *89*).
v. 6: *Permetti una parola?* di regola lo schiavo domandava permesso prima di parlare col padrone (cfr. la famosa satira di Davo in Orazio, la II, 7: e forse anche qui c'era una «diatriba» in potenza, impossibile e subito interrotta. Ma Esopo ha — al contrario di Davo — l'ultima parola.
Al v. 13 Postgate ha *et*; *ad* i mss.

117. (App. XVI) Caricatura graziosa e feroce. A giudicare dagli ultimi due versi, i gatti debbono essere gli avidissimi eredi del ricco (motivo canonico e inesauribile della satira romana).

118. (App. XVII - Th. 30) Cfr. Esopo 14 (da cui deriva Babrio 121).
La lacuna dopo il v. 5 è colmabile con l'aiuto delle parafrasi (*obsecro ut des mihi onorem*, Wissemburgensis; *obsecro da mihi*

onorem fuit etiam et tibi mater, Romulus. Segue, uguale per le due redazioni: *ille autem ut recessit statim profudit sarcinam*). Potremmo proporre: *mihique parcis, si et tibi mater fuit. / Ille ut cessit, statim profudit sarcinam.*

119. (App. XVIII) Esopo «padre»: e resta tale, portando fino in fondo — tra rassegnazione e disperazione — quel realismo che è responsabilità.

120. (App. XIX) Cfr. Esopo 139 e Babrio 29. V. Orazio, *Epist.* I, 1 e Ovidio, *Trist.* IV, 10, 96 (dove il cavallo significa lo scrittore già vecchio).

121. (App. XX) Astuzia attribuita da Eliano alla volpe (*De anim.* VI, 24.)

122. (App. XXI) Né l'uso diffusissimo degli uccelli ammaestrati al saluto né un proverbio — *corvos persequi* — del tutto congetturale bastano a spiegare il quadretto, che dev'essere la rappresentazione allegra d'un grave ammonimento stoico (v. *Introduzione*, p. 54): rispetto a Esopo (47 e 170) la problematica del corvo augurale è stata dunque aggiornata. Inoltre si offriva una vignetta alla *adnominatio* canonica della *Rhetorica ad Herennium* (IV, 21): *tunc ăvium dulcedo ducit ad avium*, la dolcezza degli uccelli ci porta fuori strada.

123. (App. XXII) Cfr. Esopo 15 (*aliter*); Babrio (3) contamina la fonte esopica con Fedro (lo colpisce il «fatto che grida» e ne fa «il corno che grida»; particolare che conferma poi la derivazione babriana delle altre redazioni esopiche della favola). La morale sopravvive nel titolo del Perotti.

124. (App. XXIII) Il titolo perottino (« quando manca la pelle del leone, bisogna rappezzare quella della volpe ») traduce un proverbio attestato da Plutarco (*Apophtheg. Lac.*, p. 229 B), con un'aderenza (si noti il difficile *insuenda* invece di *induenda*) che ne dimostra la provenienza diretta.
In luogo di *aversam* del v. 1 (Hartmann; Postgate) NV hanno *adversam*, «di fronte».

125. (App. XXIV - Th. 95) La lunga vita della cornacchia era proverbiale.

126. (App. XXV) Della morale resta traccia nel titolo perottino, abbastanza riducibile al senario (*nil gravius maledicit quam conscientia*, dove però resta dubbia l'originarietà del verbo). Al v. 2 preferiamo la lez. *qui* a *quod* perottino seguito da Postgate.

127. (App. XXVI - Th. 73) Cfr. Esopo 34. Babrio (50) conserva di Fedro la preghiera dell'animale e ne echeggia, ma con affettazione, la chiusa.
Innanzi tutto, il protagonista è un lupo, come nelle parafrasi, o una lepre (*lepus*) come nel Perotti? Fonti tutte malfide (il modello e l'imitazione babriana hanno la volpe). La falsità del bovaro pare più giustificata con un lupo che con un'innocua lepre. Al v. 9 convince la congettura *nictu* (Rank, Postgate), cioè l'ammiccare degli occhi, invece di *nutu*, cioè il gesto, dei mss., in corrispondenza alla battuta del lupo che loda la lingua ma non gli occhi.

128. (App. XXVII - Th. 60) Al v. 8 *es* è congettura di Postgate ma confermata dal *Romulus*. Ma le parafrasi hanno una continuazione: *sic verbis mutuo se deluserunt* Romulus, *verbis sermonem invicem se luxerunt* Wissemburgensis, guasti ma troppo fini per essere un'innovazione. Un senario proponibile: *his verbis rursus illuserunt invicem*, così giocarono, ancora, l'un l'altra, con le parole. Ed è, inutile dirlo, non un inganno ma un gioco di cui si vive.

129. (App. XXVIII) Cfr. Esopo 154 (il fatto era creduto anche dai naturalisti, v. Plinio VIII, 30, 47 e Eliano, *De anim.*, VI, 32). Come simbolo dell'affrancamento dalla ricchezza, con un tono di vero trionfo ascetico, ritorna in Giovenale XII, 34-36. Ricordato da Leonardo da Vinci (*Bestiario*, 5) e dall'Ariosto (*Orl. Fur.* XXVII, 57). Il significato, serio anche (o di più) con l'ironia, è chiaro. Meno invece la necessità della frecciatina contro i greci; ma il purismo era di moda e aveva un esempio, abbastanza maniaco e certo notorio, perfino in Tiberio (Svetonio, *Tib.* 70 e 71, *Aug.* 86 e Dione Cassio XXVII, 15,2).
v. 1: *Bivero*, che deriva dal *fiber* latino, è in Dante, *Inf.* XVII, 22. La «coincidenza» del nome del Dio (Castore) e

dell'animale è perfetta in greco (e in un latino meno puristico).

Al v. 8 conservo, con Guaglianone, *remedium* dei mss. (nel *topos* della filosofia come «medicina» morale, e dei relativi precetti come «medicamenti» dello spirito (*praemium* Postgate).

130. (App. XXIX) Era opinione normale che gli insetti e altri animali (sempre minimi, però) nascessero dal carname (è nota la tecnica suggerita da Virgilio per produrre api dalla carcassa d'un vitello, *Georg.* IV, 555). Ma un vasto e gustoso repertorio di fonti classiche sull'argomento si trova nell'opera d'un grande scienziato umanista, Francesco Redi (1626-1696), negatore, appunto, della «generazione spontanea» (*Esperienze intorno alla generazione degli insetti...*)

131. (App. XXX) v. 1: *terragnola*: come ancora è chiamata in dialetti meridionali l'allodola.

132. (App. epilogo) Conclusione epigrammatica – forse anche dovuta al compilatore – ma perfettamente in tono con lo spirito della satira, che trionfa quando suscita vergogna e perciò – così sono gli uomini – odio.

PARAFRASI MEDIOEVALI

133. All'origine c'è la «fiaba» – (la *Batracomiomachia*, vv. 1-99) – poi moralizzata nella «favola» (con la modesta invenzione del legaccio; forse un *ainos* inserito nella silloge esopiana, ad ogni modo perduto: le redazioni di Esopo 246 sono parafrasi di Babrio 191 o comunque tardive). In occidente la favola, già seria in Fedro, si incupì sempre più nella tradizione; e Dante la portò al massimo grado dell'astrazione e dell'esemplarità (*Inf.* XXIII, 4-9; v. E. Mandruzzato, *L'apologo della rana e del topo*, in *Studi danteschi* XXXIII, fasc. II).

Perdiderat è congetturale (non leggibile la lez. di Ad.; *prodiderat* Th.)

134. Favola originale e, come la *17*, la *18* e altre, di ispirazione e ambientazione forense (la «guerra» dev'essere amplificazio-

ne del compilatore, e forse c'era solo un *contendere* in una giungla civile).

135. Originale. V. *Introduzione* pag. 55.

136. Il modello esopico in realtà è perduto (245: la prima redazione è un rifacimento molto tardivo e la seconda una parafrasi della ornatissima versione di Babrio 108). Orazio (*Sat.* II, 6, 77-117) ne fece la raffigurazione di due «vite» e l'elogio della sua simbolica «campagna»; in Fedro è piuttosto quello di una povertà (*paupertatula*, dice con grazia fratesca Ademaro) che è frugalità tranquilla e nascosta. Probabilmente da Fedro proviene l'annotazione un po' segreta di Marco Aurelio: «Il topo compagnolo e quello cittadino; il terrore del povero e la sua fuga pazza» (*Ad se ipsum* XI, 22). Con La Fontaine tutto si rifarà chiaro e fuggevole.
Ghiande: nutrimento mitico, dell'età d'oro dei poeti prima, poi di quella ideale dei filosofi. Particolare fedriano.

137. Pervenuta solo nella gallicana, è molto alterata nel testo; ma tipicamente fedriano è il senso, la risposta — definitiva — all'aruspicina, che può profetare solo ciò che l'intelligenza e l'esperienza sanno bene, cioè che gli uomini agiscono come sono e non come dicono le parole o le apparenze.

138. Cfr. Esopo 276; Babrio 129, che tradisce la lettura di Fedro. V. *Introduzione*, p. 60.

139. Cfr. Esopo 206; La Fontaine II, 21. Un personaggio dei *Räuber* di Schiller (buon lettore di apologhi) dice: «che male puoi fargli? che può un topo come te contro un leone come lui?» (Atto III, sc. I). La risposta è nella *Congiura dei Fiesco* (la tragedia schilleriana più folta di spunti esopici): «mica così stupido il leone quando la perdonò al sorcio. Chi, se no, gli avrebbe rosicchiato la rete?» (Atto III, sc. IV).
Rugire: tardivo e derivato da un'espressione perifrastica (*rugitus movere* e analoghi, probabilmente dell'originale). *Mugire* in tutte le redazioni.

140. Cfr. Esopo 169; Babrio 78. Il taglio dell'apologo — anche se la ricostruzione metrica è molto frammentaria — è fedria-

no; escluso naturalmente l'epimitio sacrale.
È stato ripristinato *matrem* in luogo di *murem*.

141. Cfr. Esopo 350, favola che è soprattutto un *aition* (origine fantastica) della domesticità delle rondini; la quale qui è data come premio della sua «profezia», cioè della sua intelligenza previdente. Thiele nega l'attribuzione a Fedro soprattutto perché «non rivela tracce sicure» di versificazione, ciò che non è prova (come i senari di Zander non sono prova del contrario).

142. Il testo classico è totalmente perduto, ciò che tuttavia non esclude un'origine fedriana. Motivi tipici di Fedro — la vanità, l'ingenuità e l'inutilità punite — si fondono con valori di costume e di fiaba medioevali; molto fedriana la morale della conclusione, quella di tenere gli occhi aperti.

143. Cfr. Esopo 192; Babrio 25; La Fontaine II, 14.
La redazione presente, che devasta ma non trasforma l'originale, va integrata con quelle parallele. *Lacum* è stato ripristinato da un *locum* di W. (*ad oram fluminis* r.g., *ad litus fluminis* r.v.) — «dia uno sguardo a quelle degli altri» è nella r.g. (*alio rum mala inspiciat*. Forse l'originale fu più lapidario: *qui sua non patitur, aliorum aspiciat mala*. Cfr. *non tolerat* della r.g.) — *ad un sol uomo*: v. *simul* delle altre redazioni, che traduce rozzamente l'immagine gustosa dell'originale (che è in Esopo). *Le lepri fecero alt*: da *substiterunt* della r.v., particolare pittoresco, che è in Esopo (e in Babrio).

144. Con la *51*, le sole favole dedicate all'infanzia. Non imitata (se non per un tocco fiabesco, il lupo che cambia voce, nel *Cappuccetto rosso* di Perrault).

145. Poté offrire lo spunto la favola 81 di Esopo, dove il serpe e l'uomo sono nemici implacabili; qui l'animale è innocente e benefico, con il solito sottinteso sociale. *Al caldo... si nutriva*: il parafraste probabilmente ha inteso *fovere* nel senso di «rifocillarsi» (la W. ha *aedebat fovebatur reliquias*). *Allora capì*: *fortuna* è ablativo, in un latino impossibile ma con un termine e un senso inequivocabilmente classici.

146. Cfr. Esopo 142; Babrio 7; La Fontaine VI, 16.

147. L'episodio fu raccontato da Apione, che ne sarebbe stato testimone in Roma (dove infatti esercitava la professione del retore al tempo di Fedro) nei perduti *Aegyptiaca* ed è pervenuto attraverso la redazione latina e divertita di Gellio (V, 14) e quella più sobria di Eliano (*De anim.* VII, 48). Secondo queste il condannato fu un certo Androclo, schiavo fuggiasco del proconsole della provincia d'Africa, a lungo convissuto con un leone gratissimo per la cura ricevuta alla zampa ferita. Ripreso e condannato alle belve, fu felicemente riconosciuto da quel tale leone; incontro e fatto che commossero il Cesare e il popolo, che liberarono uomo e animale. Nonostante la sospetta origine letteraria ed ellenistica (v. Thiele, *Introduzione* p. XXV, e anche Leopardi, *Zibaldone* VII, 29 marzo 1827), aria di *circenses* (come per es. ce li racconta Marziale) e di cronaca frangiata c'è. Lentamente questo Androclo «innocente» non solo è entrato nella leggenda cristiana, ma si è sovrapposto alla figura di S. Gerolamo; fino alla rappresentazione sincretistica – per dare un esempio noto – del Colantonio (sec. XV) alla galleria napoletana di Capodimonte. Al nostro tempo, soggetto di una gustosa *pièce* di G.B. Shaw, *Androclo e il leone* (1915).
La redazione di Ademaro è indenne dalle copiose amplificazioni delle altre. Ma ha aggiunto una sua morale confortevole (*quia bene gerenti numquam poterunt adversariorum praevalere supplicia*) qui espunta. La traccia di quella di Fedro è nella *r.v.*, riportata nel testo tra parentesi.

148. Cfr. Esopo 282 (diverso in Fedro l'animale – il leone invece del lupo – il suo ethos e il significato dell'apologo). Babrio 122 è rielaborazione da Esopo.
È stata eliminata la morale, del tutto spuria, delle due redazioni.

149. Originale e non imitata.

150. Cfr. Esopo 251; già proverbiale in una satira perduta di Varrone (*Agatho*, presso Nonio, 46, 33): «Che vuoi? sono diventato pipistrello, topo no certo e neppure uccello...». Ma in Fedro la ripulsa di entrambe le parti è giustizia (come

nella fav. *4*; qui i termini giuridici farebbero pensare a certi *clientes* che approfittavano d'una duplice protezione patronale). L'ambiguo pipistrello sarà invece con molta grazia e partecipazione difeso da La Fontaine (II, 3).

151. La tragicità della favola e il sadismo del nibbio fanno pensare ancora a Caligola (cfr. *32* e *162*); tra le sue efferatezze, pubbliche e notorie, c'era quella di far assistere i genitori al supplizio dei figli (Svetonio, *Cal.* 27) e il compiacimento per la voce e i gemiti delle vittime supplicanti (ibid. 33). Sadismo scomparso con La Fontaine (IX, 18).
Deiecit di Ad. è stato preferito al *demersit* della *r.v.*

152. Sono gl'immortali Renard e Ysengrin del *Roman* senza i nomi umani e senza il lungo tempo della fiaba. Fedriani il taglio (ben più della versificazione proposta da Zander), la formula conclusiva, la presenza del personaggio umano.
Non gratis venisti, *aemulam* e l'epimitio sono integrati da *Ad.*

153. Cfr. Esopo 218 (apologo raccontato da Demostene agli Ateniesi quando Alessandro pose tra le condizioni di pace la consegna dei principali esponenti del partito antimacedone, tra cui l'oratore: v. Plutarco, *Dem.*, XXIII). Fedro, sostituendo al particolare della consegna quello della sostituzione dei lupi ai cani, adattò l'apologo a un proverbio latino (v. *Rhetorica ad Her.* IV, 34; e Cicerone *Phil.* III, 11, 1: *o praeclarum custodem ovium, ut aiunt, lupum!*) e, probabilmente, lo trasportava meglio dal piano politico a quello sociale (il *defensor*, infatti, nel *Wissemburgensis*, è un *defensor patronus*). Cfr. Babrio 93 (che tradisce la lettura di Fedro) e Aftonio 21.

154. C'è qualche affinità con la favola delle colombe che s'affidarono al nibbio (*32*) ma questa delle piante non è ingenuità, è follia, incantamento, devozione. L'uomo esige, le piante obbediscono, si consigliano insieme, provvedono per la loro stessa distruzione. Il tragico dell'*exemplum* è nell'incapacità interna alla ribellione, nella fatalità, che assomiglia a una specie di giustizia, dell'abuso. Due apologhi esopici poterono essere lo spunto, 99 (che tuttavia, com'è pervenuto, non è se non un mitiambo di Babrio, 143) e 100 (Babrio 38), variazione dell'altro. Generato da essi o generatore, un pro-

verbio greco diceva: «abbattere i lecci con loro stessi» (Aristotele. *Rhet.* III, 4, p. 1406 a. 3). In tutt'altro luogo e tempo questo apologo rinasce in chiave di poesia pura: «La scure del legnaiolo chiese il manico all'albero. E l'albero glielo concesse.» (R. Tagore, *Uccelli migranti*, trad. Valli, Lanciano 1918). *Dare* e *aptatum* sono in Ad.

155. È il più antico apologo della letteratura latina, pronunciato da Menenio Agrippa alla plebe romana in armi durante la secessione del 494 a.C.: tradizione che Dionisio di Alicarnasso (fine del I sec. a.C.) cerca di rappresentare con verosimiglianza e bonaria naturalezza (*Ant. Rom.* VI, 83-86) e Livio circonda di commossa arcaicità («con quel linguaggio primitivo, selvaggio, si limitò, secondo la tradizione, a dire così...»); Dione Cassio (a giudicare dall'epitomatore Zonara) lo ridisse con minuziosità. Non fu però Menenio a «forgiarlo», come asserisce Dionisio, ma Esopo (160). Simbolo legittimo dell'organismo sociale, poté essere vanificato solo dagli «immortali principi» dell'89, che posero di fronte allo Stato non le classi ma gli individui. Fedro, per amore di concretezza, lo ridusse nell'ambito della *familia* romana.

156. Modulo narrativo, motivo e sentimento tipicamente fedriani, in un contesto quasi per intero devastato.

157. L'ambientazione particolareggiatamente medioevale, il lessico, la scomparsa della versificazione non escludono un'antica origine fedriana. Tipico è lo spunto della veridicità punita (*116*), sospetto l'argomento politico: un Seiano *Simia Tiberi* poteva essere raffigurazione centrata non meno che pericolosa; né è impossibile che la causa della *calamitas* (cfr. *43*) fosse in questa caricatura pesante. Né lo stile è fuso: il promitio, che convive accanto ad altri più intonati, è troppo lapidario, *amicus* e *obsequium* sono termini troppo precisi, perfino una traccia di senario (*ego quid, si verum dixero?*) pare superiore all' 'orecchio' del compilatore).

158. Se la *150* può essere la favola dei *clientes* disonesti, certo la presente è quella dei patroni irresponsabili.
Pervenuta solo attraverso Ad., forse appartenne al primo li-

bro, il solo dell'originale, si direbbe, di cui disponesse questo compilatore. *Creberrimis undis* è infido: Ad. forse leggeva *udis* (umide, sott. *pinnis*). *Anser e contra*: non può essere l'oca ormai divorata, ma un'altra che, imparata la lezione, non ha pietà per la collega che ebbe così infausta fiducia. *Debili*: proporremmo in luogo di *flebili*.

159. Originale e non imitata.

160. Lo spunto della sfida della zanzara (al leone) è di Esopo (188; da esso deriva La Fontaine II, 9). Ma il quadro finissimo e il motivo di costume (cfr. *30*) sono fedriani.
Conservato solo da Ad., con rara fedeltà; cinque versi intatti e una sola innovazione (*populi*, che rompe il senario). Ma i tagli oscurano il senso, integrato nella traduzione. Leggeremmo, con lo Zander, *turbam* invece di *turba*.

161. La favola della mosca cocchiera (*49*) toccava la presunzione, che è anche ingenuità; questa l'ingenuità quando è anche un po' presuntuosa. Cfr. Esopo 190, dove i personaggi sono la zanzara e il toro; da essa derivano Babrio 84, Ps. Dositeo 16, e Ignazio Diacono I, 50. Simbolo caro a Ugo Foscolo che lo citava in momenti gravi nei rapporti privati (v. lettere 19 ott. 1813, 5 dic. 1814 e 22 genn. 1815), sempre però avendo in mente la zanzara che vola e si ferma sulle corna del toro; variante che si trova solo nello pseudo-Dositeo (16) e nel Neckam, favolista del sec. XIII (v. Hervieux).
Pulex e non *culex* come in Ad., se sta tra i bagagli e se «salta» (lez. confermata dalle altre redazioni).

162. Tragico calembour (*perdere* ha in latino, oltre il significato primario di mandare alla rovina, quello di «smarrire», divenuto poi prevalente in italiano). Se l'*exemplum* fu anche politico, si pensa a un passo di Svetonio: «avvicinato (Caligola) in marcia dagli incaricati della classe più elevata, che lo pregavano di affrettare (il ritorno), disse con voce altissima: "verrò, verrò, e ci sarà anche questa!" e seguitava a picchiare l'elsa della spada che portava al fianco... Nello spazio di tre mesi morì: dopo aver osato delitti immensi, e mentre ne organizzava di più grandi, giacché aveva in progetto di trasferirsi

ad Anzio e poi ad Alessandria dopo aver fatto fuori gli uomini migliori delle due grandi classi. Non è cosa da mettere in dubbio: tra le sue carte private vennero fuori due registri con intestazioni distinte: per l'uno "spada", per l'altro "pugnale"; contenevano nomi e appunti per coloro che erano destinati alla morte. Si trovò una cassa immensa colma di veleni d'ogni tipo... » (*Cal.* 49) Forse il favolista pensò insieme alla fine del tiranno e alla irrimediabilità di tanto male.

163. Era famoso l'apologo di Esopo (76) della donnola mutata in sposa, che balza dal talamo coniugale per inseguire un topo. Da esso deriva la favola di Babrio 32, apprezzata da Giuliano imperatore (*Ep.* 58-59, 5, p. 444 B), compendiata da Ignazio Diacono (I, 39) e più volte citata; ne era nato un proverbio greco, «alla gatta non s'addice l'abito da sposa» (Zenobio II, 93 Gaisf.). Questo motivo dell'invincibile natura è ricorrente nella satira (Orazio, Giovenale XIII, 239-240...) ed è così costante nella favola che basta a mostrarne la poca vocazione pedagogica. Fedro contamina la 76 con un'altra di Esopo (120) di uguale significato, ma con particolari di nozze divine che potevano essere pericolosi.

INDICE E RICLASSIFICAZIONE

CLASSIFICAZIONE DEL PRESENTE TESTO		CLASSIFICAZIONE TRADIZIONALE
	LIBRO PRIMO	
1	Prologo	I prologo
2	Personale	I,1
3	Sopportare il bene	I,2
4	La propria gente	I,3
5	Avidità di cane	I,4
6	La parte del leone	I,5
7	Troppo splendore	I,6
8	Mascheroni	I,7
9	La ricompensa del lupo	I,8
10	Lo stesso piangere	I,9
11	Tra lupi e volpi	I,10
12	La voce dell'asino	I,11
13	La fuga del cervo	I,12
14	Il costo della vanità	I,13
15	Il medico ciabattino	I,14
16	Gli indifferenti	I,15
17	Garanzie	I,16
18	Tra cani e lupi	I,17
19	Luogo sinistro	I,18
20	Dare una mano	I,19

21 Progetti da cani I,20
22 Il calcio dell'asino I,21
23 Servitù ambigue I,22
24 Il buon cane I,23
25 L'ambizione di una rana I,24
26 Consigli interessati I,25
27 Il bene e il male I,26
28 Delitto e castigo I,27
29 La Medea dei tapini I,28
30 Noblesse I,29
31 Guerra di padroni I,30
32 Il nibbio al potere I,31

LIBRO SECONDO

33 Secondo prologo II prologo
34 L'imperatore che non c'è II,1
35 Conclusione sulle donne II,2
36 Lo scandalo II,3
37 La paura II,4
38 Chi vuole arrivare II,5
39 Il consigliere II,6
40 Asini ricchi e asini poveri II,7
41 L'occhio del padrone II,8
42 A chi leggerà II, epilogo

LIBRO TERZO

43 Diàtriba del poeta perseguitato III prologo
44 La vecchia III,1
45 La pantera III,2
46 L'onesta natura III,3

47	Bellezza e bontà	III,4
48	Il primo colpo	III,5
49	Mosche cocchiere	III,6
50	Cani e lupi	III,7
51	La bellezza	III,8
52	Socrate	III,9
53	Sulla vera giustizia	III,10
54	La risposta dell'eunuco	III,11
55	Perle e letamai	III,12
56	A proposito di quei favi	III,13
57	L'arco e l'anima	III,14
58	La madre	III,15
59	Cicale	III,16
60	Il frutto delle cose	III,17
61	Ciò che si è	III,18
62	Rispettare il silenzio	III,19

63	Le origini, I.	IV,14
64	Le origini, II.	IV,15
65	L'abito e i monaci	IV,16
66	La nave	IV,17
67	De canibus	IV,18
68	L'oggetto della pietà	IV,19
69	L'avaro	IV,20
70	Precisazione	IV,21
71	Ricchezza e povertà di Simonide	IV,22
72	La montagna	IV,23
73	Le mosche e le formiche della società	IV,24
74	Il miracolo di Simonide	IV,25
75	La supplica	III epilogo

LIBRO QUARTO

76	Dedica a Particulone	IV prologo
77	Asino	IV,1
78	Dopo alcune generazioni	IV,2
79	La volpe che non perde	IV,3
80	Vendette costose	IV,4
81	Il savio e la folla	IV,5
82	La disfatta	IV,6
83	Critici e arte	IV,7
84	Denti	IV,8
85	La volpe nel pozzo	IV,9
86	Pesi	IV,10
87	Luce e lucerne	IV,11
88	Valore e caso	IV,12
89	Regalità e istinto	IV,13
90	I due soldati	V,2
91	I piccoli nemici	V,3
92	Foraggio rischioso	V,4
93	Realtà e arte	V,5
94	Epilogo a Particulone	IV epilogo

LIBRO QUINTO

95	Classici e viventi	V prologo
96	Menandro prima e dopo	V,1
97	Delusione	V,6
98	Il flautista Principe	V,7

99 Allegoria dell'occasione V,8
100 Scienza scontata V,9
101 Cane fedele V,10

APPENDIX PEROTTINA

102 Il superfluo della volpe
103 L'uomo e il cielo
104 La grazia di Mercurio
105 Le bugie hanno le gambe corte
106 Miti e verità
107 La rivelazione divina
108 Lo scrittore
109 Il soldato di Pompeo il Grande
110 Razzolare male
111 Il metodo della mitezza
112 Meriti sportivi
113 L'asino e la musica
114 La vedova inconsolabile
115 Amore, caso e miracolo
116 Libertà di parola
117 Gallo in lettiga
118 Finezze sospette
119 Lo schiavo
120 Il cavallo da corsa
121 Il genio della fame
122 Quadretto campestre e simbolico
123 Il fatto grida

124 Quadretto in barocco
125 Il segreto della lunga vita
126 Piacere a chi di dovere
127 Parole e cenni
128 Vult decipi
129 I testicoli del castoro
130 L'unico presente
131 Quella volta la volpe
132 Epilogo

PARAFRASI MEDIOEVALI

133 «Dov'el parlò della rana e del topo...» (Dante, Inf. XXIII, 6)
134 Giustizie della legge
135 La luce dello specchio
136 I due topi
137 La verità del profeta
138 Finezze di asino
139 La gratitudine del topolino
140 Per una lagrimetta
141 La parabola della rondine e del seme di lino
142 Cose vane
143 L'angoscia
144 Per i piccoli
145 Perdonare e non dimenticare
146 Quando c'è lo stesso giogo
147 Il leone che ricorda
148 Lo stile del leone
149 L'umiltà del domani
150 I disponibili

151 L'orribile nibbio
152 La rivale
153 Le pecore
154 Gli alberi e la scure
155 L'organismo sociale
156 L'individualismo dei castrati
157 Corte di scimmie
158 Responsabilità di patrono
159 Il complesso della signorilità
160 Il trionfo della zanzara
161 Il peso della pulce
162 Chi di spada ferisce... (ma il conto non torna)
163 Tyche e natura

N.B. Le linee tratteggiate indicano i tronconi del perduto cod. Y (v. *Nota sul testo*, pp. 85-87).

SOMMARIO

5 Introduzione *di Enzo Mandruzzato*
67 Bibliografia essenziale
69 Testimonianze e giudizi
77 Nota sul testo

FAVOLE

93 Libro primo
131 Libro secondo
147 Libro terzo
201 Libro quarto
231 Libro quinto

241 APPENDICE PEROTTINA

281 PARAFRASI MEDIOEVALI

317 Note
353 Indice e riclassificazione

Finito di stampare nell'aprile 2019 presso
Stampa Rotolito S.p.A. – Seggiano di Pioltello (MI)
Printed in Italy